閱讀陶淵明

Reading Tao Yuanming:
Shifting Paradigms of Historical Reception
(427-1900)

田菱（Wendy Swartz） 著
張月 譯

閱讀陶淵明

2014年7月初版 定價：新臺幣380元

著者 田菱
譯者 張月
發行人 林載爵

出版者 聯經出版事業股份有限公司
地址 台北市基隆路一段180號4樓
編輯部地址 台北市基隆路一段180號4樓
叢書主編電話 (02)87876242轉212
台北聯經書房 台北市新生南路三段94號
電話 (02)23620308
台中分公司 台中市北區健行路321號1樓
暨門市電話：(04)22312023
台中電子信箱 e-mail：linking2@ms42.hinet.net
郵政劃撥帳戶第0100559-3號
郵撥電話 (02)23620308
印刷者 世和印製企業有限公司
總經銷 聯合發行股份有限公司
發行所 新北市新店區寶橋路235巷6弄6號2樓
電話 (02)29178022

叢書主編 沙淑芬
校對 吳淑芳
整體設計 劉克韋

行政院新聞局出版事業登記證局版臺業字第0130號

本書如有缺頁，破損，倒裝請寄回台北聯經書房更換。 ISBN 978-957-08-4368-2 (平裝)
聯經網址：www.linkingbooks.com.tw
電子信箱：linking@udngroup.com

READING TAO YUANMING: Shifting Paradigms of Historical Reception (427-1900)
by Wendy Swartz

Published by arrangement with Harvard University Asia Center
through Bardon-Chinese Media Agency

國家圖書館出版品預行編目資料

閱讀陶淵明/田菱著．張月譯．初版．臺北市．
聯經．2014年7月（民103年）．392面．14.8×21公分
譯自：Reading Tao Yuanming: shifting paradigms of
historical reception（427-1900）
ISBN 978-957-08-4368-2（平裝）

1.（南北朝）陶潛 2.中國詩 3.詩評

851.432 103003560

序

康達維（David R. Knechtges）
聶清風　譯

陶淵明，一名陶潛，現在被公認為第一流的中國詩人。恩師海陶瑋（James Robert Hightower）在氏著《陶潛的詩歌》（*The Poetry of T'ao Ch'ien*）引言部分便開宗明義：「即便在最簡明最嚴選的中國著名詩人名單上也得有陶潛，他是中國文學領域一位實至名歸的大家。按年代，他上繼至今仍面目模糊的西元前三世紀愛國詩人屈原，下啟八世紀名家李白和杜甫。」儘管陶淵明在中國文學經典裡擁有無可置疑的地位，這個地位卻不是一直以來就如此鞏固的。在他身後數個世紀裡，陶淵明作為隱士，而不是因其詩名，廣為人知。儘管在李唐時代他的詩歌開始逐漸引人注目，但是只有到宋代他的作品才開始被奉為詩歌經典。田菱這部精采紛呈的著作主要就是探討陶淵明詩歌和文化雙重偶像地位的確立過程。捉筆作序，與有榮焉。

田菱長在台灣，自幼習得中英雙文。她在加州大學聖地牙哥分校研讀法國文學和比較文學，進而在加州大學洛杉磯分校師從現任美國學術聯合會主席余寶琳而取得比較文學和中文博士學位。田菱是著即發軔於她二〇〇三年完成的博士論文。

田菱教授是著主要著眼於陶淵明「身後聲名」（posthumous reputation）的「建構」

（construction）和在他作品的接受過程中所涉及的「機制」（mechanisms）問題。她的研究植根於西方接受史理論，全面探討了從甫問世直到晚清，陶淵明作品是怎樣被解讀和評價的。在第一、二章，田菱集中討論了從蕭齊到初唐人們怎樣在不同的傳記中塑造形象各異的陶淵明。她將這些傳記和陶淵明友人顏延之（三八四—四五六）的誄文進行比較，進而探究從陶淵明自己的作品中能夠剝離出的傳記信息。田菱教授對上述材料沒有採取單一向度的研究方式，而是令人驚嘆地在這些材料中識別出陶淵明的一系列不同面相並分門別類為：「精神隱士」、「反常隱士」、「絕塵隱士」和「精神英雄」。對於這種鞭辟入裡的多維研究方法我深所服膺。

陶淵明最早的傳記之一出自梁太子蕭統（五〇一—五三一）之手，由他主持編纂的《文選》收錄了很多陶淵明的作品。蕭統還親自收集陶淵明的作品並冠以序，這篇序至今留存。蕭統毫不掩飾自己對陶淵明的崇拜，在他那個時代陶淵明詩名未著。職此之故，陶淵明在與蕭統居於同一時代的鍾嶸（約四六九——五一八）那裡只得到「中品」。蕭統為陶淵明作序：「余愛嗜其文，不能釋手，尚想其德，恨不同時。」如此熱情洋溢的對其作家價值的首肯，即便在陶淵明聲名更其鞏固的後來也並不多見。

是著一個為其書名所不能彰顯的優點是其跨度之廣。田菱教授的研究由六朝晚期直至清季，甚至還涵蓋了一些民初史料。然而，與一些文學研究者不同，田菱始終審慎地將陶淵明的具體研究放置於特定的歷史語境之中。譬如，在探討朱明時代對陶淵明的評價時，她指出胡應麟（一五五一—一六〇二）、楊慎（一四八八—一五五九）等人對於陶淵明的評價應該被置於文學復古運動理論的背景之下來理解。同理，在研究清代考證學者對陶淵明的考釋這一節，田菱不厭其詳又充滿睿智地借鑑了艾爾曼（Benjamin Elman）對清朝「考證學」（evidential research）的研究成果。

儘管田菱教授的研究有著豐厚的理論基礎，她卻並不搬用令讀者消受不了的炫目理論和技術術語。她文理清晰，令人信服，引人入勝。鑑於其研究時間跨度之大，她本可以很輕易地誤入歧途，即對所引用的廣袤材料進行過於簡單地分析。田菱雖非訓詁學出身，但她對於尼采認為訓詁學的觀念（notion of philology）即在於「慢讀的藝術」（the art of reading slowly）似乎深諳三昧。她對文本，尤其是詩歌，展開敏銳地細讀。是著包含了對李白、白居易、王維、蘇軾、王安石、歐陽修、梅堯臣、陸游等詩歌大家作品的精心英譯，同時也收錄了一些西方學者尚未措意而聲名稍遜的詩人作品的英譯，比如南唐詩人李中。這些詩歌英譯倘若抽取出來便可以組成選集另行結集出版。

田菱是著即將以中文在她的故鄉台灣面世並將為讀者所厚愛，在此我為她感到高興。是著不僅在台灣並且在整個東亞地區都會有更多的讀者。在此，我要祝賀擔當是著翻譯和付梓重任的聯經出版事業公司。

目次

第一章　引言

閱讀陶淵明　*Reading Tao Yuanming: Shifting Paradigms of Historical Reception (427-1900)*

須信此翁未死，到如今凜然生氣。

——辛棄疾（一一四〇—一二〇七）

本書將從陶淵明的逝世開始，隨著時間推移，陶淵明（或稱陶潛，三六五？—四二七）逐漸被推舉認為中國最偉大的詩人之一。[1]千百年來，對他生活的描繪，無論是集中在他的任真自得、穎脫不群與嗜酒如命，或是聚焦於他典範的道德情操，都將他提升到偶像地位。近來對於經典形塑的研究暗示了一個普遍現象：作家可能在逝世好幾世代後，他才取得如我們所知的聲名；且此種「接受」（reception）上的改變，往往與他的作品本身關係較為疏離，而更加取決於不同時代的文籍編撰者及批評家的動機與需要。[2]陶淵明的「接受」是個特別發人深思的例子。除非我們找出他歷史

1 陶淵明的名與字尚有爭議。四種最早有關陶淵明的傳記對他名與字的記載都有些微差異。二十世紀初學者朱自清在古典與現代早期的史料中發現十種有關陶淵明名與字的不同紀錄。朱自清認為，陶淵明的名之所以未被清楚記錄，肇因於他的家族正在沒落且他的文學作品在當世並未獲得重視。參朱自清，〈陶淵明年譜中之問題〉，《朱自清古典文學論文集》，二：四五七—四五八。

2 關於中國經典形塑的進一步討論，參 Pauline Yu, "Charting the Landscape of Chinese Poetry" 及 "Canon

形象建構過程中的轉捩點及關鍵人物，否則身為一個在其身歿後數百年來不受重視的詩人，陶淵明名氣的後來居上幾乎像是個奇蹟。本書即是對塑造典範詩人及文化偶像過程的一個考察。

任何關於「接受」（reception）的歷史性研究都必須把解讀習慣與批評方式的改變納入考量。鑑於陶淵明接受史橫跨的時間長度、文學語言相對的穩定性與持續性及文學別集的廣泛流傳，「接受」應該成為中國文學史的一個核心主題。[3]在一系列共通文本、方法及研習目的中交流出的文化財富，其穩定的積累性與傳播性，不但確認成員身分，同時保障了他們的優勢。因為「接受」研究已然長久被認可足以揭示文學傳統中詮釋實踐的流變過程，這使得對此課題的研究具有十分重要的意義。在傳統中國，閱讀實踐的發展是一扇珍貴之窗，由此可觀察出文人文化與價值的變

（續）

Formation in Late Imperial China".

3 已有幾篇短論或書中章節探討或觸及到中國古典詩人的接受或身後聲名的問題。例如 Varsano, *Tracking the Banished Immortal*; Fisk, "On the Dialectics of the Strange and Sublime in the Historical Reception of Tu Fu"; Chou, "Literary Reputations in Context"; Lee, "The Critical Reception of the Poetry of Wei Ying-wu" 及 Francis, "Standard of Excess"。關於陶淵明在傳統詮釋中的專論，可參 Chang, "The Unmasking of Tao Qian"；李劍鋒，《元前陶淵明接受史》；鍾優民，《陶學發展史》、《陶學史話》；戴建業，《澄明之境——陶淵明新論》，頁二九二—三九八；吳兆路，〈陶淵明的文學地位是如何逐步確立的〉；林文月，〈叩門拙言辭〉；曹旭，〈《詩品》評陶詩發微〉；及高大鵬，《陶詩新論》，頁七三—一二七。

化。對於中國文學史上重要人物身後聲名建構過程的研究、他的作品在「接受」過程中的運作機制以及陶淵明及其作品特定解讀的經典化，能增進對傳統中國文學與文化領域轉變的理解。

自從二十世紀中期以來，批評家們就將視野超拔於「作者」（author）或文本的語言作用之上來理解意義的產生；此項嘗試的一個焦點，即是正視讀者在其中扮演的積極角色。姚斯（Hans Robert Jauss）經常被視為將歷史維度帶入「接受」研究中的批評家。當文學史在西方名譽掃地之時，他試圖將歷史帶回文學研究的中心，擴展「互文性」（intertextuality）的界域。他提出所謂「文本與文本間的關係」（relationship of work to work）應轉變為「文本與人的交互作用」（interaction between work and mankind）[4]。「接受美學」（aesthetics of reception）建立的前提基於以下觀點：「文學作品不是一個獨立自存的物體，也不會對每個時代、每個讀者都傳達一樣的意義……文學作品比較像是管弦樂編曲，帶給不同時代的讀者臨場感，打動讀者們的心弦。」（a literary work is not an object that stands by itself and that offers the same view to each reader in each period... It is much more like an orchestration that strikes ever new resonances among its readers... and brings

4 Jauss, "Literary History as Challenge," *Toward an Aesthetic of Reception*, p.15；周寧，《接受美學與接受理論》，頁二六。

it to a contemporary existence.）[5]此觀點的關鍵在於通過讀者的積極參與來維持文學作品歷史生命的方式，且將批評焦點從「創作與表現的傳統美學」（the traditional aesthetics of production and representation）轉變成一種「接受與影響的美學」（aesthetics of reception and influence）[6]。此種批評關注的轉變起因於認知到「文學作品的品質與品第」（the quality and rank of a literary work）並非僅僅決定於「其原始的傳記或歷史處境」（the biographical or historical condition of its origin [Entstehung]）；相反的，它們源於「更難以捉摸的種種尺度，包括影響、接受與身後知名的程度」（from the criteria of influence, reception and posthumous fame, criteria that are more difficult to grasp）[7]。在姚斯的模型中，讀者對文學作品的接受發生在他們的期待視野（horizon of expectations）中，這種視野植基於特定傳統中過往作品及讀者自身的文化價值。當新的作品與新的歷史處境改變了讀者們的「預期」（expectations），他們的期待視野也跟著轉變，對舊作的新評價

5 Jauss, "Literary History as Challenge," *Toward an Aesthetic of Reception*, p.21. 姚斯理論提出的大背景是其期望恢復過往藝術品與現代關注的關聯。在同一段落中，姚斯寫道：文學作品如同管弦樂交奏般「將文本從語言的載體中解放」（frees the text from the material of the words）。然而文本是否真能從「語言的載體中解放」仍然高度存疑，尤其當我們把詩歌納入其中加以考量。

6 Jauss, "Literary History as Challenge," *Toward an Aesthetic of Reception*, p.20.

7 Jauss, "Literary History as Challenge," *Toward an Aesthetic of Reception*, p.5.

與新詮釋遂成為可能。審美與文化態度的概念不斷流轉，大大影響了對「文學作品的品質與品第」及作者聲名之認知。理解此點是重要的，它幫助我們了解陶淵明的現代讀者曾被哪些歷史觀念所影響。但是在傳統中國，「（作品）原始的傳記或歷史處境」與「讀者接受」從來沒有清晰的界限。因此，文學究竟在何種程度上是獨特的這一問題需要被重建而不應被視為既定的事實。中國傳統文學接受研究必須把文學問題放置於非文學範疇（例如歷史、傳記與道德）中加以考察。

雖然姚斯對理解作品歷史接受過程的關注最終導向更貼切地理解作品涵義的目標，[8]此目標使得他須為先前的種種解讀作仲裁且為自己在其中定位，但是本書並非如前此研究僅針對陶淵明本人及他的作品，而更著重在以下課題的探討：「陶淵明」的建構過程及其背後隱隱脈動的運作機制。本書並不單純地將詮釋學問題當作既定事實來自動評判對陶淵明作品的論斷。相反的，本書把這些問題放回歷史脈絡中探討，考察當初是在何種社會與學術條件下派生出這些言論；並試圖去回答：

8 在 *Toward an Aesthetic of Reception* 一書的導論中，Paul de Man（pp. ix-x）指出了詮釋學與詩學的差異：詮釋學是致力於導向「意義的理解」（determination of meaning）的過程，而詩學則包括「語言載體的形式分析」（formal analysis of linguistic entities）。De Man 舉出耳熟能詳的例子為證：荷馬（Homer）將阿基里斯（Achilles）視為一隻獅子。將此導向「阿基里斯十分英勇」的結論，屬於詮釋學的範疇；而考慮「荷馬究竟使用的是明喻（simile）還是隱喻（metaphor）」，則是詩學的關注。De Man 因此將 Jauss 界定為詮釋學家（hermeneut）。

為何某些特定的詮釋探索在某個特定歷史時刻產生，而不是在更早的時空背景下發生。具體來說，本書使用的方法並非以時代較後的批評去追問作者意圖，或最終在作者自身的作品中找尋有關其後接受史的答案。[9]我關注讀者與陶淵明作品進行的詮釋性對話（interpretive negotiations），特別是某些超越陶淵明作品範圍的因素：例如詮釋實踐、批評詞彙與文化需求上的改變；同時也試圖勾勒出那些興致勃勃又舉足輕重的讀者群如何斡旋其中。我相信，此種研究方法將在很大程度上幫助解釋在歷史長流之中湧現出的不同陶淵明形象及其作品的不同解讀方式。那不僅僅是一系列迴異更迭的圖繪，而且是一個不斷積累的過程——深深被文人文化三大核心範疇交織出的對話所牽引著，且已經持續了一千五百年之久。這三大範疇分別是：隱逸（reclusion）、人格（personality）及詩歌（poetry）。

＊＊＊

9　此觀點先前已有人觸及。例如 Paula Varsano 最近有關唐代詩人李白及其後批評接受史的專著 *Tracking the Banished Immortal*，pp. 22, 24, 199.

陶淵明逝世後並不僅僅（或許較少）被看作為一位僵化定型的「傳說人物」，他像是一面珍貴的鏡子反映出那些曾閱讀他及與其相關事情的人們。事實上，我們目前可以確知歷史上陶淵明的一些事情。他生於東晉（三一七—四二〇）的潯陽柴桑（現今的江西九江），當時的社會為世家大族所壟斷。他來自一個缺少步入高層特權的職位較低的仕宦家庭，但是仍然可以誇耀其顯赫的家族仕途傳統。他的曾祖父是鼎鼎有名的大將軍陶侃（二五九—三三四），因其平定了西元三二七—三二九年的蘇峻之亂而被封為長沙郡公，穩固了早年的東晉政局。他的祖父陶茂，曾任武昌太守。他的外祖父孟嘉（約生活於四世紀中）任職參軍，為當時中國南方最有勢力的桓溫（三一二—三七三）效力。但在陶淵明出生之時，他的家族已然沒落。這些功名顯赫的先祖後來僅僅成為陶淵明心中追懷的理想典範。關於他的生年仍有爭議，但大部分學者傾向接受西元三六五年這一說法[10]。

相較於同時代人而言，陶淵明較晚出仕又甚早歸隱。他曾經擔任過一系列卑微的官職直到西

10 無論傳統或現代的大部分學者依循王質（一一二七—一一八九）的繫年將陶淵明生年定在西元三六五年，此表示他活了六十三歲（西洋算法實歲為六十二）。某些學者則根據不同材料或相異解讀對此持不同的看法。例如，張縯（一一六三年進士）與今人袁行霈將生年繫為西元三五二年（七十六歲）；古直繫於三七六年（五十二歲）；梁啟超則認為應繫於三七二年（五十六歲）。參《陶淵明年譜》，頁二一一—二四二。

元四〇五年辭官解綬為止。其中較確定的是他侍奉過桓玄（三六九—四〇四）與劉裕（三六三—四二二），此兩人都在日後意圖篡晉自立，只是桓玄於四〇三—四〇四年失敗，而劉裕則在四二〇年成功建立新朝。這些政變都反映了晉朝最後數十年間司空見慣的動盪，而東晉也最終被劉裕建立的宋朝（四二〇—四七九）所取代。

陶淵明於四〇五年歸隱後，餘生都在潯陽周邊息隱躬耕。他同時體驗著四體勤勞自給自足的快樂與農耕生活學稼五穀的艱辛。無論如何，陶淵明的隱居生活並非全然的「環堵蕭然」與「息交絕遊」。他嗜酒的癖好遠近馳名，然而他雖然常常獨飲，共飲同樂卻也是他社交生活中的重要一環。無論低層官吏、其他文人雅士或鄰家農翁都曾是他歡快陶然的酒伴。終其一生，陶淵明以「隱士」身分在鄉野聞名。（此處的敘述並不具有反諷意味，因為在六朝（四二〇—五八九）隱逸的形式事實上可同時與活躍的社交並存，我們在之後的章節還會再看到。）現今流傳下來的陶淵明作品多半是他於此時期完成的[11]。

11　雖然陶淵明生平的輪廓大抵清晰且已被為數眾多的傳統或現代學者描繪過，但是因為繫年與資料的散失，只有極少數細節不具爭議。陶淵明簡略傳記的英文版，可參 *TYM*,1: 5-10 及 Wing-Ming Chang, "T'ao Ch'ien" in Nienhauser, *The Indiana Companion to Traditional Chinese Literature*, pp. 766-769. 關於陶淵明生平公認的中文資料是其傳統與現代傳記的編年彙編，《陶淵明年譜》，許逸民校輯。並可同時參看李錦全《陶潛評傳》及龔斌《陶淵明傳論》，兩書中討論了陶淵明的家族、社會關係、政治立場、哲學思想及文學風格等。

陶淵明的現存作品包括不同體裁的詩一百二十餘首、賦三首及韻、散文等十篇。遍覽陶集的各種體裁，我們可以看見他在行役差旅之際生發的詠嘆、與友人應酬或唱和之詩、遙想古人之詠史詩，及將退隱期間種種沉思及事件付諸吟詠。最後一種性質的詩篇占了他作品的大多數。絕大多數的詩文的主題及引用點都圍繞著隱逸而發。即使是他在任官之時寫下的詩，也傳達出一種對歸隱的渴望。陶淵明描繪了田居生活之樂：飲酒、撫琴、熙然閒散、好讀書及著文章以自娛；他同時也記錄下了農耕的艱辛及貧困的試煉。例如，飢寒交迫的狀態維妙維肖地表現在以下數行詩句中，如實反映了他對時光快速流逝的盼望：「造夕思雞鳴，及晨願烏遷。」[12]偶爾，他也會沉入對年少壯志的追嘆及一事無成的傷感。儘管如此，他的詩篇出現了兩種交錯迴旋的姿態：志願決心的重申及守節的宣告。

一言以蔽之，陶淵明書寫著自己。在他之前的中國文學史中，從未有人像他一樣如此坦率地訴說著自己的種種理念、恐懼、個人喜好及渴望；或是如此一絲不苟的記錄下自己的寫作年月及在作品前附加標明寫作緣由的小序。陶集中強烈的自傳性直接引申出兩個問題：在後代的批評接受中，陶淵明本人握有多少主導權，他的自我認定起了多少作用？而他鉅細靡遺的自我描繪，又在何種程度上界定與約束了日後對他及其作品的詮釋？陶淵明的自傳性寫作與他的接受史相關，但

12《陶淵明集校箋》，頁九八。所有引用的陶淵明詩歌均來自此書，如有不同出處，將具體標明。

並非其有機組成部分；因此它成為本書插入章節的主題。我的討論提倡兩種觀念的對立：一端繫於陶淵明自傳寫作呈顯出的創作與表現概念；另一端則並不純然符合陶淵明當初的精心設定，而深受讀者的接受回響。幾種研究陶淵明自傳性作品的視角引起了我們的注意：他對文學作品中自我形象的自覺建構，與其後讀者認定他「無意為文」及「謂之實錄」的態度，正好相映成趣。當然這還應包括他循環往復的精采的自我矛盾：一方面，他告訴我們，他的書寫是為讓後世知道「陶淵明」的存在；另一方面，他又不厭其煩的陳述自己其實並不在乎後世聲名（也就是後人如何解讀其為人與作品）。陶淵明自傳寫作的核心也許正位於一本正經與嬉戲趣味的模糊交界；後者意味著對自傳書寫界限的認知，卻又同時具有擴張推進的企圖。

* * *

陶淵明作品中鮮明的自傳特質確實使得後代在討論他的作品時特別關注他的人格；尤其在傳統中國，作家的「人格」及生活史總是被整合入他的作品解讀中。在西方與中國傳統中，傳記對於作家作品的詮釋影響有著迥然的差異。俄國形式主義學者 Boris Tomaševskij 曾指出：西方在十八世紀以前曾有幾個時期，讀者對作家的人格特質毫無興趣。一直到「創造的個性化——在藝術過程中孕育主觀論的新紀元——作者的名字與人格才浮上檯面。」（individualization of creativity — an epoch which cultivated subjectivism in the artistic process—[that] the name and personality of the author came to the forefront.）[13]對中國讀者而言，一切剛好相反：在傳統中，一位詩人的傳記總被引用構成對其詮釋的關鍵要素。《尚書》中的悠遠格言：「詩言志」[14]，及《孟子》的名言：「頌其詩，讀其書，不知其人，可乎？」[15]這些至理名言反映出傳統的閱讀習慣，同時也引出了兩個重要的並行假設：一、詩作為一種自我表白的特殊形式，直接吐露了作者的真實心志且使讀者得以感知它；二、優秀的讀者應將眼光流連於文本背後的作者身影。屈原（約西元前三四三年—約西元前二七七年）被公認為中國第一位偉大詩人，對其詩的詮釋總與他遭挫的壯志及以死明志之忠誠密不可分。杜甫（七一二—七七〇）的歷史形象在宋代（九六〇—一二七九）被確立為一位滿懷道德責任及社會關懷的忠臣，這也令他的作品超越了「尋常的文學批評手法」（the reach of usual methods of literary criticism）[16]。在相似的形式下，陶淵明的人格與傳記在後代讀者品評他作品

13 Tomaševskij, "Literature and Biography," p. 48.

14 參 Stephen Owen, *Readings in Chinese Literary Thought*, p. 40.

15 Mencius 5B.8. 原文如下：「頌其詩，讀其書，不知其人，可乎？」

16 Chou, *Reconsidering Tu Fu*, p. 15.

之際占了極大的比重。鍾嶸（約四六九—五一八）是最早品評陶淵明詩作的諸家之一，他如此寫道：「每觀其文，想其人德。」[17] 蘇軾（一〇三七—一一〇一）也許可稱為陶淵明詩作最為熱切與聰敏的研究者，陶身後六百年，他喟然長嘆：「吾於淵明，豈獨好其詩也哉！如其為人，實有感焉！」[18] 以上列出的只是眾多批評家中最著名的兩位，他們不假思索的在陶淵明其人與其作品間自由遊走。在本書的第三章，我將重新考察知人論世詮釋實踐的基礎，也欲重新檢驗陶淵明人格品評的變遷。陶淵明的「人格」遠非穩定不變的建構，它在不同時期包含不同的美德和理想：在早期，陶淵明主要代表的是一種有趣的人格；但是後來卻轉變為一種道德典範與儒家聖人。如果我們想要進一步了解這種令人驚異的形塑過程，我們需要檢驗一系列關鍵的詮解與借鑑，且將它們回歸於各自的歷史背景之下。

關於陶淵明的生活，被談論最多的當屬他歸隱的選擇。就廣義上說，「隱」在傳統意義上被界定為「仕」的對立面。「隱」是兩條路徑之一。仕或隱是一般知識分子都必須面對的選擇。此種選擇可能迫於以下動機：政治異議、個人理想的追求、自我道德修持，或脫離仕途羈絆的渴望。對一

17 鍾嶸，《詩品集注》，頁二六〇（《資料彙編》，頁九）。

18 蘇軾在寫給其弟蘇轍（一〇三九—一一一二）的信中做此評論，而後者引述於〈子瞻和陶淵明詩集引〉中，《欒城集》（後集），頁一二一（《資料彙編》，頁三五）。

個深受儒家道德薰陶的知識分子而言，這並非一個容易做出的決定。歸隱意味著同時放棄了兼善天下之理想、社會地位，及一份穩定的官俸。然而，即使對於那些不選擇這條人生「歧路」的知識分子而言，隱逸永遠是一條充滿吸引力的仄徑，這也是仕途必須承擔的社會責任及個人妥協之外的另一種選擇。透過一系列文化行為：他們仍然能夠淺嘗隱逸的乾癮，參與其中建造鄉間別業、與隱士們交遊、以隱士口吻寫作詩篇，或文學性地抒發對歸隱之渴望。對於那些選擇與官場決裂及特別對於那些無法做此選擇的人們，陶淵明成為了文人隱士的典範。在第二章裡，我討論了對於陶淵明隱逸的種種不同解讀，且將它們放置於對此重要的政治與文化實踐變動不居的態度之中。陶淵明的歸隱引領出傳統文人文化中幾個顯著的核心議題：仕與隱、社會責任與自我修養、忠誠於國家與超越政治。

對於陶淵明的隱逸行跡，讀者們長期以來同時倚賴早期史傳的記載及陶淵明自身作品的紀錄：《宋書》、《南史》、《晉書》，及現今所知陶集最早編訂者蕭統（五〇一－五三一）所撰之陶淵明傳記。這些傳記常常理所當然地被視為事實的匯聚而被當作第一手資料看待。相反的，我將它們視為陶淵明早期接受史的一部分及影響塑造後代接受史的權威文本。我認為它們其實是經過編訂者選擇與刪添呈現的結果，因此應當視為對陶淵明生活的不同詮釋。後代從文學角度描繪陶淵明生活及有關其歸隱的本質與動機時常常引用這些權威性文本。

唐代（六一八－九〇七）詩人普遍醉心於陶淵明代表的隱逸文學理想，並喜愛借用陶淵明詩文中的辭章典故。然而由於瀰漫於社會的公眾義務與個人責任感，效仿陶淵明生活的文人遂寥寥無幾。陶淵明作為個案激發了唐代詩人對於文人階層應擁有的價值取向進行討論。到了宋代，文人們開始注意鑽研陶淵明的作品及傳記，從中他們找尋陶淵明歸隱的動機與其背後的人生哲學——這些問題鮮少困擾過唐代讀者。但在宋代，探求事理蔚然成風。也正是在此時期，自我道德修養成為學術思潮的核心，許多宋代文人試圖開始建立仕途生活外的價值和身分認同。因而陶淵明的生活在很大程度上被重寫，他隱逸的選擇也被重新評估。

現代學者高大鵬先生認為，陶淵明對中國知識分子而言，代表的是一個完滿實現隱逸理想的歷史形象。這開始回答一個關鍵的問題：是什麼讓陶淵明成為足以揭示文人文化主流價值諸多方面的一個獨特形象？

「隱」之一字不論在自然、社會與文化、宗教各方面都有其歷史性的傳統，所以說它已成為中國讀書人的「集體潛意識」，他已經「內化」（internalize）成為知識分子性格的一部分。……它是最基本的，也是最普遍的，甚至是最高的價值。……「隱」是中國讀書人的道德理想，也是他的藝術理想及超越理想——在長遠的歷史發展過程中，他已經成了讀書人共同的夢，而陶潛大膽地作了他們想作而不敢作的，他的出現，使他們的夢得以實現，並以最美而有力的方式表達出來，因此他當下給讀書人的「潛意識」一種代表性的滿足，引起人格、思想或道德各方面的共鳴，他們的夢在陶詩裡得到寄託，而陶潛本人也就因此成了英雄式的偶像。這個偶像的成立是和「隱」有最大關係。[19]

單單就陶淵明身為隱士而言，並不足以支撐他贏得文人們如此的盛讚與認同；更確切地說，是他對隱逸生活的實踐與表達方式激起了文人的回應。或許比任何其他文人更勝，陶淵明反映出文人文化的價值、理想與恐懼。通過與這位古代詩人的交往，一位文人得以更了解他自己與他所屬的階層。陶淵明隱逸生活中的田園面向以及其中的種種樂趣——酒、音樂、書籍、作詩、自由的氣氛及優閒——吸引了無數人與他展開對話。陶淵明隱逸中的其他體驗及從中流瀉的詩篇涵括了種種學習與適應的過程。其中，無論是面對貧困、壯志受挫，或在亂世中如何保留本真的憂慮，都能輕易勾起許多文人的同情共感。如同南宋（一一二七—一二七九）文人辛棄疾斬釘截鐵地宣告：「須信此翁未死，到如今凜然生氣。吾儕心事，古今長在，高山流水。」[20]在認同陶淵明的過程中，讀者常常將他們的憂懷傾注其中。因此陶淵明可同時代表許多方面，它們之間有時看似彼此衝突：一方面，如宋代批評家葉夢得（一〇七七—一一四八）所堅信，陶淵明可象徵超然政治之外的存在；另一方面，如宋代理學家朱熹（一一三〇—一二〇〇）所宣稱，陶淵明又可象徵對君主的忠誠。當陶淵明

19 高大鵬，《陶詩新論》，頁四三—四四。

20 辛棄疾，《稼軒詩編年箋注》，四／五二一—五二二（《資料彙編》，頁一〇二）。

被建構為一個偶像時，他也同時成為文人手中可自由運用的士大夫文化資本的一部分。

諸如隱逸與人格等非文學性的評斷標準常被拿來與陶淵明的詩歌相提並論。每一個分項類別都有它的發展脈絡，需要沿著時間歷程仔細追溯。一般依時期先後而繫年的陶淵明接受研究處理這些議題時常力不從心。在接下來的章節中，隱逸、人格與詩歌將被重新編排為三條各自獨立卻又彼此交纏的主要線索。儘管每一章的各節主要以議題進行分類，而非純依時間前後編排，但是每個章節的整體編制仍然以時間線性進行，以便讓三大領域的各自發展清楚明晰。藉由此種方式，我們不僅能進一步洞悉陶淵明接受史的組成和結構要素，還能增強對三大領域不斷變化的觀點的獨特理解，這三大領域一直以來都是中國文人知識背景與社會關注的焦點。

本書後半部討論的重心在陶淵明接受史的文學議題。我將特別關注他的文學評價及文化藝術價值間的相關性。第四章從六世紀到宋朝作為整體敘事的第一部分追溯陶淵明接受的形塑過程，如何在他往生以後的最初幾個世紀從一位不被重視的詩人轉變為後來擁有權威地位的作家。陶淵明在盛唐時期（七一二—七五六）成為重要詩學典範，此時的詩人們將陶淵明與其作品視為宮廷詩文化外的一條清新別徑。他們熱烈地效仿他田園詩的風格、詩句、主題與布局手法。他們同樣喜歡或者說更為喜歡運用陶淵明早期傳記提供的一組組敘述逼真、栩栩如生的傳說所構成的詩學元素。如同第二章所細究，唐代詩人對陶淵明的隱逸選擇有著矛盾的情結，他們對此議題的醉心仍揭示了他們推舉陶淵明詩歌的背景。

陶淵明雖已在許多唐代詩人間成為詩學典範，然而正是在宋代他取得了無可匹敵的詩人聲望。閱讀詮釋的改變與批評術語的重新定義為他的詩歌帶來了嶄新的評價。陶淵明的詩歌作為「平淡」與「自然」的象徵正好符合宋代主流的審美理想。此種將陶淵明作品歸於「自然」的後期趨向引出了一些格外有趣的問題。雖然陶淵明田園詩的簡樸、直率與抒情本質看似不證而明的符合此種特性，但是此種確切的指陳歸向在他身後大約六百年後才進入他的接受史。「自然」一語在陶淵明的時代常作為審美詞彙來使用；舉例來說，許多六朝作家將此語彙歸於謝靈運（三八五－四三三）的詩歌特點。此時期在文學史上以雕詞繪句的高度技巧而聞名，而謝靈運正是其中引領風騷的佼佼者。現代學者已然注意到此特性：陶淵明與謝靈運在不同時代分別被稱為「自然」，但他們將此解釋為一個由錯誤到真實的進程：六朝批評家對謝靈運詩歌的認知只不過是種錯誤；或者充其量只能被理解為一種相對評價（與同時期諸如顏延之這樣的其他作家的作品相較）[21]。根據此種思維模式，宋代的批評家最終將事實歸正：陶淵明理應成為詩學中「自然」的象徵，謝靈運則轉變為他的對立面。即使這些現代批評家是正確的而六朝批評家則確然誤解了謝靈運的詩歌，一些問題仍然值得我們追問：為何他們當時如此思考？一個更基本的問題是：六朝與宋代評家間所用的「自然」一詞是否具備相同的涵義？將此種迥異的陶謝「自然」分判回歸歷史脈絡來討論，這不僅揭示出此詞彙的流變概念，同時也解釋了陶淵明接受史的分水嶺：他在宋代被拔擢為詩學「自

21　袁行霈，《陶淵明研究》，頁一六五。

然」的化身使其值得效仿，卻又無法效仿。儘管如此，或者該說正因如此，這種弔詭使其被抬升到屹立不搖的詩學典範地位。對他詩歌的此種確切標舉同時也保障他的典範品格的確立。陶淵明形塑過程背後的種種轉變正是本書最主要的著眼點：誰是主要的推手？他們如何轉變陶淵明形象？又是出於何種動機？

宋代對一陶淵明的接受之所以備受關注，不僅因為他在此時期被典範化，也是因為他的第一本彙編文集正是在宋代刊印。田曉菲的近作《塵几錄——陶淵明與手抄本文化研究》即在陶淵明接受史中特別聚焦於此特殊議題：他的作品版本與其傳播過程。她指出：如同其他宋前文學，陶淵明的作品是經由宋代編者文學價值與意識驅動的過濾才來到我們眼前。它們也是後代文集版本根據的源頭。此外，與異文數量的刪削伴隨而來的是陶淵明形象組成因子的穩定化。陶淵明形象的種種面向被廣泛的描繪為：諸如超越世俗世界的高尚隱士；因蔑視抗議異權而隱退的晉室忠臣；傾心優閒，與田園生活寧靜相處及寫作自然詩歌的詩人。田曉菲的作品展現出一個更細緻、更複雜「陶淵明」的無限可能。他的詩歌一直以來都被北宋編者所「簡化」，他們常選擇他們相信更能清楚達意的異文[22]。她則反駁道：若還原回六朝的文學慣例與轉引文獻中，有些被拒絕的異文反而更具深

22 田曉菲，《塵几錄——陶淵明與手抄本文化研究》，頁一一—一二。值得強調的是儘管這些編纂實踐影響文本的材料方面，但是它們所代表的詮釋抉擇構成了陶淵明建構過程的一種行為；解讀陶淵明及他的作品甚至在其修訂、選定之後則代表另外一種同樣積極和參與廣泛的建構。我們將會看到，某些對陶淵明及其文本的

意。如同田曉菲所指出的，雖然「意」是一種歷史選擇的偶然，「解意」的舉措亦然有著它的歷史背景。[23]對了解陶淵明接受的背後形塑過程而言，這樣的認知至關重要。陶淵明文本的指涉意義及文本所決定出的陶淵明，不僅隨著時代變遷，而且反映了不同讀者與時代的不同價值、興趣與詞彙。

在重新檢驗某些文本異文、將陶淵明許多詩歌歸於嶄新的範疇及重新閱讀某些膾炙人口、久被忽視的陶詩之後，田曉菲主張陶淵明「既是時代的產物，也比他的傳統形象更加新異，更富有遊戲感。」[24]田曉菲的闡述確認了我們所知的陶淵明其實是被建構出來的；而與此同時，她也揭示出一種長期以來對「終極可知的陶淵明」的信仰，每每忽略了陶淵明的歷史形象總是透過偶然選擇而成。因此，她提醒我們「真正的陶淵明，已經失落很久了。」[25]而真正的問題在於：即使如同許多傳說所宣稱，作者親手寫下的原始文稿存在，「真實的陶淵明」仍已遠隔於歷史之外。本書的關注點並不在於重建而在於追溯建構的歷史沿革，探索它的學術脈絡如何前進與轉向。我們擁有的是

（續）解讀本身就成為經典和選定的文本；替代性的解讀（像我們知道的那樣）並不為人所重視。

23 田曉菲，《塵几錄——陶淵明與手抄本文化研究》，頁一二。

24 同上，頁一四。

25 同上，頁一〇九。

後代讀者編定與重建的陶淵明文本，因此我們所真正知道的是讀者對陶淵明其人其書的詮釋；我們可以推測的是這些詮釋背後的動機；我們可以學到的是文人價值與閱讀詮釋的流變；而我們所能真正了解的是陶淵明接受與建構背後的運作機制。

由於陶淵明是在宋代被偶像化，他的宋後接受史在文學史中一直沒獲得適當的關注。[26]目前唯一的專著研究在歸結陶淵明的接受史後做出了以下引人好奇的結論：「而蘇軾之後，陶淵明的歷史地位已基本確立，則不需要多花筆墨，陶淵明的聲名顯晦自然寓於創作影響史、闡釋評價史之中。」[27]此種宣稱表示：蘇軾之後，陶淵明的顯著名聲已無須「解讀」（account for），只需「知悉」（know）。的確，在此新著之中，陶淵明接受史即在宋代歸結。我的討論則將經典化與接受過程區分開來。接受是在作者取得典範地位及其作品化身為文化價值的評斷標準之後，仍然不斷進行的過程。在第五章中，鑑於無論在陶淵明經典化或在其文本愈趨穩定之後，陶淵明研究在歷史發展中都從未停止過。我考察了明清兩代陶淵明的後經典化時代浮現的幾種重要的詮釋方法：其一為宏觀的視野，將陶淵明置於文學－歷史發展過程中觀察；其二為微觀的角度，細究他的文本解讀；其三為考證，以確認關於陶淵明生活及作品的史實。

26　一個值得注意的例外是鍾優民《陶學史話》，此書考察了一系列金、元、明、清的材料。頁七五—一七七。

27　李劍鋒，《元前陶淵明接受史》，頁一二。

這些宋代之後的研究方法都在不同的程度上回應著宋代學者的作品。我認為：明清的讀者更多在方法學上而不是意識形態層面挑戰宋代前輩。在他們對陶淵明的解讀上，兩種顯著的焦點貫串其中：對了解陶淵明真實面貌的相同渴望及對其可知性的堅定信仰。[28] 誠然，與現代讀者相較，傳統讀者擁有不同的閱讀假設，在重要關頭關注著不同的議題。除此之外，他們緣於不同的理由與過去相接，特別對陶淵明擁有著強烈的既定興趣。我嘗試不要輕易用現代的文學概念將他們了解「真實」陶淵明的努力與主張視為成問題的。相反的，我將焦點放在每一個詮釋陶淵明詩歌的新主張，考察它們如何與更大的當代學術思潮息息相關。透過辨認這些相關性，本書將會豐富我們對此兩者的認識。

＊＊＊

古代讀者們對陶淵明其人其詩的詮釋時至今日仍然具有影響力。十九世紀晚期到二十世

28 我特別感謝田曉菲在哥倫比亞大學第三屆中古研究年會（二〇〇五年十二月十日）針對此點的評論。

紀早期出現了三位最具權威的批評家：王國維（一八七七—一九二七）、梁啟超（一八七三—一九二九）及魯迅（一八八一—一九三六），他們都對陶淵明做出重要的評論；這些評論仍能引起今日讀者的共鳴。即使像他們這樣的天才洋溢及洞見卓越，這些現代詮釋其實植基於一千五百年來對陶淵明的討論成果之上。讓我們試著回想王國維對陶淵明最為膾炙人口的詩句「採菊東籬下，悠然見南山」做出的有名詮釋：對王國維而言，此聯是「無我之境」的例示；在此「以物觀物」的境界中，「不知何者為我，何者為物」。在詩中此境界的創造較「以我觀物」與「物皆著我之色彩」的「有我之境」更為困難。王國維提到：「古人為詞，寫有我之境者為多，然未始不能寫無我之境，此在豪傑之士能自樹立耳！」[29]又寫到：「無我之境，人唯於靜中得之；有我之境，於由動之靜時得之。故一優美，一宏壯也。」[30]在王國維的論述中，我們不難見出西方哲學對其的影響，尤其是康德（Immanuel Kant）的「優美」（beautiful）與「壯美」（sublime）這一對概念，以及叔本華（Arthur Schopenhauer）對康德哲學「壯美」的嶄新詮釋[31]。王國維也一定讀過蘇軾對

29 王國維，《人間詞話》《人間詞注評》，頁七。

30 同上，頁一一。

31 黃霖及周興陸徵引王國維《人間詞話》及《紅樓夢評論》，推斷其概念與叔本華具有關聯性：「無我之境」以「優美」為特徵，其中「物」與「我之意志」並不相違背且物我之間的界限泯然消失；「有我之境」則與「壯美」連結，「我之意志」在對傷懷之物的沉思凝視中得以領悟，提升一己意志及興趣以及在傷懷之物

陶淵明此聯的解讀，只是此種影響更為隱微。（對王國維而言，陶淵明與蘇軾是中國歷史上最為偉大的四位詩人之中的兩位。）蘇軾的詮釋隱含了為此聯中一個異文的爭論做出定論的努力。在陶詩的宋代版本中，「見」的異文作「望」。蘇軾是第一個如此熱烈爭辯「見」勝過「望」的詩人。他將「見」字視為開啟此詩「神氣」的關鍵。對蘇軾而言，此聯最佳妙深微之處，正落在「境」與「意」的完美結合。[32] 誠然，如同蘇軾之後的批評家立即指出的，「望」暗示著一種確切的目的

（續）中得到慰藉，且最終棲息於自我意願的放逐。（參黃霖等，《人間詞話》，頁二六—三〇）此為王氏「壯美」與「優美」概念相合處。他在對《紅樓夢》的評論中提道：「此即所謂壯美之情；而其快樂存於使人忘物我之關係，則固與優美無以異也。」（參俞曉紅，《王國維「紅樓夢評論」箋說》，頁三二。）在接受黃氏與周氏對這對概念的敏銳判斷之前，有一點需要注意：黃周二人忽略了王國維在不同著作中用語的改變。在《人間詞話》中，王氏明確將「無我之境」與「優美」做連結，但卻將稍早於《紅樓夢評論》中使用的「壯美」一語替換為「宏壯」。對此種語彙置換意義的進一步探索超出了本書的討論範圍。這裡我只想說，如果有人因此認為在王氏的論述中，對「無我之境」有較高偏好且其較難達到；而「壯美」（及其與悲劇性的關聯）則僅設置為讓智者可超越對利益與傷害的憂慮，藉此遺忘物我之間的界限，如同美在藝術中的作用，此對概念的緊密關聯就將變得失衡。（參俞曉紅，《王國維「紅樓夢評論」箋說》，頁一七—一八，三一—三七。）

32 蘇軾，〈題淵明飲酒詩後〉，《蘇軾文集》，六七／二〇九二。

性，與這種巧合恰好相反。[33]王國維較蘇軾的閱讀更進一步，淡化了更多詩人自身的主觀色彩，使得「見」更靠近它的同源字「現」。王國維閱讀的新轉折主要在於：蘇軾在詩人與自然臻至融合之際，詩人的「自我」仍然鮮明（他仍然「看到」了山）；而在王國維的設想中，詩人的「自我」在「無我之境」中已然隱身，一切是「以物觀物」。

梁啟超對陶淵明的詮釋亦深受古典評論的影響。他大膽地將陶淵明描繪為超絕飄逸的人物，「飢啊寒啊便成了很小的問題」。這一敘述很快被此形象演變史所調和。例如，葉夢得超越陶淵明傳記中高尚隱士形象的塑造，認為他全然超越政治之外。葉夢得的見解為奠定陶淵明的「超越者」形象起到了重要作用：「淵明正以脫略世故超然物外為意，顧區區在位者，何足概其心哉！」[34]梁啟超更進一步將這位詩人神祕化，他將陶淵明的「超越」從政治領域擴大到一切日常物質層面。他斷言：「自然界是他愛戀的伴侶，常常對著他微笑。他無論肉體上有多大苦痛，這位伴侶都能給他安慰。」[35]

魯迅在一篇批評文章中，點出了傳統批評通過不完整甚至偏頗的角度選取特定的陶淵明作品。

33 參晁補之、蔡啟及鍾惺的品評，《陶淵明詩文彙評》，頁一六七—一六九。

34 葉夢得，《石林詩話》，一：四三四（《資料彙編》，頁五二）。

35 梁啟超，《陶淵明》，頁二七—二八。

他認為傳統文學批評長久誤解了陶淵明，由此開啟了一場爭論。魯迅言道：「被選家錄取了〈歸去來兮辭〉和〈桃花源記〉，被論客讚賞著『採菊東籬下，悠然見南山』的陶潛先生，在後人的心目中，實在飄逸得太久了。」[36]他提醒讀者陶淵明也有「金剛怒目」[37]的一面：

精衛銜微木
將以填滄海
刑天舞干戚
猛志固常在[38]

魯迅舉以上詩句為例證明陶淵明的詩風也存在豪放激情，並不總是「渾身靜穆」。精衛是神話中的鳥，牠不斷從西山銜著樹枝企圖填滿東海。傳說牠原是炎帝的女兒，在東海溺死；而刑天據《山海經》記載：「刑天與帝至此爭神，帝斷其首，葬之常羊之山。乃以乳為目，以臍為口，操干戚以

36 魯迅，《魯迅全集》卷六，頁四二一—四二二。
37 「金剛怒目」一詞的來源，參《太平廣記》，頁一七四。
38 《陶淵明集校箋》，頁三四七。

舞。」[39]魯迅的爭論毫無疑問是對朱熹的遙遠回聲，後者將陶淵明描繪為一位豪氣凌雲的道德英雄：「淵明詩，人皆說平淡，余看他自豪放，但豪放得來不覺耳！」[40]與朱熹的觀點相似，真德秀（一一七八—一二三五）以陶淵明引精衛的典故為例強調其激昂的決心，認為陶淵明在此展現了忠貞。魯迅也正是引用此聯來凸顯陶淵明激昂的一面[41]。這些現代詮釋並非孤立的創造而是接續了一場已然持續了一千五百年之久的對話。

* * *

本書期望提供給對陶淵明其人其作品有興趣的讀者一種歷史的視角，這或許能使他的詩歌更為豐富紛陳。考察陶淵明的建構過程同時也是在繪製一卷傳統中國詮釋實踐及文人文化發展過程的

39 以上關於精衛與刑天的神話，參《山海經》卷三，頁四一及卷七，頁八七。

40 朱熹，《朱子語類》卷一四〇，頁三三二五。我在第四章中將對此有進一步的討論。

41 真德秀，《西山先生真文忠公文集》，2a—b。

圖軸。在重建陶淵明接受史的過程中，重要的是指出這些詮釋實踐中最重要的部分，將它們還原於歷史背景之下卻既不嘗試估量它們的有效性也不試圖斡旋其中。我相信探討一位詩人及那些繫於他名下的作品，看它們如何在眾多世代的讀者間流轉，將是一條追溯讀者關注焦點及詮釋方法流變的富於啟發的途徑。如同我們將要看到的，許多意義被分派到陶淵明及其作品之下，而這些意義又隨著時移事轉不斷被修正。本書追溯這一歷程中的許多偶然事件，從早期的沒沒無名到後來的聖人境界與典範地位。我們將發現：這段歷程既不必然發生，也並非奇蹟。

宋代對陶淵明的論述與其前、後的評論相較常被視為權威性解讀，而我對陶淵明接受史的研究在超越宋代卻不拒絕其解讀的前提下重新解讀陶淵明。透過考察陶淵明的讀者如何跨世紀通過不同文體間（包括歷史與傳記）的互文性建構出他的形象，我避免將諸如「自然」與「平淡」這些在宋代引入陶淵明研究的關鍵性批評語彙視為永恆不變的觀念，因為這些語彙構成的支配性論述用以正當化宋代的文學標準，且主宰了文壇九百年之久。將文本視為接受研究的物證，其中包括先前被認定為權威來源的陶淵明早期傳記，使得我們重新思考一系列的論述，特別是那些有關六朝、唐、明（一三六八—一六四四）及清（一六四四—一九一一）的論述；它們同時擔任了兩種推手：對陶淵明做出重要詮釋及提供閱讀陶淵明的方法。更甚者，它們是提升今日批評意識的關鍵元素。我們需銘記在心：今日的「陶淵明」版本只是今日的「版本」，不是宋代或任何其他讀者遺贈給我們的「事實」。

我針對三大主題線索（隱逸、人格與詩歌）所選擇的古代材料遵循著三大類別下各體主要發展的例示。本書並不打算複寫進所有個別值得注意的敘述，也並非僅僅提供一份各時代閱讀觀點的清單目錄。具體來說，我將跟隨陶淵明接受史中每個迂迴與轉折重新面對那些重要的代表性觀點。通過考察不同時期針對陶淵明的對話所產生的眾多觀點，本書描繪出一個漸進過程，讀者從中可以觀察到如何通過中心議題把古代中國文化活化成一個整體。現代批評資料常常來源於歷史譜系中某些相似的學術觀點。我的方法是追溯或引用最早或最具影響力的表述，因為它們對陶淵明研究的當下立場起著舉足輕重的作用，而不是創建一份鉅細靡遺的詮釋清單。最後，本書期望有助於闡明學術話語的建構與維持——這些話語明顯地保存在陶淵明的作品中並不斷重建他的形象。

第二章　隱逸

閱讀陶淵明　*Reading Tao Yuanming: Shifting Paradigms of Historical Reception (427-1900)*

研究陶淵明的接受史首先應考察對其隱逸的傳統詮釋。在很大程度上，陶淵明在逝後幾世紀內，其詩人的身分是隱而未顯的。官方史書將他歸於「隱士」類別，此分類不可小覷，因為這一歸屬影響了接下來對陶淵明作品的閱讀詮釋。傳統中國的學術研究鮮少有意識地將陶淵明的作品從其隱逸及人格類別中劃分開來。隨著對他人格及隱逸的日趨推崇，其作品的地位也隨之水漲船高。因此，若想對陶淵明的接受史做適當的考察，則需將這三個領域分別獨立出來，條分縷析。

在探討陶淵明作為隱士的接受史之前，我們需要了解中國中古時期隱逸的概念與實踐[1]。隱逸在傳統上往往與仕宦相對。Frederick Mote 對隱逸下了一個很好的注解：

在中國社會中……〔隱士〕代表了對入世生活的棄絕，而兼善天下恰恰是儒家倫理的最高理想，任何知識分子的求學與修身都為此而生。另一方面，深掩柴扉、不依靠官方俸祿而自給自足，缺乏對只有通過仕途才能取得的權勢名利的興趣；同時終其一生自我修身，奉獻一

1 關於隱逸在中國中古的進一步討論，參照 Berkowitz, *Patterns of Disengagement*; Bauer, "The Hidden Hero"; 王瑤，〈論希企隱逸之風〉，《中古文學史論》，頁一八八—二一〇；及王文進，《仕隱與中國文學》。其他有關傳統中國隱逸的現代論述，包括 Vervoorn, *Men of the Cliffs and Caves*; Li Chi, "The Changing Concept of the Recluse in Chinese Literature"; Davis, "The Narrow Lane" 及張仲謀，《兼濟與獨善》。

己於學術與藝術追求，此種種行為使得一個人足以稱為隱士。[2]

文人由官場退隱或拒絕出仕構成了隱逸的主要模式。此外，正如 Mote 的定義所揭示，隱逸的動機在不同的個案中互有差異。傳統或現代針對隱逸的討論都點出隱逸確因動機與環境的不同而可再細分。早期對隱逸的分類包括：沒沒無聞隱居以追求理想者（隱居以求其志）、退隱以保持正直者（回避以全其道、靜己以鎮其躁）、遯世以免受迫害者（去危以圖其安）、出於對腐敗朝廷的抗議而歸隱者（垢俗以動其概、疵物以激其清）、不遇時而退居以待明主者及隨順一己愛好自然之天性者。[3]這些動機彼此間可相互涵蓋滲透。現代對隱逸的研究則完善了這些分類，將其歸結為受儒家、道家及佛家思想影響的隱逸。[4]

中古文人提及另一種區分隱逸的系統——由隱士所居住的確切地點而分類：包括隱居於朝廷者（朝隱）、隱居於市集者（市隱），及隱居山林或田園者。「朝隱」肇始於漢代（西元前二〇六—

2 Mote, "Confucian Eremitism in the Yüan Period," p. 203.

3 參《後漢書・逸民傳序》，八三／二七五五—二七五七，《南史・隱逸傳序》，七五／一八五五—一八五六及《宋書・隱逸傳》末尾的史臣評論，九三／二二九七。

4 參 Berkowitz, *Patterns of Disengagement*, pp. 17-63, 207-209; Mote, "Confucian Eremitism in the Yüan Period," pp. 203-209 及張立偉，《歸去來兮》，頁一—七五。

二二〇），在魏（二二〇—二六五）晉推崇「得意」的思想風氣下變得更為重要。正如現代學者王瑤先生簡明的釋義：「……只要能得其意，則朝隱也可，市隱也可，並不一定要棲遁山澤。」[5] 這種隱逸形式使得仕與隱的區分更為複雜。不管是源於動機還是實際所居地點的種種分類和每一系統中的種種類別都使得中國中古的隱逸實踐變得更加廣泛且繁複。

隱逸並不僅僅是史家為逝者所建的類別，它更彰顯了一種文人在世時社會交遊的特殊形式。在六世紀文化中，隱逸是一種被高度肯定的，在某些例子中甚至是高度社會化的行為，且其內涵不斷在演變[6]。儘管 Aat Vervoorn 曾提及，中國隱逸傳統的主要面向在漢末就已建立[7]；但是根據 Alan Berkowitz 的論點，正是在六朝時期中國隱逸傳統的關鍵組成部分——個體生命的覺醒——形成了代表古代中國隱逸的框架[8]。陶淵明正是這些主體意識覺醒的個人之一，且其隱逸模式對隱逸

---

5 王瑤，《中古文學史論》，頁二〇一。

6 幾個主要的隱士代表被石川忠久命名為「會稽派」。他們包括謝安（三二〇—三八五）、許詢（活動於三五八年左右）及支遁（三一四—三六六）。他們或在一生中某些時期或終身都實踐著隱逸。會稽派成員集聚進行清談，游藝及放遊山水。其中最有名的一次聚會為三五三年的蘭亭集會（參 Berkowitz, *Patterns of Disengagement*, p. 143）。

7 參 Vervoorn, *Men of the Cliffs and Caves*, pp. 236-237.

8 Berkowitz, *Patterns of Disengagement*, p. 14.

傳統的建立起了相當大的示範作用。

陶淵明不僅身體力行隱逸把其視為一種生活方式，他還大量書寫隱逸生活。他的作品對隱逸的思想、文學及藝術主題的建立都有極大的貢獻。正如 Berkowitz 近來提出：陶淵明可被視為「『隱逸』題材之宗，因其對傳統中國文化中隱士形象的描繪有著巨大的影響。」[9]誠然，陶淵明的隱逸典範在後來的傳記中被修飾誇大（我們將在下面的論述中看到），但這形塑了其後文人看待此種生活形態的諸種方式。陶淵明呈顯一己為「文人歸隱田園」，且深深陶然於恬靜的田園生活之中。他欣然於躬耕田野，與家人、朋友和村鄰歡聚，飲酒及閒暇之時的讀詩、寫詩[10]。迥異於離群索居的隱士形象，陶淵明把自我描繪成一位交遊頻繁的退隱文人。此種描繪與稍後傳記作家對其高蹈絕俗隱士形象的塑造相結合，深深吸引著後代文人。

有關陶淵明隱士形象的接受史研究始於六朝文獻，終於宋代典籍；因為最後一波有關陶淵明隱逸的重要文學論述是在宋代引入的。現存的四種陶淵明的早期傳記大約成於五世紀末至七世紀初之間。這些早期傳記大都以史學口吻，而非文學性筆法來討論陶淵明之隱逸。它們包括沈約

9　Berkowitz, *Patterns of Disengagement*, p. 223.

10　值得提出的是，雖然毫無疑問陶淵明實踐著一種隱逸形式，他卻從未稱呼自己為「隱者」或「隱士」。取而代之的是他自詡為「貧士」，這一稱呼暗喻一位身處貧困但守道的君子。藉由此種稱呼，陶淵明有意將自己從晉代世族流行的山墅莊園之隱及真正離群索居的山林隱士區隔開來。

（四四一—五一三）於四八八年完成的《宋書》，蕭統獨立完成的論述，先由李大師（五七〇—六二八）私人編纂、後由其子李延壽於六五九年完成並獻於朝廷的《南史》及房玄齡（五七八—六四八）領銜編纂並於六四八年完成的《晉書》[11]。這些史書記載向來被視為實錄且曾代替陶淵明的作品發聲，然而我們須細細考察這些材料。此四種陶淵明傳記的對比研究可展示出有關陶淵明生活敘述的發展脈絡，同時也可揭示出傳記作家所描繪的陶淵明形象的建構過程。在六朝詩作中，陶淵明的隱逸只是零星被提及，然而到了唐代，此主題已經成為詩作中熱門歷史典故的源泉。無論如何，唐代詩人引用陶淵明隱逸的事蹟與形象，大抵仍不出上述四種史書所記載的範圍。對唐代詩人而言，史傳記載對理解陶淵明隱逸的重要性或許還遠大於陶淵明的實際作品。相較之下，對陶淵明隱逸的討論和引用是以對其作品更廣闊的理解為前提的，而這些知識大都在史傳記載之外。在宋代詩歌中，陶淵明對一己隱逸形象的描繪常一字不漏地被宋代詩人所引用。對陶淵明隱逸之談論，亦遍及詩歌體外的文體，尤其在新興批評文體「詩話」中最為明顯。經由對陶淵明隱逸形象流變過程的早期探討，可發現他的形象一直處於活躍變動中。不同時代的文人對陶淵明隱逸形象的偏重與挪

11　《蓮社高賢傳》中附錄了陶淵明的傳記，其位於三位未加入蓮社的高賢之列。此處屏除了此筆資料並不加以討論，並非出於它作者的佚名，而是考慮到它的成書可能甚晚。雖然傳統將它的成書時間定於南朝，湯用彤於《漢魏兩晉南北朝佛教史》中，卻將成書繫年推至中唐之後；因慧遠與其他十八位高賢結蓮社的故事只有在中唐之後才流傳，頁二五六—二六一。

用正反映了這些時期的興趣與需求。

早期史傳中的陶淵明隱士形象

如同 Denis Twitchett 所提出：中國史傳「從某些特殊角度來探討人物的行為，而非運用環環相扣的全面視角」[12]。中國官方史書中的人物傳記，向來都不以瑣碎的繫年及翔實無遺的記載為目標。司馬遷（約西元前一四五—約西元前八六）和班固（三二—九二）及其以後的一系列史書作者總是精心裁剪人物生平的一、兩個特點，他們有意識地省略其餘細節來定義人物的人格特色。如同某位史學家近來觀察到的，司馬遷《史記》中的人物描繪模式總是「記述了人物一生中一兩個重要片段，刻畫了人物性格中某一重要特點，類似人物雕塑中的半身像，形象雖不完整，但個性鮮明」[13]。此種標舉出的人物特色總是與主人翁的類型（如果有的話）緊密連結。斷代史部分是由不

12 Twitchett, "Chinese Biographical Writing," p. 110.

13 參陳蘭村等，《中國傳記文學發展史》，頁七七。李祥年（《漢魏六朝傳記文學史稿》，頁八四）也作了類似的論述。不同點在於：他將班固而非司馬遷視為挑選一或兩個特點來呈顯主人翁人格主要方面的鼻祖。

同人格類別的傳記所組成（例如儒生、滑稽、酷吏及隱士）；在很大程度上，類型學主導了傳記的寫作走向，使其符合給定的標題。[14]《宋書・隱逸傳》中，沈約即遵循已有的特定人物描繪手法，聚焦於主人翁被置於隱士之列的幾種特徵和行為。

《宋書》中的陶淵明傳記呈顯了一個不偏不倚的隱士形象，與〈隱逸傳〉中其他典型隱士有諸多相同的特色及喜好。[15]傳記的第一部分敘述了陶淵明類於隱士的諸多軼事，更據引了陶淵明最清楚描繪一己隱士形象的作品〈五柳先生傳〉及〈歸去來兮辭〉。在此段落中，我們發現被 Wolfgang Bauer 稱為隱士「退避生涯」（negative career）的部分：屢屢的任官及次次的婉拒和辭官。[16]第一段落的其餘部分，如下引，則充溢著某些廣受後人喜愛的小故事。沈約對陶淵明軼事的選用特別突

14 王國瓔，〈史傳中的陶淵明〉，頁二一六—二二〇。王氏在最近對於陶淵明史傳描繪形象的研究中，提出陶淵明的形象被修飾以符合「類型化」標準。以《宋書・隱逸傳》為例，王氏將陶淵明傳記與〈隱逸傳〉中其他傳記做交叉比對，確認出它們共同具有某些類似敘述：不斷地辭官歸隱、高超卓絕的人格、不汲汲於名利及對自由的渴望。王氏對此下了結論：史家將陶淵明的描繪加以「類型化」，以符合〈隱逸傳〉下其他隱士的共同定義。

15 在王國瓔（參見注釋14）所列出的隱士共通特色之外，也許可以再加上一些其他特色（大體具備，但並不是每個隱士都如此）：性喜自然；精通某項藝術，諸如文學、音樂或書法；及物質上的自給自足。

16 Bauer, "The Hidden Hero," p. 168.

出陶淵明的嗜酒，這給予我們超然世外、不拘禮法的隱士形象：

1.〔潛〕謂親朋曰：「聊欲弦歌，以為三逕之資，[17]可乎？」執事者聞之，以為彭澤令。公田悉令吏種秫稻，妻子固請種秔，乃使二頃五十畝種秫，五十畝種秔。[18]

2.郡遣督郵至，縣吏白應束帶見之，潛嘆曰：「我不能為五斗米折腰向鄉里小人。」即日解印綬去職。

3.江州刺史王弘欲識之，不能致也。潛嘗往廬山，弘令潛故人龐通之齎酒具於半道栗里要之，潛有腳疾，使一門生二兒舉籃輿，[19]既至，欣然便共飲酌，俄頃弘至，亦無忤也。[20]

---

17 「三逕」一詞使用的是退隱文人蔣詡之典故。王莽篡位（九—二三）後，蔣詡由官場退隱家中。他不離自己的草廬，只與其他兩位賞心友人交遊，分別是羊仲與求仲，他們由蔣詡家門前的三條小徑出入。此則故事的來源，參見 *TYM*, 2: 155, 178.

18 一頃相當於一百畝。在六朝，一頃大約等於一二．五英畝。

19 根據唐長孺，《魏晉南北朝史論叢續編》，頁一〇二：「門生」一詞在南朝應指家中的侍者或隨從。「門生」後以用指弟子或學生，此處不應相混。

20 換句話說，陶淵明並未對這場巧詐安排的相會，感到任何不悅。

4. 先是，顏延之為劉柳後軍功曹，在潯陽，與潛情款。後為始安郡，經過，日日造潛，每往必酣飲致醉。臨去，留二萬錢與潛，潛悉送酒家，稍就取酒。

5. 〔潛〕嘗九月九日無酒，出宅邊菊叢中坐久，值弘送酒至，即便就酌，醉而後歸。

6. 潛不解音聲，而畜素琴一張，無絃，每有酒適，輒撫弄以寄其意。

7. 貴賤造之者，有酒輒設，潛若先醉，便語客：「我醉欲眠，卿可去。」

8. 郡將候潛，值其酒熟，取頭上葛巾漉酒，畢，還復著之。[21]

沈約以一語總結此段落：「其真率如此。」[22] 由嗜酒相關的幾個事件導引出的陶淵明之「真」與「率」，遂成為其後陶淵明形象的重要成分。

雖然沈約所記錄陶淵明的軼事大多落在飲酒及嗜酒的軼聞上，且將陶淵明的一舉一動都刻畫得像個標準隱士，然而《宋書》傳記中的陶淵明形象卻不能簡單地被視為扁平人物。從事傳記研究的現代學者李祥年先生提出：「本傳中人物形象塑造的片面性和人物性格描寫的單一化」，他的觀

21 《宋書》，九三／二二八六—二二九〇。

22 《宋書》，九三／二二八八。

點需要從總體上加以理解[23]。通觀整篇陶淵明傳，沈約刻畫出陶淵明對晉朝的忠貞，並側重他身為一位父親的角色。這些面向都有助於平衡超然世外、不拘禮法的隱士形象。關於陶淵明的忠貞定位[24]，沈約寫道：

〔潛〕自以曾祖晉世宰輔，恥復屈身後代，自高祖王業漸隆，不復肯仕。所著文章，皆題其年月，義熙以前，則書晉氏年號，自永初以來唯云甲子而已。[25]

根據沈約的記載，此種拒絕記錄新朝代年號的做法是陶淵明忠心於晉的額外證據。沈約對陶淵明政

23 參李祥年，《漢魏六朝傳記文學史稿》，頁一八五。

24 沈約將陶淵明的隱逸視為忠心於前代的行為，此種論述可能受顏延之〈陶徵士誄〉的影響。此文雖然成於南朝劉宋，卻將陶淵明視為晉朝，而非劉宋之徵士。此暗示著顏延之可能認為：陶淵明在四〇五年後即拒絕出仕及決心歸隱是對新朝的抗議。四〇五年是劉裕崛起的一年，但距離他的篡位尚有十五年之久。見顏延之〈陶徵士誄〉，三八／二六四六b。值得注意的是：直至進入劉宋時期，此朝代的開國年代仍非不證自明。徐爰於四五九年撰寫劉宋史書之時，起始年代甚至引發了一場爭議。爭議的繫年包括四〇四及四〇五年，正當劉裕鞏固自己權力之際。（參徐爰，《南史》，七七／一九一八。）

25 《宋書》，九三／二二八八—二二八九。

治定位的論述回應了他〈隱逸傳〉序及附於傳後之論，其中他定義了所謂的「賢人」，正是那些不遇聖主方而遯世之人，且其足以「激貪厲俗」。[26]沈約將他筆下的隱士形容為：

> 夫獨往之人，皆稟偏介之性，不能摧志屈道，借譽期通。若使值見信之主，逢時來之運，豈其放情江海，取逸丘樊，蓋不得已而然故也。[27]

沈約因此認為：這些隱士若在治世下得遇明主，則將欣然出仕。隱逸在傳統中或被視為一種政治立場的表態，在摒棄政權的意圖外幾乎不具有其他意涵。但是，隱逸不一定要被詮釋為對特定政治事件或人物的回應，它也經常被看作是身處一般政治氣氛下儒家知識分子的適當選擇之一。而陶淵明的隱逸究竟屬於前者還是後者，則成為其後研究中始終爭訟不休的話題。事實上，沈約認定陶淵明忠貞於晉的主要證據在於陶淵明詩作的兩種繫年方法，而這與其現存詩文並不一致。在十四首繫年詩作及文章中，只有一篇〈祭程氏妹文〉明確標出晉代年號；但是這篇文章的寫作年代也是在義熙中，而非義熙之前。其餘十三首以干支紀年的作品，則分別作於義熙（四〇五—四一八）之前、之

26 《宋書》，九三／二二七五—二二七六。

27 同上，九三／二二九七。

中與之後。換句話說，陶淵明早在晉滅亡（四二〇）前就開始以干支繫年他的作品，甚至也早於劉裕崛起政壇的四〇五年。因此，沈約所謂陶淵明用干支繫年其詩作來表明對新朝代抗議的說法，事實上站不住腳。但更重要的是：此種繫年方法中暗藏政治臧否的論述廣泛為後代所接受，這使得宋代編者及批評家發現他們自己必須大費周章的引據諸多證據，花費諸多唇舌，以此來糾正沈約深植人心的錯誤論述[28]。

在描繪君臣關係之外，沈約同時注意到陶淵明於儒家倫常的另一個角色：父親。沈約完整的引錄了兩篇文本來彰顯這個面向：〈與子儼等疏〉及〈命子〉。在如同訓誡體的〈與子儼等疏〉中，陶淵明自忖大去之期不遠，謂己「性剛才拙，與物多忤」（此解釋了他為何不喜官場及決心退隱）[29]，他傷感必須令妻兒飽受飢寒之苦，並以歷史前車之鑑勸誡兒子應珍惜兄弟之情相親相愛。〈與子儼等疏〉繫於陶淵明晚年，其動機為交代身後事；相比之下，〈命子〉則是一首早期詩作，且內容為慶祝長子的誕生。正因此，〈命子〉呈顯出陶淵明角色的另一面向，也透露出他對兒子的期許。在此詩中，陶淵明追溯先祖自夏商，歷經其功勳彪炳的曾祖陶侃，最後談及其父。在這些顯

28 關於陶淵明干支繫年問題的現代討論，參朱自清，〈陶淵明年譜中的問題〉，收錄於《朱自清古典文學論文集》，二一：四六〇—四六五。

29 陶淵明於此文中清楚地將退隱的原因歸於自身性格：「性剛才拙，與物多忤，自量為己，必貽俗患，僶俛辭世。」

赫先祖的對照下，陶淵明傷感一己之微渺，並期許自己的兒子能振繼家風。無論身為皓髮蒼蒼之老父或喜獲麟子之初為人父，這幾篇文本都由衷透露出陶淵明對兒子的相同關懷；它們在陶淵明傳記中的作用正為凸顯出隱士人性化的一面。在近期的一篇文章中，王國瓔敏銳地指出此點，且單獨分析了《宋書》陶淵明傳所引錄的四篇文本，認為沈約各用兩篇文本來描繪陶淵明的兩重角色：隱士與父親[30]。也許我們還可以補充道：沈約選擇引錄〈命子〉詩，正可看出南朝重視門第譜系風氣之一端。

《宋書》通過側重陶淵明忠貞隱士及慈父兩個面向，把其塑造成具有典範道德性格的人物，這與中國史書編纂理念的基礎一致。王國瓔指出：須將陶淵明傳置於史家綜觀歷史的整體圖像下看待，在其中人物傳記正像是一本道德教材[31]。如通史一般，傳記扮演著傳遞道德教訓的角色，而人物的一生經歷則為後代所借鑑；但是有時與陶淵明令人印象深刻的嗜酒軼事相比，《宋書》中他的傳記所標舉的道德觀點不免有些黯然失色。儘管在某些文章脈絡中，嗜酒可被理解為具有政治意涵的逃避形式；但是陶淵明的嗜酒軼事則更多地傳達出值得細細品味的超然世外、不拘禮法的人格。

30 王國瓔，〈史傳中的陶淵明〉，頁二〇四。

31 同上，頁二二一—二二六。

作為陶淵明傳記的最早版本，沈約的記載成為其他三篇後代傳記的基礎，它們分別從中挪借及改寫段落。蕭統的〈陶淵明傳〉雖然嚴格來說並不算是正式史書，但也許肇因於其作者為梁朝（五〇二—五五七）太子，在傳統上此文本仍然與其他三篇官方傳記並行。沈約為蕭統之太子少傳，而蕭統於沈約《宋書》成書後不久即再度撰寫〈陶淵明傳〉，或可視為蕭統並不滿意沈約的版本。此外，據今所知蕭統並未撰寫其他人物傳記。他特別重寫〈陶淵明傳〉的行為，也許帶有一種欲傳達「正確」版本的企圖。蕭統的〈陶淵明傳〉淡化了陶淵明不拘禮法、真率的行為描寫，而將重點放置於他對隱逸操守的堅持。在此觀點下，蕭統似乎深受顏延之影響。身為陶淵明之友的顏延之在〈陶徵士誄〉中即將其描繪為一位高潔的隱士。〈陶徵士誄〉首先歌頌了古代隱士的「抗行」與「峻節」，同時傷感世人多折節，少有能與巢夫、伯夷並列者：「雖今之作者，人自為量，而首路同塵，輟塗殊軌者多矣。」[32]這暗示了陶淵明正是能不改其節、踵繼前人的隱士典範。蕭統熟稔〈陶徵士誄〉並將其收錄於《文選》中。蕭統對陶淵明之隱逸做出與顏延之相似的評價，並在〈陶淵明傳〉中新添了幾則與飲酒無關的軼事，顯然這些安排並非巧合。

1.〔潛〕躬耕自資，遂抱羸疾。江州刺史檀道濟（在職四二六—？）往侯之，偃臥瘠餒有

32　顏延之，〈陶徵士誄〉，三八／二六四六b。本書第三章將對此有進一步討論。

日矣。道濟謂曰：「賢者處世，天下無道則隱，有道則至。今子生文明之世，奈何自苦如此？」對曰：「潛也何敢望賢？志不及也。」道濟饋以粱肉，麾而去之。

2. 執事者聞之，以為彭澤令。〔潛〕不以家累自隨，送一力給其子書曰：「汝旦夕之費，自給為難。今遣此力助汝薪水之勞。此亦人子也，可善遇之。」

3. 後刺史檀韶，苦請〔周〕續之出州，〔潛〕與學士祖企、謝景夷三人，共在城北講禮，加以讎校。[33]所住公廨，近於馬隊。是故淵明示其詩云：

周生述孔業
祖謝響然臻
馬隊非講肆
校書亦已勤[34]

在沈約描繪陶淵明人父面向的基礎之上，蕭統引述的第二則軼事強化了陶淵明慈父的一面，將關愛

---

33 周續之（三七七—四二三）、陶淵明及劉遺民並稱「潯陽三隱」。周續之傳見《宋書》，九三／二二八〇—二二八一。祖企及謝景夷於史皆無傳。

34 蕭統，〈陶淵明傳〉，二〇／三〇六八—三〇六九a。蕭統引用了此詩的第四及第六聯。參《陶淵明集校箋》，頁九〇。

給予他人之子身上。第一則和第三則軼事則展現了陶淵明的隱逸決心及高潔品性；後者相較於前者而言，並非如此平鋪直敘，要看懂其深意，必須同時參讀引詩的最後幾行：

老夫有所愛
思與爾為鄰
願言謝諸子
從我潁水濱

潁水為許由拒絕堯讓天下時的洗耳之處，[35]此為堅決隱居的範例。援引此典，陶淵明意在勸誡年輕的隱士好友們，遁跡官場，回返理想初衷。

此三則新添軼事迥異於沈約版本之處，在於不以嗜酒與超然態度來刻畫隱士形象。誠然，蕭統的版本建立在沈約陶淵明傳記之上，所以大部分軼事的主體仍圍繞著酒。但是似乎對陶淵明總是離不開酒的論述感到不滿，蕭統於〈陶淵明集序〉（編者極可能希望此序與〈陶淵明傳〉合讀）中寫

35 參皇甫謐，《高士傳》，I．3a。

道：「有疑陶淵明詩，篇篇有酒。吾觀其意不在酒，亦寄酒為跡者也。」[36]雖然中國文人甚少將普通的飲酒行為貶損地視為嗜酒，事實上，飲酒在魏晉已成為士人文化的特徵之一。蕭統對陶淵明飲酒的詮釋進行辯護，已將其提升到「澆心中壘塊」的高度，這如同阮籍（二一〇—二六三）詩篇中對酒的妙用[37]。

此外，蕭統於序中尚言道：「嘗謂有能觀淵明之文者，馳競之情遣，鄙吝之意祛，貪夫可以廉，懦夫可以立。豈止仁義可蹈，抑乃爵祿可辭。不必傍游泰華，遠求柱史。」[38]蕭統將陶淵明描繪為一位行高志堅，而非放縱不羈的隱士，這使得我們必須仔細解讀蕭統版本中討論到陶淵明妻子

36　蕭統，〈陶淵明集序〉，二〇／三〇六七a。有關此序的進一步討論，可參 Wang Ping, "Culture and Literature in an Early Medieval Chinese Court," pp. 157-176.

37　根據王瑤（《中古文學史論》，頁一七二—一八〇）的論述，迄曹魏之時，飲酒已成為士人逃避殘酷政治現實的途徑之一。魏晉換代之際劇烈的社會動盪使得政治意見與立場的表態極為危險。飲酒和醉酒為竹林七賢的標的行為之一，用以麻痺並超脫沮喪的社會現實。袁行霈（《陶淵明研究》，頁一一三—一一四）比較了阮籍與陶淵明的飲酒，認為阮籍的縱酒充滿太多無以言喻的痛苦憂愁，然而陶淵明的嗜酒呈顯的卻是陶然的歡欣。根據袁行霈的論述，飲酒的刺激與麻痺作用模糊了主客分野，使人得以藉此進入一種超脫的精神境界。關於藥與酒、士人風度與文學創作之間的進一步研究，參魯迅，〈魏晉風度及文章與藥與酒之關係〉，《魯迅全集》，三：五〇一—五二九。

38　蕭統，〈陶淵明集序〉，二〇／三〇六七a。

的新段落：「其妻翟氏，亦能安勤苦，與其同志。」[39] 蕭統必然讀過陶淵明詩文中「室無萊婦」[40] 的描述，然而他卻做出此矛盾敘述，也許正因一位同甘共苦妻子的存在可以加強陶淵明決心隱居的隱士形象，如同陶淵明詩文中曾讚頌的老萊與黔婁之妻[41]。

蕭統有關陶淵明的描述比沈約的刻畫更加單一化，此描述更加清楚地給予我們一個定位明晰、行徑一致的隱士形象。蕭統於《文選》中選錄的陶淵明詩篇則透露了更多耐人尋味的訊息：九篇《文選》選錄的陶淵明作品，若非描繪陶淵明的隱居生活，就是描述他正在決心隱居的路上[42]。

39 蕭統，〈陶淵明傳〉，二〇／三〇六九a。

40 此語出自〈與子儼等疏〉（《陶淵明集校箋》，頁四四一）。老萊子之妻規勸其丈夫拒絕楚王的任官，保持隱居（劉向《列女傳》，二．九b—一〇a）。

41 在〈五柳先生傳〉中，陶淵明稍微更動了劉向《列女傳》（二．七b—八a）黔婁之妻稱美其夫之語，並將其施於五柳先生之贊：「不戚戚於貧賤，不汲汲於富貴。」而在陶淵明〈詠貧士〉七首之四中，對黔婁的描述也是植基於《列女傳》中對其妻的記載。黔婁與老萊之妻在陶淵明作品中都被描述為與隱士丈夫同甘共苦、齊志同心的伴侶。

42 蕭統《文選》選錄了陶淵明以下作品：〈始作鎮軍參軍經曲阿作〉；〈辛丑歲七月赴假還江陵夜行塗口〉；〈挽歌詩〉三首之三；〈飲酒〉二十首之五及七；〈詠貧士〉七首之一；〈讀山海經〉十三首之一；〈擬古〉九首之七及〈歸去來兮辭〉。

蕭統未納入《文選》的篇章同樣值得深思。凡是主題涉及對君主的忠心，或嚮往建功立業之詩文，諸如〈詠三良〉及〈詠荊軻〉，都被屏除在外。此種遺漏顯然不來自於《文選》體裁或主題的選取限制，因為「詠史詩」類即選入了左思（約二五〇—約三〇五）詠荊軻及曹植（一九二—二三二）詠三良之作。蕭統的《文選》忽略了陶淵明雄心壯志這一面向，這正呼應了其在〈陶淵明集序〉及〈陶淵明傳〉中將陶淵明化為一位超然世俗的典型隱士。

蕭統〈陶淵明傳〉中最重要的省略恰是沈約版本中一再強調的陶淵明忠於晉室的證據。蕭統接受了沈約的說法，認為陶淵明出於正義及忠誠，在劉裕篡位後拒絕出仕，但他並未將此與陶淵明作品的兩種繫年法連結起來。蕭統應該已經閱覽了沈約所使用的陶淵明集版本，因此他婉拒沈約對於陶淵明作品的兩種繫年方法，這使得沈約說法的真實性值得商榷。

《南史》中的〈陶淵明傳〉並沒有新添太多陶淵明的生活軼事。它結合了稍早的沈約及蕭統版本，幾乎是一字不漏地沿襲其語彙及敘述順序。於是，《南史》的省略之處變得更加顯而易見。相較於《宋書》引錄四篇陶淵明文本，蕭統直接將《陶淵明集》附於後，故傳中不需引用[43]；《南

43　根據李公煥的宋本《陶淵明集》，蕭統如同沈約一樣在〈陶淵明傳〉中引錄了通篇〈五柳先生傳〉。蕭統剔除沈約引錄的其他三篇文本，而僅保留此篇的原因不明。我們做出的解釋是：蕭統認為沒有必要全數引錄沈約版本的四篇文本，因為這些文本全可見於後附的《陶淵明集》中；而之所以唯一引用〈五柳先生傳〉，肇因於蕭統與沈約同樣認為此篇傳記可謂陶淵明生活「實錄」。此種解釋具有高度可能性與說服力；但是，除

史》則僅引用了三篇文本：〈五柳先生傳〉、〈歸去來兮辭〉及〈與子儼等疏〉。[44]《南史》對〈命子〉的省略使得陶淵明人情的一面淡化，而高絕的隱士形象更為突出。當然，此種省略也可能出自史家對篇幅長度的考量；但是我提出的上述解讀，可在大約同時成書的《晉書》陶淵明傳中得到支持。《南史》版本新添兩句不見於《宋書》或蕭統版本的敘述用以強調陶妻之美德。在蕭統「其妻翟氏，亦能安勤苦，與其同志」的刻畫之上，李延壽添加道：「夫耕於前，妻鋤於後。」[45]這是

（續）

了蕭統避免同一卷中文本重出的理由之外，仍有其他可能解釋。確切地說，〈與子儼等疏〉可能因含有「室無萊婦」一句而遭刪除，因為此與蕭統「其妻翟氏，亦能安勤苦，與其同志」的描述牴觸。此種反駁論點看似可信，但刪除其他兩篇文本的理由更加難以推測。也許可推測〈命子〉因暗指陶淵明的世系表及後裔，牴觸了一個純然隱士應具的特徵：遺世獨立、超然絕俗及某種程度上的神祕性（如〈五柳先生傳〉云：「先生不知何許人也，亦不詳其姓字。」）。但是此種猜測蕭統欲形塑陶淵明為純然隱士的推論，實際上難以成立，因為蕭統同時也援引了陶淵明給其子的短信，呈顯出慈父的一面，這與純然隱士的一面難以構成滿意的調和。而對於〈歸去來兮辭〉，我則找不到其他任何刪除的可能理由。蕭統對陶淵明四篇文本的或存或刪，是個爭議性論題，而只有回歸邏輯層面，推論才得以成立。我已提供了對我而言漏洞最少的解釋。十分感謝臺灣大學陳啓仁先生提供其他的詮釋。

44 〈與子儼等疏〉開首幾句關於生死有命的論述，在引錄時省略。

45 《南史》，七五／一八五九。李延壽略微更動蕭統對陶妻的描述，將「亦能安勤苦，與其同志」改寫為「志趣亦同，能安苦節」，實質上不改其義。

《南史》的兩大創新之一。《南史》更大的創舉則在於：將陶淵明之名與隱逸概念相提並論，置於〈隱逸傳序〉之首。若不計入傳說中的古代隱士，陶淵明是〈隱逸傳〉中唯一被列名的隱士：「若夫陶潛之徒，或仕不求聞，退不譏俗；或全身幽履，服道儒門；或遁跡江湖之上，或藏名巖石之下，斯並向時隱淪之徒歟。」[46]在一百七十年間，陶淵明由《宋書》中列席隱士之一，一躍而為《南史》中當代隱士的首席象徵。

在三種後出史書中，與《宋書》最為大相逕庭的當屬六四八年成書的《晉書》。[47] A.R. Davis 用以形容此四種陶淵明傳記的詞語「誇飾」，援引在《晉書》上可謂最為貼切。[48]《晉書》中的新添材料可分為兩類：首先，編者詳細闡述沈約版本中的故事。例如，在《宋書》中，王弘密請故人龐通之安排碰面；而在《晉書》版本中，王弘曾親身造訪，陶淵明稱疾不見，並語人云：「我性不狎世，因疾守閒，幸非潔志慕聲，豈敢以王公紆軫為榮邪！夫謬以不賢，此劉公幹所以招謗君

46 《南史》，七五／一八五六。

47 現今官修《晉書》的編纂過程一直令歷史學家抱持高度興趣。他們關注的焦點在於其中蘊藏的政治動因、帝王委任的特定理由及唐太宗（六二六—六四九年在位）對此的個人興趣。關於此議題的進一步研究，參李培棟，《魏晉南北朝史緣》，頁一〇八—一三九；及岳純之，《唐朝初年重修晉書始末考》。

48 透過對此四種史傳的比較分析，可以看出 Davis（*TYM*, 1: 4）對陶淵明早期傳記的觀察：「他的諷刺姿態已然被誇張及扭曲失真」，並不全然適用於四種傳記。

子，其罪不細也。」求訪失敗後，王弘密請龐通之於栗里安排巧妙碰面。歡宴竟日後，《晉書》繼續描寫陶淵明與王弘如何共同遊賞，但各自還州。陶淵明「言笑賞適，不覺其有羨於（弘之）華軒也。」[49]《晉書》最引人注目之處莫過於引用「語錄」，讓隱士為一己的高蹈絕俗而發聲。《宋書》提及，陶淵明蓄有一張無絃琴，常撥弄以寄其意。而如今在《晉書》中，陶淵明進而諷弄道：「但識琴中趣，何勞絃上聲？」[50]上述兩個例子及其他此處未引述之例呈顯出一種遠離原有版本之上的嶄新想像。為舊軼事增添新結尾，並配以更完整的敘述及更精采的細節，使閱者讀來津津有味。

其次，《晉書》提供了不見於其他三種傳記的新軼事及新人物刻畫。例如，「其鄉親張野及周旋人羊松齡、寵遵等或有酒要之，或要之共至酒坐，（潛）雖不識主人，亦欣然無忤，酣醉便反。」[51]另外一則軼事描繪王弘與陶淵明的初次會面：「潛無履，弘顧左右為之造履。左右請履度，潛便於坐申腳令度焉。」此些嶄新的軼事放大了早先見於其他三種傳記的陶淵明特質：無拘無束、放縱不羈及對禮教的蔑視。隨著新軼事的補充，《晉書》也出現了對陶淵明性格的新敘述：

49 《晉書》，九四／二四六二。

50 同上，九四／二四六三。

51 有關陶淵明「酣醉便反」的描繪挪借於〈五柳先生傳〉：「造飲輒盡，期在必醉，既醉而退，曾不吝情去留」，但它們的上下文是不同的。在這部如同小說般的傳記中，五柳先生是與親舊共飲至醉，而非與陌生人歡聚。

「不營生業，家務悉委之兒僕。」此種徹底的超然離群及漫不在乎的隱士形象進一步被形容為：「未嘗有喜慍之色。」[52]

《晉書》省略之處與其添加之處同等意義深遠。《晉書》編者未引錄〈命子〉及〈與子儼等疏〉，也未保留陶淵明叮囑其子要善待僕人的短信。此兩處重要省略及所添加陶淵明將家務悉委之於兒僕的描述共同降低了先前史書建立起來的陶淵明的慈父形象。《晉書》同樣省去了有關陶淵明不仕二朝的爭議，這使得陶淵明的忠晉立場不再顯明。最後，《晉書》沒有提及陶淵明妻子。陶淵明三重儒家倫常關係（君臣、夫婦、父子）描繪的消滅造就了一個漫不經心、離群獨立以及從傳統角色中釋放出來的嶄新隱士形象。

對早期陶淵明傳記的或增或減以及選擇其他來源的史料軼事都彰顯了編者對陶淵明生活描述之「重構」。此外，不同史書傳記呈顯出的陶淵明合成形象具有重大意義，因為每一位讀者對陶淵明的印象完全取決於其所閱讀的傳記版本。《晉書》關於陶淵明傳記的敘述在唐代的特殊影響可視為此點的一個重要例證：雖然盛唐及中唐文人普遍從四種陶淵明傳記中擷取軼事；他們詩篇中對陶淵明的想像總與《晉書》中的描繪最相符合。如同我們將會看到的，唐代文人偏愛以理想化的語詞呈顯陶淵明的隱逸。我們可以推測他們偏好《晉書》陶淵明傳記的原因：首先，唐代文人

52 《晉書》，九四／二四六二。

輕易就會發現，《晉書》將陶淵明隱士行為推於極致的描繪可謂最饒富趣味，這為他們提供了最多采多姿的詩學取材。其次，《晉書》傳記是四種史書中最具「文學性」的，最重視敘述節奏、完整結尾及意象性語言的。再次，重修《晉書》的詔令由唐代第二位皇帝太宗（六二六—六四九年在位）直接下達。他對當時現存的十八種以編年體或複合形式編纂的私家《晉書》皆不甚滿意。在重修《晉書》的詔令中，唐太宗批評了過去的私家史者：「雖存記注，而才非良史，書虧實錄。」[53]他並親自為其中的〈宣帝紀〉（司馬懿死於二五一年，身後被追封帝號）、〈武帝紀〉（司馬炎，二六六—二九〇年在位）撰寫論贊，同時撰寫〈陸機（二六一—三〇三）傳〉及〈王羲之（三二一—三七九）傳〉。因此，新版《晉書》獲得了「御撰」的背書。皇帝親身參與編纂過程，這所賦予的特殊權力性使得《晉書》可能吸引了大量讀者群研習及關注興趣。因此，雖然數種十八家《晉書》流傳至宋朝，但是根據劉知幾（六六一—七二一）的評論：「自是，言《晉史》者皆棄其舊本，競從新撰。」[54]自六四八年官修《晉書》的確立，其後的唐代文人最廣泛閱讀的可能是此版本。

四種陶淵明傳記中發展出的不同「脫俗化」程度，顯示了傳記作家對陶淵明生活的重述及材

53 〈修晉書詔〉，《全唐文》，八：三a。
54 劉知幾，《史通通釋》，一二．一一。

料的選擇。例如，陶淵明及王弘的會面存在兩種版本。根據沈約的記述，王弘試圖求見陶淵明未果，故令故人龐通之齎酒具於半道栗里要之，陶淵明既至，「欣然便共飲酌，俄頃弘至，亦無忤也。」沈約必然讀過另一種早期史書中流傳的版本，此版本對此有迥異的記載：「陶潛解印後，有腳疾，使一門生二兒舉藍輿詣王弘。既至，欣然而與之飲酌。」[55]沈約的重述稍後被蕭統及李延壽繼承，這些敘述將陶淵明形塑成一位超然離群、不拘世俗禮節的隱士。在此版本中，陶淵明接受

55 十世紀末類書《太平御覽》從《宋書》引述此段落，見《太平御覽》，七七四／三四三二b。既然此段落未見於今本沈約《宋書》，它必定來自當時另兩本同名作品其中之一：也許來自孫嚴，而不大可能來自沈約所依據的徐爰版本。此兩種《宋書》都早於沈約，並流傳至宋初。參《新唐書．藝文志》，五八／一四五六。同一段落亦出現於七世紀早期類書《北堂書鈔》（成書於六三〇年），但書中注明引自《晉書》。既然現所認定的官方《晉書》（房玄齡撰）成書於十幾年後（六四八），而其他稍早的同名《晉書》若非早於陶淵明，就是已亡於初唐，此處的《晉書》應是指臧榮緒（四一五—四八八）所撰之作，其作早於沈約《宋書》（四八八）。雖然《北堂書鈔》成書早於《太平御覽》，但此爭議段落出現於明代陳禹謨版本，而非來自較具信服力的清代孔廣陶版本（參虞世南，《北堂書鈔》，陳禹謨本，一四〇．五，《北堂書鈔》，孔廣陶本，一四〇．四a）。有可能是陳禹謨與孔廣陶的原稿相異，也有可能是陳禹謨從《太平廣記》抄錄此段落，因陳氏習於從其他來源更替佚失版本。湯球（一八〇四—一八八一）輯佚的臧榮緒《晉書》包含此段落，但他有可能在未比較其他版本之下，直接從陳禹謨本摘錄。參湯球，《九家舊晉書輯本》，頁一五一。

來自高官的造訪，自在的流露其喜憎；而在早期版本中，陶淵明拜會王弘，並在應對中表現得更為傳統、善交際及人性化。貫串陶淵明四種傳記的超然世外這一重要性格並未出現在早期版本中。沈約《宋書》的可能來源之一是檀道鸞（約四五九年前後）的《續晉陽秋》，其中檀道鸞將王弘如何造訪陶淵明，與發現其未著履而使僕人為其履度的故事相連。[56]檀道鸞有關王弘造會陶淵明的版本與陶淵明拜會王弘的版本流傳於同時，後者可能見於孫嚴《宋書》或徐爰《宋書》。另一種可能性來自臧榮緒（四一五－四八八）《晉書》。沈約、蕭統及李延壽都選擇了使陶淵明顯得較為高尚不群的版本，這也顯示了史家在早期陶淵明形象建構中扮演著活躍（且並不總是出於無心）的角色。《晉書》的唐代編纂者精雕細琢了沈約版本的軼事，且增添了另一則開頭故事：王弘造訪陶淵明，而淵明稱疾不見；此更強化了陶淵明的高尚不群及漠視常規。

四種陶淵明傳記存在的問題可歸類為幾個面向：首先，某些史傳敘述與其他有關陶淵明生活的記述產生矛盾，這包括陶淵明的作品或有關陶淵明生活及人格的最可靠的二手記載：顏延之〈陶徵士誄〉。四種傳記中沒有任何一位史家引錄此誄。如果他們當真引錄，關於陶淵明形象的不一致處將會顯而易見。〈陶徵士誄〉記錄了十分寶貴的資訊，諸如陶淵明與顏延之間的對話，其中透露了親密交心的深厚友情，而非僅是酒筵之交。誄中尚且提及陶淵明「置酒弦琴」（此琴應有弦）及

56　檀道鸞，《續晉陽秋》，頁三二一a。

具備音樂素養，這如同陶淵明自己在多首作品中所宣稱的。[57] 顏延之頌讚陶淵明的美德為「廉深簡絜，貞夷粹溫」，使得陶淵明看起來有些嚴肅，甚至無動於衷：「弱不好弄，長實素心。」[58] 這樣的一篇文本與四種傳記對完美隱士形象的塑造格格不入。史傳中堅定自持的隱士，最為人津津樂道處在於其對世俗規範的超越。從這種忽視此誄文的疏漏處正可看出四種傳記一脈而承的現象：隨意憑一己詮釋而選擇，又為了不使前後矛盾而任意刪略所引材料。藉由對特定軼事與文本的選擇與剪裁，每位史家都創造出獨一無二的陶淵明拼貼畫。再者，三種史書——《宋書》、《南史》及《晉書》——都被如劉知幾與劉昫（八八七—九四六）等後代史評家批評為扭曲失真。[59] 近來有兩篇論

57 田曉菲提及：《與子儼等疏》在陶集中有一處文字與《宋書》（九三／二二八九）、《南史》（七五／一八五九）所引錄者相異。史傳中此句作「少年來好書」或「少來好書」，而陶集（《陶淵明集校箋》，頁四四一，四四三）中卻作「少好琴書」或「少學琴書」。田曉菲推論道：「這是不是因為史傳作者發現了矛盾之處，從而改動了陶淵明的書信，以保留傳記中『無絃琴』的故事呢？」見田曉菲，《塵几錄——陶淵明與手抄本文化研究》，頁七六。

58 顏延之，〈陶徵士誄〉，三八／二六四六b。在正式的哀辭中，顏延之形容陶淵明的性格為：「睦親之行，至自非敦。然諾之信，重于布言。廉深簡絜，貞夷粹溫。和而能峻，博而不繁。」我對首兩行的解釋參照五臣呂延濟注：「言敬親之行，至自天生，非勉勵為之也。」（蕭統，《六臣注文選》，五七．二三b。）我十分感謝 David Knechtges 在此點上予我的啟發。

59 劉知幾在《史通》中批評《宋書》：「夫故立異端，喜造奇說，漢有劉向，晉有葛洪。近者沈約，又其

文分別對史傳中陶淵明的可信度做出評鑑[60]。雖然這些軼事和所謂「事實」的真實性已在本文討論範圍之外；但是我們仍然可以說，這些後代耳熟能詳的故事，無論在陶淵明作品或當代其他文獻中都找不到太多證據加以支持，甚至還常常與其產生矛盾。它們最有可能是瑰麗想像與道聽塗說的結晶[61]。

此討論最重要的目的在於：即使到現在，仍有學者理所當然將此四篇傳記當作真實紀錄引用，而非視為影響後代解讀陶淵明的四篇文本。作為陶淵明接受史中的早期文本群，此四篇傳記奠定後

（續）甚也。」（劉知幾，《史通通釋》，一八・一二。）批評《晉書》的文字更是不計其數。劉知幾：「近見皇家所撰《晉史》，其所採亦多是短部小書，省功易閱者，若《語林》、《世說》、《搜神記》、《幽明錄》之類是也。如曹、干兩氏《紀》，孫、檀二《陽秋》，則皆不之取。故其中所載美事，遺略甚多。」（劉知幾，《史通通釋》，一六・四－五。）《舊唐書》作者劉昫則列舉了更多房玄齡《晉書》之短處：「然史官多是文詠之士，好採詭謬碎事，以廣異聞；又所評論，競為綺豔，不求篤實。」（《舊唐書》，六六／二四六三。）有關此些論點的進一步討論，參齊益壽，〈論史傳中的陶淵明事蹟及形象〉，頁一五二。

60　參齊益壽，〈論史傳中的陶淵明事蹟及形象〉及王國瓔，〈史傳中的陶淵明〉。在齊氏的文章中，陶淵明傳記中收錄的軼事與陶淵明的作品及其他相關材料矛盾，故難以確認此些軼事之真實性。王氏則將重點從確認傳記軼事真實性上移開，而更多批判性地分析正史傳記以慣用手法建構陶淵明形象。

61　關於陶淵明傳記中的隱士形象「基於陶淵明本人在詩文中的自我形象投射」之研究，參田曉菲，《塵几錄——陶淵明與手抄本文化研究》，頁一九，五三－八二。

代討論的語詞、對某些特定詩篇提供創作背景及作者意圖，且形塑了後代讀者的想像。一代一代的陶詩研究者不假思索地把這些傳記中的故事當作印證陶詩的對照材料，且將它們視為可全盤接受的真實紀錄。這樣毫無保留地信任史傳記載而做出的詮釋存在著歷史紀錄與文本詮釋間無限迴圈的問題。如同 Stephen Owen 所說：

> 我們將歷史紀錄建立於其他歷史紀錄之上；在詮釋之時，我們建立出此等歷史紀錄，以回答特定文學文本的需求；此後，我們將自己創造出的寫作背景當作歷史紀錄來詮釋文學文本。[62]

及

> 我們從未見及一篇文學文本在其歷史中的真實基礎；我們只見到這一真實基礎的形式仿製品。文學文本總是建立在另一篇「文本」的基礎上，後者偽裝成前者的歷史基礎，偽裝成歷

62 Owen, "Poetry and Its Historical Ground," p. 108.

史「紀錄」。[63]

我們仍須援用此四篇傳記所提供的資訊，因為它們是現今關於陶淵明生活最早也是最完整的二手紀錄（顏延之〈陶徵士誄〉暫且不論），但我們絕對不能忽略這些傳記的本質仍出自杜撰。一直以來，這數篇文本都被視為可靠的歷史材料，人們鮮少重視不同傳記間存在的歧異，也忽略了陶淵明傳記的歷時演進。雖然這些傳記為後代陶淵明接受史所倚賴，但是其中的差異卻更彰顯了一個重要事實：即使只是在陶淵明身歿後的一兩個世紀內，他的歷史形象已然變動不居。這些看似堅固的支柱，並非由單一磚塊砌成，而是在時光流逝中不斷疊床架屋，其中的每一片磚瓦都隱約透露出原始鑿作的痕跡。

唐代對陶淵明隱逸的暗喻及其矛盾

在唐代詩歌中，陶淵明隱居生活的意象隨手可掇。對陶淵明的屢屢提及反映出唐代詩人對遠離

63 Owen, “Poetry and Its Historical Ground,” p. 107- 108.

官場的優閒生活的渴望、對一己或友人不遇時的慰藉，及對考慮歸隱或正處歸隱之友人的規勸及恭賀。[64]這些大量引用皆對陶淵明做出一定程度的論述。在這類詩作中，陶淵明之名普遍被類化為一個形容詞，用以修飾特定名詞如杯、酒、菊、柳、風、春及閒。這些引用也許無法深化我們對詩義的理解，也鮮少透露詩人對陶淵明的獨特詮釋，但它們仍舊是隱士陶淵明接受史中的重要指標。他的田園生活風格與懷抱的理想情操成為唐代詩歌語言中一種根深柢固的象徵，以至於僅僅提及他的名字就足以召喚出由陶淵明本人及其傳記作家所詩化的田園生活全然的環境氛圍。唐代詩人的作品可謂首先將陶淵明軼事建立成一套詩學典故，一套標準的隱逸理想縮影。[65]從《全唐詩》中數百首提及陶淵明的詩作中可清楚看出：唐代詩人最醉心於陶淵明生活中的隱逸部分，環繞著飲酒、撫

64　與陶淵明相關的即事之作及暗示貶謫、遊覽（無論是詩人或送別的友人）地理位置的詩作，通常包含了關於陶淵明的隱喻。迄於唐代，描寫重陽節及相關習俗（如飲酒及賞菊）的詩作經常提及陶淵明。另一種習慣是，當寫至貶謫或遊覽至陶淵明故居潯陽時，文人也慣常暗用陶淵明典故。這些引用的本質源於習以為常的慣例，實質並不一定真與陶淵明十分相關。本書接下來的分析，將只針對有關陶淵明的實質引用。

65　迄至六朝晚期，陶淵明已成為隱逸的模範；但使用與陶淵明相關意象，諸如酒、柳、菊與桃花源來預示隱士生活氛圍的詩作，相對來說還很稀少，且幾乎只限於梁代太子（蕭統，蕭綱〔五〇三—五五一〕及蕭繹〔五〇八—五五五〕）及其領導的文人團體中。更多例證，參李劍鋒，《元前陶淵明接受史》，頁二九—三二。李氏指出南朝時已可見提及陶淵明典故（酒、柳及其他）的詩作，但是使用的一致及廣泛程度都不及唐代。

琴意象，及令人嚮往的超然世俗。唐代詩人典型的做法是：他們將關注焦點大量集中於對陶淵明作品及其傳記的想像，他們將陶淵明塑造成一種常用的主題，發現其隱逸生活中所蘊藏的豐富動人的場景最具吸引力。唐代詩人的詮釋透露出陶淵明傳記的巨大影響，這些傳記很大程度上為我們剪影出一幅陶淵明生活的印象式拼貼畫。這麼說也許不算概括：對唐代詩人而言，遍布陶詩中的沉思默想並不構成關注核心；而是這些豐富而具體的意象成為「詩意」的基礎，使得詩之所以為詩。相較而言，在宋代，正如我們稍後將看到的，陶詩中的哲思界域一躍成為詮釋及引用的主角。

毋庸置疑，唐代詩歌對陶淵明的引述極多；陶淵明的隱士身分再一次獲得了壓倒性的認同。此種一致化引述的頻繁出現，透露出唐代詩人對陶淵明詮釋的單一本質；這也正是他們的局限。我將首先考察唐代文人如何描寫隱士閒適生活：他們關注的焦點落在飲酒和撫琴相輔相成產生的樂趣（優閒讀詩或作詩有時用以取代撫琴意象），及一種甚少出於五柳和菊花陪伴之外的超然存在。下引李白的詩作即為陶淵明典故大量組合的典型例子：

戲贈鄭溧陽

陶令日日醉
不知五柳春
素琴本無弦
漉酒用葛巾

清風北窗下
自謂義皇人
何時到栗里[66]
一見平生親[67]

對現代讀者而言，此詩可謂再陳套不過了！但恰恰是它的陳套令人饒富興味。所有與陶淵明隱逸生活相關的關鍵意象全部整齊地堆疊在裡頭：首句提到陶淵明的醉酒，次句是關於他的五柳，第三句涉及他的無弦琴，第四句召喚出陶淵明以頭巾漉酒的場景，第五句談到他於北窗下臥乘涼風，第六句提及陶淵明自詡為羲皇上人。第五、六句都指向陶淵明的閒適及對現況的心滿意足[68]。雖然大量陶淵明典故的堆疊使得此詩顯得獨一無二，但是此詩對陶淵明的呈顯方式在唐代卻可謂比比皆

66 詩中的「戲」字來自陶淵明故里毗鄰的栗里，在唐代此地隸屬於溧陽縣。李白的鄭姓友人當時正在此地任官。出於遊戲筆墨，李白贈給溧陽現任官員一首有關當地過去官員閒散生活的詩。在兩位前後官員之間，是否有地名巧合外的其他類比關聯，則充滿開放的想像。

67 《全唐詩》，一六九／一七四六。

68 此兩句典故來自〈與子儼等疏〉：「常言五六月中，北窗下臥，遇涼風暫至，自謂是羲皇上人。」（《陶淵明集校箋》，頁四四一。）

是。李白的描繪令人想起史傳中的陶淵明，尤其是《晉書》中的形象。第三、四行對無弦琴及漉酒的描寫只見於史傳而非陶淵明的作品。第五、六行也與此相仿，雖然這兩行曾出現於陶淵明作品，但是它們很可能從陶淵明傳記的引錄中擷出。四種傳記中唯一提及清風北窗下及羲皇上人者正是《晉書》。李白對《晉書》陶淵明傳的熟稔程度；或者進一步說，《晉書》鮮明的場景敘述對每一位唐代詩人的吸引度並不應該令人驚訝。此種印象式的，或者在某種程度上說，誇張放大的描寫給唐代詩人提供了豐富的詩學素材，意象順序及運用意象的敘述成為了唐代詩學觀點的核心。

李白的詩因在八行中囊括進陶淵明的大量代表性意象顯得特殊非凡。與之相比，更典型的包含陶淵明的詩作則是擷取其一兩種隱逸生活的意象加以鋪陳。這些詩歌聚焦於借助酒而遠遺世情（陶淵明〈飲酒〉第七將酒稱為「忘憂物」），如同李群玉（八一三？—八六〇？）在一詩的結尾所述：

借問陶淵明
何物號忘憂
無因一酩酊

高枕萬情休[69]

或聚焦於陶淵明如何自適於閱讀與飲酒之中，如同白居易（七七二—八四六）在一詩開頭所言：

孟夏愛吾廬
陶潛語不虛
花樽飄落酒
風案展開書[70]

又或論及他退隱後的優閒，如李商隱（八一三？—八五八）的詩歌：

自貺

陶令棄官後

69 李群玉，〈雨夜呈長官〉（《全唐詩》，五六八／六五七〇—六五七一）。

70 白居易，〈寄皇甫七〉（《全唐詩》，四四六／五〇一七）。

仰眠書屋中
誰將五斗米
擬換北窗風[71]

綜合而言，上述大量的典範引用及眾多只將陶淵明之名與菊、酒、春風等名詞作連結的詩句，透露出唐代對陶淵明隱逸理想的偏愛。簡而言之，這種理想包括一種無拘無束、不問世事的態度。

在唐代繪出的陶淵明隱逸理想藍圖中，如何自給自足的實用議題向來是邊緣話題。提及農務的詩作極其稀少。少數例子之一是李德裕（七八七—八五〇）的詩作：

郊外即事寄侍郎大尹

高秋慚非隱
閒林喜退居
老農爭席坐

71 《全唐詩》，五四〇／六二一四。五斗米對李商隱而言，所指的似乎不只是官餉而更是自尊。現代學者將此詩大約繫年於李商隱辭官及拒絕孫簡任命之際。參李商隱，《李商隱詩歌集解》，一：三四四。

稚子帶經鋤
竹徑難迴騎
仙舟但跂予
豈知陶靖節
祇自愛吾廬[72]

在中國文學傳統中，以歷史或文學典故來強化自身處境的描述是一種普遍被採用的詩學策略。典故的使用藉由跨文本連結及豐富的意義指陳，能夠擴大一首詩作有限的字數。陶淵明的草廬代表的是一種田園鄉村生活及不受官場束縛的自由，正好切合李德裕對一己生活風格的描繪：他於八三六年以太子賓客分司居東都洛陽，因而回返平泉莊。李德裕鄉居生活及陶淵明退隱生活的共通元素是農夫、稚子、農具及幽遠的鄉村住處。從此典故引用的脈絡可看出：李德裕所認知的陶淵明退隱生活應有農人及村童相伴。但陶淵明與實際農耕的關係在李德裕的詩中依然隱而不顯。

此種關係較明顯的連接出現在李白〈贈崔秋浦〉三首之二。其中寫道：

72 李德裕，《李德裕文集校箋》，頁五九六（《全唐詩》，四七五—五四〇四）。

崔令學陶令
北窗常晝眠
抱琴時弄月
取意任無弦
見客但傾酒
為官不愛錢
東皋多種黍[73]
勸爾早耕田[74]

雖然此詩帶有明顯的詼諧語調，對李白來說，最後一聯卻點出是什麼讓其友人無法完美的仿效陶淵明。忠實的模仿應不僅包含晝眠、撫琴及與客共飲，還應注重實際耕作。李白的詩指出了陶淵明歸隱田園生活的理想圖中最難被鑲嵌入的一個要素。

73 「東皋」或「東田」作為唐代歸隱田居生活中一種不斷出現的象徵，也是出自對陶淵明的意象。典出〈歸去來兮辭〉：「登東皋以舒嘯。」（《陶淵明集校箋》，頁三九一。）

74 李白，《李白全集校注彙釋集評》，三：一五八四（《全唐詩》，一六九／一七四七—一七四八）。

唐代詩歌（及其後）對陶淵明典故的大量引用，有時是對不遇時之人的慰藉。詩人在沉思自身遭挫的雄心壯志之際，往往從陶淵明的範例中尋求撫慰。一位名不見經傳的文人李中（約十世紀早期至中期）的詩作恰到好處地說明了此點：

春日書懷寄朐山孫明府

一作邊城客
閒門兩度春
鶯花深院雨
書劍滿床塵
紫閣期終負
青雲道未伸
猶憐陶靖節
詩酒每相親[75]

75 《全唐詩》，七四八／八五一九。

李中在遭貶逐至邊疆的卑微職位後，將一己與陶淵明相比擬，著眼點在同樣不遇時，且都因此而享有閒散的生活。其他例子還包括使用陶淵明典故來撫慰遇困傷時的友人。例如，在〈送喬琳〉一詩中，李頎（七二五年中進士）為撫慰一位新近遭貶的友人，將他與同處相似困境的古賢人相比擬，這是一種禮貌性的詩學傳統。

草綠小平津
花開伊水濱
今君不得意
孤負帝鄉春
口不言金帛
心常任屈伸
阮公惟飲酒
陶令肯羞貧 [76]

76 《全唐詩》，一三四／一三六五。

阮籍與陶淵明在此詩中是壯志難伸的古賢人的典範。阮籍在飲酒中尋求慰藉，而陶淵明在脅迫中依然維持本真。李頎期望他的友人能在這些「不遇時」的歷史典範中獲得一絲慰藉。此詩所使用的陶淵明典故，不與唐代習用的陶淵明傳統相仿，而透露出另一種可追溯至沈約對陶淵明隱逸的詮釋。在唐代傳統中，陶淵明的隱逸總是與詩、酒、琴、書等超然世俗之物相連結，很少明確將其植基於儒家道德傳統。此詩將陶淵明置於「不遇時」的脈絡中，陶淵明因此成為一位典範的道德偉人。借用 Alan Berkowitz 所引用的《論語》中的教誨：「天下有道則見，無道則隱。邦有道，貧且賤焉，恥也；邦無道，富且貴焉，恥也。」[77]此種將陶淵明定位為道德偉人的詮釋，一直到宋代才獲得廣泛接受。

將陶淵明的隱逸詮釋為一種不遇明主的回應，剛好正中一個關鍵問題的核心：陶淵明的退隱，究竟是出自對六朝普遍充斥的黑暗腐敗政治氣氛的失望，還是對改朝換代的特定抗議？在唐代，這些問題的答案不太令人滿意，當時的詩人多半更關注於陶淵明的隱逸生活，而非肇始其隱逸的原因。士大夫顏真卿（七〇九—七八五）的〈詠陶淵明〉是少有的觸及此問題的討論。顏真卿將陶淵明描繪為一位忠心耿耿的遺臣，將其與張良及龔勝相提並論：前者在祖國韓國覆滅後，雇用刺客行刺秦始皇進行報復；後者身為漢代的大儒，為抗議王莽的篡位而退隱，最終餓死以回避

77 《論語》第八章第十三節。參 Berkowitz, *Patterns of Disengagement*, p. 21.

新朝的召喚。

張良思報韓
龔勝恥事新
狙擊不肯就
舍生悲縉紳
嗚呼陶淵明
奕葉為晉臣
自以公相後
每懷宗國屯
題詩庚子歲
自謂羲皇人
手持山海經
頭戴漉酒巾
興逐孤雲外

心隨還鳥泯[78]

顏真卿在描繪陶淵明高蹈世俗之前，先將其原因斷言為對晉室的忠誠及對同時代人的憐憫。顏真卿對陶淵明生活場景的選取，與其他唐代詩人大異其趣。陶淵明忘情世俗的表現，在此有了截然不同的涵義而被理解為一種對改朝換代的沉默抗議。顏真卿對陶淵明忠於晉室而歸隱的詮釋，在唐代並未引起回響，其影響力直至宋代方逐漸拓深。

陶淵明的例子在唐代引起了關於文人適當角色這一問題的生動有趣的討論。最近，諸如戴建業及吳兆路等學者指出：盛唐文人因普遍懷抱建功立業的雄心壯志，而無法全然認同陶淵明生活形態的選擇[79]。吳氏認為這限制了他們對陶淵明詩歌的評價。唐代對陶淵明人格和行為的評斷，及對陶淵明詩歌品評所產生的交互作用，將在第四章進一步討論。戴氏與吳氏對此時期的風格定位無疑相當精確，尤其適用於大部分盛唐詩人之作品。從我自己對陶淵明相關材料的考察，尤其是《全唐詩》中論及陶淵明的詩篇，可以看出唐人對陶淵明隱逸形態具有一種矛盾心理，而非全然的不贊

78 《全唐詩》，一五二／一五八三。

79 參戴建業，《澄明之境》，頁三〇七—三〇八；及吳兆路，〈陶淵明的文學地位是如何逐步確立的〉，頁一〇六—一〇七。吳氏舉出由相同詩人所提出的負面與正面評價，但對他而言，前者重於後者。戴氏則認為，對陶淵明隱逸選擇的異議，並未妨礙盛唐對陶淵明人格及詩歌的喜好。

同。在此議題上，若考量到此種矛盾心理起始於唐代初期且延續至盛唐以後的數代人，這一時間跨度已然超越了盛唐，那麼植基於盛唐時代精神的討論，其實相當站不住腳。詩人們無論在鼓舞或勸退一位友人的隱逸時，都可以援用陶淵明的典故。大曆（七六六—七七九）十才子之一的司空曙（約卒於七九〇年）的一首詩作，及同屬大曆十才子的李端（約卒於七八七年）的贈詩，很好地闡明了對陶淵明隱逸形態的爭論。司空曙在南方作了以下詩作以贈其故人，受贈對象很有可能是他因安史之亂避難蘇州時所從遊之友人。

逢江客問南中故人因以詩寄

南客何時去
相逢問故人
望鄉空淚落
嗜酒轉家貧
疏懶辭微祿
東西任老身
上樓多看月
臨水共傷春
五柳終期隱

雙鷗自可親
應憐折腰吏
冉冉在風塵[80]

從司空曙的詩中可看出，他正逢辭官且欲如陶淵明般歸隱，但尚未回返家鄉[81]。在最後兩聯中，他點出隱與仕的對比，從中流露出對兩者的評論：前者是根源於寧靜淡泊的自然本質，後者則可能沒有目標或獎賞。此種對官場生活的消極觀感，肇因於安史之亂後普遍瀰漫於知識分子間的不安和理想幻滅。這場戰亂結束了玄宗（七一二—七五六年在位）的盛世，使得中央政府自此一蹶不振[82]。但是，李端並不認同司空曙對陶淵明的仿效，他在以下詩作中直率地點出：

80 《全唐詩》，二九三／三三三五。

81 司空曙的詩很有可能作於七七三—七七四年間。雖然他的本籍為廣平（於今日河北），但是當時他正短暫辭官歸隱蘇州。他很快便重返官場，且一直在仕直到逝世（約七九〇年前後）。

82 參蔣寅，《大曆詩人研究》，一：二二一。

晚遊東田寄司空曙

暮來思遠客
獨立在東田
片雨無妨景
殘虹不映天
別愁逢夏果
歸興入秋蟬
莫作隳官意
陶潛未必賢[83]

司空曙與李端的對話正呈顯出唐代在接受陶淵明作為隱者問題上的二元對立。一方面，對大部分唐代詩人而言，陶淵明的隱逸代表的是無拘無束的飲酒、閒暇、不問世事及不須向小人折腰——凡此種種都令人心生嚮往。而另一方面，陶淵明遠避官場，這又與士人階層間根深柢固的出世目的與渴望產生衝突。

83 《全唐詩》，二八五／三二四七。

早於司空曙一個世紀，曾在一對兄弟間出現一場較為著名的對話。身為初唐少數盛讚陶淵明其人其作的王績（五八五—六四四）曾仿效〈五柳先生傳〉寫了一篇〈五斗先生傳〉。在此篇傳中，王績描繪五斗先生為「不知天下之有仁義厚薄也」；又宣稱：「萬物不能縈心焉。」[84] 對於此種「選擇性」的詮釋陶淵明而棄絕儒家式禮義道德，通篇盈溢隱士修辭語彙之作[85]，王績之兄王通（五八四？—六一八？）率然回應道：「汝忘天下乎？縱心敗矩，吾不與也。」[86] 更明確地，王通在另一篇文章中直接稱呼陶淵明為「放人」[87]。

84 王績，《王無功文集》，五／一八〇。值得一提的是王績的字為「無功」。

85 王績對陶淵明的詮釋忽略了其早期挫敗的雄心壯志。以下幾首詩比較明顯地體現了這一點：〈雜詩〉十二首之五：「憶我少壯時，無樂自欣豫。猛志逸四海，騫翮思遠翥……」；〈飲酒〉其十六：「少年罕人事。遊好在六經。行行向不惑。淹留遂無成……」〈擬古〉其八：「少時壯且厲，撫劍獨行遊。誰言行遊近？張掖至幽州……」及〈感士不遇賦〉：「士之不遇，已不在炎帝帝魁之世。獨祗修以自勤，豈三省之或廢；庶進德以及時，時既至而不惠……」這些言論常被特定的詩人及批評家忽略，因他們一心想塑造陶淵明為天生超然的隱士。其他讀者則援用這些透露出建功立業理想的段落，將陶淵明刻畫成服膺儒家思想而歸隱的隱士。他所受到的儒家道德薰陶使他不僅可以擁有兼善天下積極用世的熱忱，而且教育他若生逢亂世，可選擇退隱而獨善其身。

86 王通，〈事君篇〉，《文中子中說》，三．七b。

87 王通，〈立命篇〉，《文中子中說》，九．五a（《資料彙編》，頁一一）。

綜觀整個唐代，無論是正面或反面對陶淵明隱逸形式的評論都從不曾短缺。正如我們從李端寫給司空曙的信中所看到的，對陶淵明隱逸形式表示異議的批評家往往於勸退友人隱居的詩作中流露其情感。大曆十才子之一的韓翃（約生活於八世紀中、晚期）因欲規勸友人回返官場，在〈贈別鄭明府〉一詩的最後，流露出較上述例子都更強烈的語調：

勸君不得學淵明
且策驢車辭五柳[88]

另一方面，對陶淵明的隱逸形式的擁護者則包括以寫作散文著稱的錢珝（八八〇年中進士）及白居易。錢珝罷章陵令後（章陵為文宗〔八二六—八四〇年在位〕之園陵），他寫了以下的詩作對陶淵明的隱逸加以評論：

罷章陵令山居過中峰道者二首（其一）[89]

88 《全唐詩》，二四三／二七三三—二七三四。

89 此組詩作在傳統上被歸為錢起（七一〇？—七八二？）之作，但現代學者吳企明於《唐音質疑錄》（頁

寧辭園令秩
不改淵明調
解印無與言
見山始一笑
幽人還絕境
誰道苦奔峭
隨雲剩渡溪
出門更垂釣
吾廬青霞裡
窗樹玄猿嘯
微月清風來
方知散髮妙[90]

（續）

四三—四四）中考據出章陵於錢起死後六年方建立，故此組詩作應為其曾孫錢珝之作。錢珝的詩作常常被誤混入錢起集中。

90 《全唐詩》，二三六／二六一八。

「淵明調」在各種可能下都指向〈歸去來兮辭〉，其中陶淵明自述：「質性自然，非矯勵所得；飢凍雖切，違己交病。」他毫無留戀與後悔地與官場作別。錢珝所提及的主要方面正是這種自由精神，因為他的隱逸生活並非在每個環節都仿效陶淵明。陶淵明之隱逸正如其在〈歸去來兮辭〉中所描述的，除了漫遊山林外，還包括農耕、家庭生活與鄰里交遊。此外，垂釣的意象在唐代隱逸主題中十分普遍，但有關陶淵明的隱逸描述卻對此隻字未提。

白居易是另一位更忠實的「淵明調」的追隨者。他認為自己是異世的陶淵明，且在相當多的生活環節上都試圖符合陶氏隱逸。無論在嗜酒、優閒自樂、謀生方式及貧窮程度上，白居易都自認為與陶淵明相當。他用以下這首詩作來回應親朋好友對他貧困生活的關切：

醉中得上都親友書以予停俸多時憂問貧乏偶乘酒興詠而報之

頭白醉昏昏
狂歌秋復春
一生耽酒客
五度棄官人
異世陶元亮

前生劉伯倫[91]
臥將琴作枕
行以鍤隨身[92]
歲要衣三對
年支穀一囷
園葵烹佐飯
林葉掃添薪
沒齒甘蔬食
搖頭謝搢紳
自能拋爵祿

---

91 伯倫是竹林七賢之一劉伶的字。他的嗜酒及蔑視禮教等事蹟在《世說新語》中有豐富的記載。劉伶現今唯一留存的作品為〈酒德頌〉，在其中他歌頌與自然相關的德性（飲酒、隱居及超然物外）而嘲弄與名教相關的價值（禮法及順從）。參《全上古三代秦漢三國六朝文》中《全晉文》劉伶之〈酒德頌〉，六六／一八五三a。

92 劉伶被記載為「常乘鹿車，攜一壺酒，使人荷鍤而隨之。謂曰：『死便埋我。』」參《晉書・劉伶傳》，四九／一三七六。此軼事被詮釋為對物質形式的一種超越。

終不惱交親
但得盃中淥
從生甑上塵
煩君問生計
憂醒不憂貧[93]

這是一首繫於八四二年的晚期詩作，為白居易從他的最後官銜太子少傅退職兩年後所作。在嚴格定義中，此詩描述的是白居易真正的隱逸生活，他從中嘗試仿效陶淵明，而不是一場短暫歸隱中的優閒度日。但需指明的是，雖然白居易對陶淵明及其早期詩歌有著熱切的推崇，且多次向陶淵明看齊，他卻從未把自己定義為一位真正的隱士。在他生涯的早期，他曾提出一種有趣的「中隱」概念；簡而言之，它是指在首都長安之外擁有一微薄的閒職[94]。詩作〈中隱〉繫於八二九年、作於他

93　白居易，《白居易集箋校》，四：二五三〇（《全唐詩》，四五九／五二三一－五二三二）。

94　張仲謀於《兼濟與獨善》（頁二〇〇－二〇二）中將「中隱」的萌芽歸於謝朓（四六四－四九九）。如果我們同意 A.R. Davis 對以下段落的詮釋（*TYM*, 2:178），此概念的初始還可推溯至陶淵明。陶淵明曰「聊欲弦歌，以為三徑之資可乎？」Davis 認為「陶淵明在此似乎透露出一種對閒職的隱微渴望，以資助他『退隱文人』的身分」。當然，如同張氏所明確指出的，此概念直至三百年後才被白居易清楚地命名、定義及成為隱

五十八歲之際，可以視為他追溯八一五年的遭貶、對官場失望及對無拘無束狀態渴望的回應。詩作的開首幾句寫道：

大隱住朝市
小隱入丘樊
丘樊太冷落
朝市太囂諠
不如作中隱
隱在留司官
似出復似處
非忙亦非閒
不勞心與力
又免飢與寒

（續）逸的一種形態。有關白居易「中隱」概念的討論，及其與禪宗洪州學派的關聯，參賈晉華，《「平常心是道」與「中隱」》。

終歲無公事
隨月有俸錢[95]

對於官場瀰漫的憂慮（黨爭、失寵）及橫亙隱士之前的困境，白居易似乎構思出一個中庸的完美解決之方。從前一首作於白居易晚年的題為「醉中」的詩歌中可以看出，這並不是白居易唯一，也非最後的答案。這兩首詩代表的只是他對陶淵明隱逸諸多回應之二，或者更籠統的說，這是他對仕與隱選擇的回應。

白居易回應陶淵明隱逸形態所提出的觀點值得特別注意：欲描繪出唐代對於陶淵明隱逸選擇的矛盾觀感，似乎沒有比呈顯出同一位詩人身上並存的爭議態度更好的方法了。在白居易遭貶江州之際，他寫了一封信給他的好友，同時也是同倡詩學運動的官場文人——元稹（七七九—八三一）。在信中，白居易感嘆道：「以淵明之高古，偏放於田園！」[96]白居易的這篇書信後來成為中國文學理論史上的重要著作。他主張詩人應擔負起積極參與社會改革的責任，強調詩歌與現實政治的關聯：詩歌應能反映政治與社會現實，且在必要時應勇於批評。他的文學理論「文章合為時

95 白居易，《白居易集箋校》，三：一四九三（《全唐詩》，四四五／四九九一）。
96 白居易，〈與元九書〉，收於郭紹虞，《中國歷代文論選》，二：九七。

而著，詩歌合為事而作」，正標舉出他推行的「新樂府運動」。此運動意在恢復詩六義之原意[97]，尤其是比興的諷諫功能。在此背景脈絡之下，我們可以理解為何白居易會對陶淵明的隱逸及諸多描繪隱逸生活的詩作有所微詞。

在他處，白居易舉出了除陶淵明之外的另一位肩負社會責任的隱士模範尚平，或被稱為向子平。他待子女婚嫁之後，才切斷與家庭的聯繫，曰：「當如我死也！」於是他脫離俗世與志同道合的禽慶俱遊五嶽和其他名山[98]。

足疾

足疾無加亦不瘳
綿春歷夏復經秋
開顏且酌樽中酒

---

97 詩六義原指詩的三種體裁：風、雅、頌；及三種表現手法：賦、比、興。〈詩大序〉列出此六義，但並未提供定義。除了比、興，此六義的形態或功能大部分似乎都可從字義上辨明。此兩概念因而在後代的兩千多年中，留有無限想像空間，進而引發了不斷的辯論與猜測。參 Pauline Yu, *The Reading of Imagery in the Chinese Poetic Tradition.*

98 《後漢書》，八三／二七五八—二七五九。

代步多乘池上舟
幸有眼前衣食在
兼無身後子孫憂
應須學取陶彭澤
但委心形任去留[99]

這首詩顯示了白居易在仿效陶淵明的無拘無束前，須先達成兩個首要條件：除了完成一己身為父親責任之外，還須具備穩定的生計來源（可能為他本人及當時還在世的妻子的生活）[100]。因而，他在此處有條件地讚嘆陶淵明的選擇。白居易對陶式隱逸的回應並不一致，這源於其論斷或依據其私人經歷，或植基於更廣闊的文學傳統。白居易的例子凸顯其依據自身情況而評論陶淵明的隱逸。

其他具有雙重評價的顯著例子來自王維（六九九或七〇一－七五九或七六一）及李白。在一封規勸其友魏居士離隱出仕的書信中，王維將陶淵明置於負面例子中。

99 白居易，《白居易集箋校》，四：二四二二（《全唐詩》，四五八／五二〇五－五二〇六）。

100 此詩繫於八四〇年，當時白居易六十九歲，其妻大約五十一歲。

近有陶潛，不肯把板屈腰見督郵，解印綬棄官去。後貧，〈乞食詩〉云「叩門拙言辭」，是屢乞而多慚也。嘗一見督郵，安食公田數頃。一慚之不忍，而終身慚乎？此亦人我攻中、忘大守小、不（闕）其後之累也。[101]

信中明顯攻擊的是陶淵明沒有明智的優先選擇，進而使自己陷入不斷需要乞食資助的深深羞愧。此處最關鍵的是對陶淵明的含蓄批評，認定陶淵明退隱的理由不充分，輕易就放棄了官職。但是，對於陶式隱逸截然不同的評價卻出現在王維另一篇作品中。

奉送六舅歸陸渾

伯舅吏淮泗

卓魯方喟然[102]

101 見王維，〈與魏居士書〉，《王維集校注》，一一／一〇九五（《資料彙編》，頁一六）。

102 卓茂（西元前五三—二八）及魯恭（三二—一一二）為前漢及後漢時淮水與泗水（今河南）間的縣令。在《後漢書》的傳記中，他們因良政而廣受讚揚。

悠哉自不競
退耕東皋田
條桑臘月下
種杏春風前
酌醴賦歸去
共知陶令賢[103]

此詩並不如表面看起來那般平鋪直敘。一方面，它清楚地宣稱陶淵明的歸隱是值得稱美之舉；另一方面，它又強調出其伯舅歸隱時的快樂生活：只有在完成能與其漢代先輩卓茂與魯恭相媲美的治績後，其伯舅方從官場退隱。此種功成身退的概念來自《道德經》第九章：「功遂身退天之道。」[104]此觀念長久以來都被許多文人公開標舉為退隱的最高原則[105]。陶淵明雖然也嚮往此種「功成身

103　王維，《王維集校注》，七／五六四（《全唐詩》，一二五／一二四二）。
104　《老子注》，一．五。
105　「功成身退」的原型是春秋時的范蠡，他在幫助越王句踐完成反攻吳國之役後，歸隱泛遊於五湖之間。李白的〈悲歌行〉即包含下列形容范蠡的詩句：「范子何曾愛五湖？功成名遂身自退。」（《全唐詩》，二四／三一二—三一三。）

退」的情節，並以祖輩陶侃有此作為而深深自豪，他本人卻是在毫無政治建樹下退隱。考量到王維對陶式退隱的評價，他將其伯舅與陶淵明相提並論之舉，引發的疑問比提供的答案還多。王維在此議題上呈顯出的矛盾極其明顯；而此種矛盾並非無可說通的僵局，因為它可謂開啟了一座競技場，其中對陶淵明隱逸的讚賞及對他棄官的批評相互糾結纏鬥。根據唐代的評論，陶淵明之隱逸——尚未建功立業或並未考量生計下的退隱，及將公眾服務的責任置於個人喜好之下——在文人階層尚未成為一種隱逸的標準模範。

在接受陶淵明作為隱士的歷史中，李白也表現出了與上述文人相似的矛盾；但他為此問題帶來更複雜的觀點。李白既譴責陶淵明的歸隱，卻又將他視為仿效的模範。正值安史之亂的七五九年，李白目睹了一場為應對叛軍首領康楚元及張嘉延即將來襲而預備的軍事演習。

九日登巴陵置酒望洞庭水軍

九日天氣清
登高無秋雲
造化闢川岳
了然楚漢分
長風鼓橫波
合沓蹙龍文

憶昔傳遊豫
樓船壯橫汾
今茲討鯨鯢
旌旆何繽紛
白羽落酒樽
洞庭羅三軍
黃花不掇手
戰鼓遙相聞
劍舞轉頹陽
當時日停曛
酣歌激壯士
可以摧妖氛
齷齪東籬下
淵明不足群[106]

106 《全唐詩》，一八〇／一八三八。

詩中第四聯描寫汾水上壯闊盛大的帝國景象，可以追溯至漢武帝（西元前一四一—西元前八七年在位），但令人聯想的卻是唐玄宗時期的輝煌。[107]在唐代詩歌中，漢武帝常被用以指陳唐玄宗，這使得詩人得以對現世做出評論，卻不需清楚指名。我們可以明顯地看出，李白在此為一種澎湃的情緒所鼓動，進而對陶淵明的無為做出斷然批評：那是一種對玄宗昔日輝煌的懷舊追憶，同時引發對國勢的迫切責任感，又間雜著英勇軍士與遙觀文人強烈對比下而產生的無能為力感。李白似乎正為扭轉此種無助的情緒，堅決地宣稱其拒絕像陶淵明那樣躲於東籬之下，對政治危機充耳不聞；但是三年前正值安史之亂開始之際，李白卻表達了全然相反的意涵。於〈經亂後將避地剡中留贈崔宣城〉（七五六）一詩中，李白宣洩了一己避難的意願，同時敦促友人與他一同隱退。他總結道：

獨散萬古意
閒垂一溪釣
猿近天上啼
人移月邊棹
無以墨綬苦

107 武帝遊汾河所寫下的〈秋風辭〉，收錄於蕭統《文選》，四五／二〇二五。

來求丹砂要
華髮長折腰
將貽陶公誚[108]

李白在此詩中不僅遵循陶淵明的選擇，且將此強烈薦給友人。李白前後反覆的態度使讀者很難確切地界定何者是李白在安史之亂時對陶淵明隱逸的真實態度。

到目前為止所討論的作品中，李白對陶淵明隱逸的回應典型地反映出唐代對陶淵明隱逸接受的矛盾之處。還有另外兩點豐富了李白對陶淵明的接受：其一，將陶淵明嗜酒及無弦琴典故突出的數量與李白詩中滿溢的琴酒描寫相連結，我們可看出李白將陶淵明視為異代知己。李白以陶淵明的精神狀態飲酒及彈琴，如同吳兆路先生所說：「抒豪情表逸志的味外之味和弦外之音。」[109] 李白對陶淵明琴酒意象的指陳須解讀成一種對陶淵明精神更深層次的欣賞。其二，在舉出陶淵明為例的寄贈友人詩作中，李白經常將詩作的受贈者，而非他自己，與陶淵明相比擬。李白如同稍後的

108 李白，《李白全集校注彙釋集評》，四：一八六四（《全唐詩》，一七一／一七六四）。

109 吳兆路，〈陶淵明的文學地位是如何逐步確立的〉，頁一〇六。關於李白詩歌中飲酒的討論及其與陶淵明的關聯，參李劍鋒，《元前陶淵明接受史》，頁一三九—一四一。在李白超過一千一百件的作品中，李氏標誌出至少七十八件有關陶淵明的作品，其中有二十一件提及陶淵明的飲酒（同上，頁一三九）。

白居易系統性地拒絕將自己完全等同於陶淵明的行為，這反映出李白對隱士陶淵明解讀的根本問題。李白對隱逸的觀點或許能解釋此問題。在年輕之時，李白即在地方享有隱士及詩人之名，並在稍後成為「竹溪六逸」之一。經過多年的隱逸與漫遊，李白有可能在找尋強有力的慧眼伯樂，他終於獲得法號持盈的玄宗之妹玉真公主的支持[110]。李白在七四〇年代早期初次謁見唐玄宗，並被封為翰林學士，跳過傳統的選拔晉升管道而直接入仕[111]。在唐代，「終南捷徑」一詞用以形容一種以隱居為手段而立即獲得高官厚祿的行為。此風氣成形於六朝，而在唐代廣為流行[112]；但是很難以此將李白論斷為詭計多端、牟取利益的偽隱士。或許以「假隱」的不良信仰作為唯一的評斷標準是

110 另一說為道士吳筠推薦李白，但此說受到郁賢皓的強烈質疑（〈吳筠薦李白說辨疑〉）。郁氏令人信服地指出，《舊唐書》的李白傳記在許多點上有誤；而由李白之友魏顥所編的《李白集》前小序中則提到，是玉真公主的影響力使李白得以被指派為翰林學士，此說較為可信。

111 參《舊唐書．李白傳》，一九c／五〇五三；黃錫珪，《李太白年譜》，頁四－一二；郁賢皓，〈吳筠薦李白說辨疑〉，頁一五二－一六三；及薛天緯，《李白年譜》，頁一九－五五。

112 此詞的來源為《大唐新語》之軼事，其中記載一則道士司馬承禎與盧藏用的簡短對話。盧藏用本隱於終南山，但在中宗（六八四年在位）時短暫出山獲得要職。睿宗在同年稍後取代了中宗，而盧藏用退還終南山；其指終南山謂司馬承禎曰：「此中大有佳處，何必在遠。」承禎徐答曰：「以僕所觀，乃仕宦捷徑耳。」藏用有慚色。見劉肅，《大唐新語》，頁一五八。

武斷和隨意的。李白並未虛情矯飾，以隱居作為官位的交易品。李白一再提及的隱士模範為謝安（三二〇—三八五），後者保持隱居直到恰當復出的時機來臨[113]。李白於〈梁園吟〉一詩中寫道：

東山高臥時起來
欲濟蒼生未應晚[114]

如同現代學者張仲謀先生所說，對李白而言，謝安並不代表「真正忘懷世事的隱士，而是隱居待時、終成大業的豪傑。而那些自放於山間水涯之間，同與木石居與禽獸處的真隱士，與李白顯然不是同調」[115]。李白對謝安隱逸形態的擁護透露出在唐代文人階層中無所不在的社會責任感，以及

113 謝安隱於東山直至他生命的最後十幾年，其間他拒絕過數次朝廷召喚。他於三六〇年無法再抗拒朝廷迫切的召喚而離隱出仕，擔任桓溫幕府司馬。他最榮耀的時刻為對抗前秦苻堅淝水之戰的勝利（三八三）。此役在傳統上被視為一場挽救了南方中國文化，免於外族統治的關鍵戰役。此場戰役是否如同傳統所理解的那般重要，尚需要進一步討論。參 Bielenstein, "The Six Dynasties," p. 88. 此外，謝安的成功奠定了謝氏家族於四世紀後半葉的重要地位。他普遍被後代讀者視為《易經》中「潛龍」的模範。潛龍，待時者也。

114 李白，《李白全集校注彙釋集評》，三：一〇六一（《全唐詩》，一六六／一七一八）。

115 張仲謀，《兼濟與獨善》，頁一八四。

他對建功立業的夢想。根據李白及其他相當多的唐代詩人的作品，陶淵明的隱逸並無法容納上述這些元素。

陶淵明隱逸形態的詮釋在唐代呈現雙面並立。陶淵明在飲酒、撫琴及靜觀自然等尋常樂趣中，展現出與眾不同的優閒自適，深深吸引著唐代詩人。他們將陶淵明的行為不僅視為隱居生活的一部分，更將其上推至一種超越的人生態度。晚唐詩學批評家司空圖（八三七—九〇八）曾寫詩描繪他的鄉村生活經驗，且在倒數第二聯中沉思道：

> 閒知有味心難肯
> 道貴謀安跡易平[116]

在此首以陶淵明為最後一聯指喻對象的詩作中，司空圖含蓄地將一己騷動未安的心，與陶淵明的安然隱逸相比較。司空圖並非第一位片面解讀陶淵明詩作的文人，他也並非第一位忽略了大量陶淵明重申隱居抉擇和援引古代隱士以撫慰自許的詩人，這揭示出陶淵明之心志並不總是處於安逸狀

116 司空圖，〈書懷〉，《全唐詩》，六三二／七二四九。

態[117]。然而問題的關鍵不在於明顯受陶淵明傳記的影響而產生的陶淵明片面形象，而在於唐代詩人如何理解其無拘無束與心靈平靜的概念。陶詩中田園生活的意象很容易在唐代隱逸主題中找到一席之地。但在文學中屢屢論及，與在生活中實地仿效還是有著區別。有多少官場文人能如同陶淵明般做出此種選擇？正如劉長卿（約七一〇—七八七年後）敏銳地觀察道：

117 最具代表性的如在〈詠貧士七首〉中，他提到代表著陶淵明為強化自己決心的努力。在第五首中，他寫道：「貧富常交戰，道勝無慼顏。」及在第二首中，他提及：「何以慰吾懷，賴古多此賢。」另一個顯示陶淵明在退隱中努力求得安適心態的例子為〈和郭主簿〉二首之一：「春秫作美酒，酒熟吾自斟。弱子戲我側，學語未成音。此事真復樂，聊用忘華簪。」陶淵明對於一己隱逸的選擇，並不總是處於安逸心境中，否則就不需這些詩作一再強化自己決心的努力。是否每位唐代詩人都容易讀到《陶淵明集》？此問題很難驟下定論。但是我們能確定的是，由於《文選》為欲中科舉必讀之書，唐代文人對其中所錄陶淵明的八詩、一文都極熟稔。相似情況亦包括《宋書》陶淵明傳記中所錄四篇文章。大體而言，《文選》所選錄的陶淵明作品都陳述隱居的意願或描述隱逸的境況。描述陶淵明隱逸主題的文本包括〈飲酒〉二十首之五與之七；〈詠貧士〉其一；〈讀山海經〉其一及〈歸去來兮辭〉。在這些文本中，陶淵明都將一己描繪成完全陶然於隱逸之中。不難想像那些對陶淵明懷抱片面解讀的唐代詩人，因為他們只憑《文選》九篇及《宋書》四篇陶淵明作品即下定論；而這些選錄的作品都選擇性地將陶淵明呈現為一位心滿意足且堅定不移的隱士。但在稍後隨著印刷技術進步，《陶淵明集》更容易取得後，這些片面解讀還是一再持續，從中我們可以看出對陶淵明的選擇性詮釋有多麼地根深柢固。

群公誰讓位
五柳獨知貧[118]

唐代文人很難全盤接受陶式隱逸代表的那種對仕途的永久棄絕及不太在乎自我謀生的困境。許多唐代文人都是有條件的或處於適當境況下才表達對陶淵明隱逸的贊同。值得注意的現象是其他隱逸模式的引入比較：中隱、有責任感的隱者、功成身退的官員及耐心待時的隱士。這些隱逸範式的發展正代表了文人具有的兩種不可逾越的對立特徵：一方面，他們擁有雄心壯志及社會責任感；另一方面，他們毫不妥協地超然世俗和政事。

宋代對陶淵明隱逸哲思及動機的探索

宋代的文學批評是陶淵明隱士接受史上的重要發展階段。雖然宋代作者如同唐代一樣著迷於陶淵明田園生活中多采多姿的面向，諸如嗜酒豪飲、作詩、閒暇閱讀及撫弄無弦琴之樂；他們也關

118 劉長卿，〈贈秦系徵君〉，《劉長卿詩編年箋注》，二：四二九（《全唐詩》，一四七／一四七九）。

注為大多數唐代詩人所忽略的面向。與唐代詩人相較，宋代大大地探究了陶淵明隱逸的意義與動機。他們轉向陶淵明作品本身尋求對他隱逸哲思的了解；另外，他們更試圖在陶淵明的傳記中找尋隱逸動機的解釋。

陶淵明的生活場景仍然是隱逸主題及抒發對官場不滿的典故來源：「白衣人」代表酒的贈送，「折腰」表示在職，「陶潛米」或「五斗米」則是官餉的標準簡稱。雖然許多宋詩像唐代大多數暗喻那樣含括了陶淵明的生活剪影，但是它們以多種方式引用陶淵明的詩歌從而反映出宋代詩人對其隱逸哲思和隱逸活動擁有同樣濃厚的興趣。一個代表性的例子為王安石（一〇二一—一〇八六）的〈歲晚懷古〉，其中從陶淵明的四篇文本中挪借文句：

先生歲晚事田園 119
魯叟遺書廢討論 120
問訊桑麻憐已長

119 我認為此處的「歲晚」指的應是生命中的晚年，並用以詮釋題目與首句。「歲晚」的一般定義為年終，但在首句中說不通。
120 「魯叟」意指孔子。

按行松菊喜猶存
農人調笑追尋壑
稚子歡呼出候門
遙謝載醪祛惑者
吾今欲辯已忘言[121]

第三至第八句為陶淵明詩句的變形。第三句的來源為〈歸園田居〉其二：「相見無雜言，但道桑麻長」[122]，第四至第六句從〈歸去來兮辭〉挪借而來：分別是「三逕就荒，松菊猶存」，「既窈窕以尋壑」及「稚子候門」[123]。第七句化用自〈飲酒〉二十首之十八談論揚雄之句。王安石將原本陶淵明評論揚雄之語，施於陶淵明身上，但仍然是在暗喻一己的境況：「時賴好事人，載醪祛所惑。」[124]王詩的最後一句則是原封不動地將陶詩搬移過來，該句出自陶淵明最富哲思性的詩作之

121　王安石，《王荊文公詩》，二六／一一八七。

122　《陶淵明集校箋》，頁七七。

123　同上，頁三九一。

124　同上，頁二四五。

一，〈飲酒〉其五：「欲辯已忘言。」[125]最後一句的引用將整首詩從僅僅記述性地羅列陶淵明的田園生活情景，轉換成一首解讀陶淵明隱逸思想的作品。

簡短地考察〈飲酒〉其五中所蘊藉的哲思有助於理解王安石此首作品：

結廬在人境
而無車馬喧
問君何能爾
心遠地自偏
採菊東籬下
悠然見南山
山氣日夕佳
飛鳥相與還
此中有真意

125 同上，頁二二〇。

如同清代批評家方東樹（一七七二—一八五一）所論，詩人悠遠的心靈狀態，使得最後一聯的洞見成為可能[127]。隱逸最重要的並非所處環境而是心靈狀態，或許這是陶淵明對隱逸最有力的論述。對自然界日常事物的敏銳感受度取決於隱士的心靈狀態。那些人們以為司空見慣的自然景物，在詩人筆下卻沒有一刻尋常。悠遠的心靈狀態是詩人得以體會細節及細節間偶然關聯的首要條件：他在採菊抬頭的時刻，不經意望見了南山；他注視著黃昏的美麗光景，同時不經意地瞥見歸巢的鳥兒。最後一聯的頓悟似乎喚起了一種無法言說，也無須言說的哲思境界。誠然，最後一聯精確地傳達出他所欲傳達的，卻什麼也沒有說。此聯的典故來源於《莊子》中的三個段落，敘述語言對完整傳達意義的局限性及玄妙的言外之意[128]。這首充滿哲思的詩作是宋代詩歌最常引用的作品之一。

詩人也許可以保持沉默，但讀者們卻能夠在仔細玩味這有名的最後一聯後，發表自己的意見。

126 《陶淵明集校箋》，頁二一九—二二〇。

127 方東樹，《昭味詹言》，四／一一三。

128 在〈齊物論〉中，莊子曰：「大道不稱，大辯不言。」（《莊子集解》，一・二／一四。）在〈知北遊〉中，莊子曰：「夫知者不言，言者不知，故聖人行無言之教。」（《莊子集解》，六・二二／一三七。）在〈外物〉中，莊子曰：「言者所以在意，得意而忘言。」（《莊子集解》，七・二六／一八一。）

首先，此種哲思似乎起於詩人在日常田園活動中所體會到的超乎尋常的快樂，例如採菊及遙望在暮靄中的山巒。其次，也許是對人與自然間關聯的重新體認，而它們的交匯常被世俗浸染的人們所忽略。大自然中有著隱藏的含意，這些意義或與人的行動相符，或由人類活動所揭示出來：鳥兒返巢的直覺與詩人的歸來相合，陶淵明曾在其他作品中將此歸為自己的本性。而當詩人採菊（延壽的象徵）之時，他望見了南山（長生的象徵）。這其中有著任何語言都無法充分傳達的真趣。再次，它揭示出一種超越的心靈狀態，在其中自然與詩人之間神祕的重新合而為一，物與己的界線消弭於無形。

王安石對陶淵明無言及真趣的提及，顯示他對看似簡單，但其中卻存在無限深意的隱士生活有所體認。王安石的詩作顯然在描繪陶淵明隱逸中簡樸的田園生活：例如農耕、與鄰人話家常、期待返家時稚子的迎接及與遠道而來一同讀書飲酒的友人共樂。然而最後一聯的典故則顯示，對王安石而言，這些簡樸的活動間不僅存在著真趣，陶淵明參與這些活動的方式也透露出他隱逸下的哲思。相較於嘗試以散文的方式解析這些哲思，王安石選擇依次展露陶淵明的生活活動，引導讀者親身體會陶淵明在尋常田園生活中所體味到的無窮樂趣。

在與陶淵明相關的活動中，宋代文人特別探索了撫弄無弦琴的指喻。這件軼事的真實性不那麼重要，因為它在哲學或文學上皆引述甚多（此典故在中國文學理論中的各種分派，將在第四章中進一步討論）。例如歐陽修（一〇〇七—一〇七二）及梅堯臣（一〇〇二—一〇六〇）發現此深刻的場景可與他們對詩人哲思狀態的理解相結合。歐陽修贈予梅堯臣以下詩作：

夜坐彈琴有感二首聖俞（其一）

吾愛陶靖節
有琴常自隨
無絃人莫聽
此樂有誰知
君子篤自信
眾人喜隨時
其中苟有得
外物竟何為
寄謝伯牙子
何須鍾子期[129]

歐陽修在此指出了重要的兩點：其一，陶淵明對內在音樂陶然自足，這標誌著他對外在聲音的超

129 歐陽修，《歐陽修全集》，八／一一二九。

越，更進一步的說，是對外在事務的超越。其二，陶淵明彈奏出一種無聲的音樂，只有他自己得以聽見，這正喻示著君子堅定不移的自信，尤其缺少知音之時。歐陽修將自己與陶淵明，和伯牙作了對比。後者尚需鍾子期這位唯一能理解自己琴音的人[130]。梅堯臣用以下這首詩作了回應：

次韻和永叔夜坐鼓琴有感二首（其一）

夜坐彈玉琴
琴韻與指隨
不辭再三彈
但恨世少知
知公愛陶潛
全身衰弊時
有琴不安絃
與俗異所為
寂然得真趣

130 見《呂氏春秋》，一四／一四〇。

作為勤勉研讀陶詩的梅堯臣，他讀過陶詩中眾多提及彈琴的篇章，卻仍然選擇保持傳記中對無絃琴軼事的記載；此軼事可延伸出的哲學暗示，在此處的價值似乎勝過更正細節的錯誤。除非事先已對〈飲酒〉其五的最後一句甚為熟稔，否則最後一句中的「無言」要聯想成無聲的音樂似乎有些勉強；這如同王安石的引用，他認定陶淵明陶然於田園生活的日常事務中，且從中體會出一種無可言喻的心靈境界。如果將歐陽修與梅堯臣的詩綜合而看，二人想傳達出他們對陶淵明隱逸的何種詮釋？彈奏無絃琴不再如同陶淵明的傳記作者及眾多唐代詩人所理解的，是種超然物外、不拘禮法的即興表達；而是一種意味悠長的自得表現，這是在陶淵明隱逸傳統上一再被歌頌的重要因素[132]。

宋代對陶淵明隱逸哲學的興趣通常表現在對陶淵明帶有哲思性詩句的引用，及植基此哲思之上的討論。宋代文人傾向將陶淵明作品中形而上的哲學超越，與六朝盛行服食求仙的肉體超越區隔開來[133]。例如，南宋詩人陸游（一一二五－一二一〇）將源自陶淵明的素樸生活哲學與丹藥的使用相

131 梅堯臣，《梅堯臣集編年校注》，二九／一一三〇。

132 有關歐陽修與梅堯臣對無絃琴理解的進一步討論，並參李劍鋒，《元前陶淵明接受史》，頁二七四－二七五。

133 六朝有名的長生術士包括葛洪、陶弘景及陶淡（陶淵明的遠親）。有關其祕術或傳記生平的進一步討論，參

對照：

松下縱筆（其三）

種玉餐芝術不傳
金丹下手更茫然
陶公妙訣吾曾受
但聽松風自得仙[134]

陸游對陶淵明形而上哲學的詮釋立即讓我們想起陶淵明在〈形影神〉組詩中所清楚傳達的有關生死的看法。面對死亡的迫切與必然（「存生不可言」），及煉丹術的不可得與徒勞（「我無騰化術」）[135]，哲學家兼詩人以「神」的角度發聲，傳達了終極的解決之道：

（續）Berkowitz, *Patterns of Disengagement*，分別見於 pp. 161, 212-215, 235.

134 陸游，《陸游集》，二六／七一一。

135 《陶淵明集校箋》，分別見於頁六二及五九。正如 Hightower 所言，「化」這裡暗指死亡（*The Poetry of T'ao Ch'ien*, p. 45）。

正宜委運去
縱浪大化中
不喜亦不懼
應盡便須盡
無復獨多慮[136]

相較於求助無益的煉丹術，陶淵明對於自然事物的循環變化，採取一種隨順無欲的態度，這是他對死亡的答案。如 Michael Duke 所提及，陸游在六十六歲創作此詩時可能已嘗試過煉丹術但不滿意其結果[137]。因此，陸游在陶淵明形而上的超越中獲得更多撫慰便可以理解了。

陸游的詩作證明了其對陶淵明隱逸的詮釋開始朝向哲思層面。若拿先前引述過的李白詩歌做比較，便可以彰顯出宋代在陶淵明隱士接受史上的重要發展：

136 《陶淵明集校箋》，頁六五。
137 參 Duke, *Lu You*, p. 57.

無以墨綬苦
來求丹砂要
華髮長折腰
將貽陶公誚

李白在此處指出了對超越的兩種詮釋：棄絕官場及服食求仙。前者以陶淵明為例，後者卻在陶淵明的隱逸中扮演微不足道的角色[138]。將陶淵明的隱逸嘗試與煉丹術並置，與宋代大部分批評標準顯然對立，這揭示了對陶淵明隱逸哲學基礎的不加關注。直至宋代，此哲思層面才真正躍上檯面。宋代文人通過描述陶淵明日常生活的材料和表達其哲思的作品來探索陶淵明隱逸實踐的含意。

宋代對陶淵明隱逸詮釋的第二次重大發展是對其動機的探求。宋代最常見的理解之一是將陶淵明的隱逸理解為忠心的表現。持有此看法的主要文人包括黃庭堅（一〇四五—一一〇五）、真德

138 在陶淵明的作品中，沒有跡象顯示他曾嘗試過當代追求不朽的道家長生術，諸如煉丹、服食及行散。但是，他的詩作中有兩處提及菊花長壽的象徵：〈飲酒〉其五的「採菊東籬下」，及〈九日閒居〉的「菊為制頽齡」。這些引用應當被理解為對菊花象徵的興趣，而並不表示任何對菊花延年益壽妙用的認真嘗試。確切來說，陶淵明對死亡的解決之道是哲學上的，而非通過煉丹術。

秀及朱熹。在〈宿舊彭澤懷陶令〉一詩中，黃庭堅提到陶淵明隱逸的兩點動機。下面的詩句描繪了正當劉裕主導朝政時，陶淵明對晉室的忠心耿耿：

司馬寒如灰
禮樂卯金刀[139]
……
平生本朝心
歲月閱江浪

黃庭堅在「彭澤當此時，沉冥一世豪」的詩句中也將陶淵明描繪成一位不遇時的君子[140]。在他處，黃庭堅援引了沈約對陶淵明更動詩作繫年法，以表達對新朝抗議之記載來印證陶淵明的忠心：「甲子不數義熙前。」[141]黃庭堅是宋代最早將陶淵明的忠心視為其隱逸主要動機的文人之

139 「卯」、「金」、「刀」三字是「劉」的拆字，此處意指劉裕。
140 黃庭堅，《黃庭堅詩集注》，內集一／五七（《資料彙編》，頁三七）。
141 同上，外集二／七九六（《資料彙編》，頁四〇）。

一。

其他宋代文人雖然肯定陶淵明對晉室的忠心，但並未涉及對甲子紀年的爭論；這也許是基於認識到其歷史依據上的錯誤，或是根據其他更有說服力的證據。陶淵明著名的家族世系也曾被早期的傳記作者視為拒絕出仕新朝的因素之一，如今這卻成為描繪陶淵明忠心耿耿的證據。真德秀認為：

或者徒知義熙以後不著年號，為恥事二姓之驗，而不知其眷眷王室，蓋有乃祖長沙公之心，獨以力不得為，故肥遁以自絕。[142]

相較於作品繫年方式的更動，真德秀將家族的忠誠傳統視為證明陶淵明個人忠誠更強有力的因素。與此相仿，朱熹在一篇頌辭中盛讚了他眼中最偉大的兩位中國道德英雄：張良與陶淵明。朱熹通過強調陶淵明家族世系在其隱逸選擇中扮演的重要角色來論及陶的忠心[143]。

在建立陶淵明忠誠論時，許多宋代文人憑藉陶淵明作品內容外的證據，諸如兩種不同的繫年方法或是父族世系。宋代初期文人已發現沈約所謂繫年轉變的說法在歷史上站不住腳，這使得有些

142 真德秀，《西山先生真文忠公文集》，二a（《資料彙編》，頁一〇四）。

143 見朱熹，〈向薌林文集後序〉，《朱熹集》，七六／三九八〇（《資料彙編》，頁七七）。

文人嘗試更仔細地研讀陶淵明作品，以了解他隱逸的動機。這些批評家尋找文本上的證據，以取代傳統歷史編纂學上的證據，並以此來證明陶淵明的忠誠。思悅（約生活於十世紀晚期至十一世紀早期）是宋代最早編纂《陶淵明集》的編者之一（現已亡佚），他是首位指出沈約兩種繫年說法與陶集作品實際不符的人。思悅明顯地試圖改正《文選》五臣注的錯誤，同時暗含改正沈約的錯誤而非對陶淵明的忠誠提出質疑。

> 文選五臣注云：「淵明詩，晉所作者，皆題年號，入宋所作，但題甲子而已，意者恥事二姓，故以異之。」思悅考淵明詩有題甲子者，始庚子，距丙辰，凡十七年間，只九首耳。皆晉安帝時所作也。中有乙巳歲三月為建威參軍使都經錢溪作，此年秋乃為彭澤令，在官八十餘日，即解印綬，賦歸去來辭。後一十六年庚申，晉禪宋，恭帝元熙二年也。豈容晉未禪宋前二十年，輒恥事二姓，所作詩但題甲子以自取異哉。矧詩中又無標晉年號者，其所題甲子，蓋偶記一時之事耳。後人類而次之，亦非淵明本意。世之好事者，多尚舊說，今故著於三卷之首，以明五臣之失，且袪來者之惑也。[144]

144 引錄於陶澍，《靖節先生集》，三．一（《資料彙編》，頁二四）。

思悅的評論開啟了一場延續至清的歷史辯論。思悅從文本證據方面反駁了由沈約首先提出而後經五臣略作更動的長期存在的論點。沈約言：「〔潛〕所著文章，皆題其年月，義熙以前，則書晉氏年號，自永初以來唯云甲子而已。」五臣在重述沈約的論點時，將「義熙以前」改為「晉所作」，「永初以來」改為「入宋所作」。沈約通過明確指出兩個朝代使其要點變得更為明顯：繫年方式的改變證明了陶淵明對晉室的忠心。通過對《陶淵明集》的仔細閱讀，我們可以發現沈約只說對了一件事實：陶淵明永初之後的作品並未以新朝的年號標明；但是他只有一件作品在此稍後時期以干支繫年。思悅的考察呈現了一件重要的「新」事實：陶淵明以干支繫年標示了數首在義熙前或義熙間所作的詩歌。這一事實提醒文人不要輕信沈約通過到那時為止不容置疑的繫年法所支撐的陶淵明忠誠論：陶淵明對干支繫年的運用無法表示對新朝的抗議，因為這種繫年方法早在朝代更替的二十年前就開始了。

某些批評家對思悅新事實的呈顯並不苟同。他們似乎認定，如果不看重沈約的論證，就相當於否定他所提出陶淵明忠誠的看法。例如南宋批評家葛立方（亡於一一六四年）即寫道：

> 世人論淵明自永初以後，不稱年號，祇稱甲子，與思悅所論不同。觀淵明〈讀史〉九章，其間皆有深意。其尤章章者，如〈夷齊〉、〈箕子〉、〈魯二儒〉三篇。〈夷齊〉云：

「天人革命，絕景窮居……正風凌俗，爰感懦夫。」[145]〈箕子〉云：「去鄉之感，猶有遲遲。矧伊代謝，觸物皆非。」〈魯二儒〉云：「易代隨時，迷變則愚。介介若人，特為正夫。」[146]由是觀之，則淵明委身蓬巷，甘黔婁之貧而不自悔者，豈非以恥事二姓而然邪！[147]

葛立方巧妙地將爭論基礎從事實層面轉到文本面向。他不能在歷史編纂學層面辯駁思悅的觀點，從而通過文本分析強調沈約的陶淵明忠誠論。葛立方對思悅論點的回應透露出懷疑沈約論點所造成的嚴重後果：對兩種繫年方式說法的連根拔除，將使陶淵明忠誠論的原本效力減半。因而葛立方提供了新的文本證據來彌補此短處。

許多宋代批評家試圖將忠誠視為陶淵明隱逸的首要動機，因而他們從陶淵明的繫年方法、家族世系，或文本中證明其忠誠；但是主張陶淵明的隱逸動機是出於忠誠是件棘手的事情，因為六朝關

145 陶淵明原文作「天人革命，絕景窮居……貞風凌俗，爰感懦夫。」葛氏將「貞」作「正」，應該出於誤引。

146 逯欽立（《陶淵明集》，頁一八四）及《陶淵明集校箋》（頁四三三）從《藝文類聚》選擇異文「大」而非「代」。葛氏將「貞」作「正」，應該出於誤引。

147 葛立方，《韻語陽秋》，五．七b（《資料彙編》，頁六三）。

於忠誠的概念有幾點需要釐清。首先，「一臣不事二主」的傳統格言在六朝時並不如稍早的漢朝、稍後的唐朝，或特別是宋朝及之後那樣重要[148]。東晉有著獨特的由家族關係與派系競爭所維持的政治結構。皇族為世家大族之首，與其他重要士族（王、謝、桓、庾）一同共享政治權力[149]。權力並不集於帝王一人之手。因此，在此時期君與臣的關係並不像傳統般具有強制性。再者，極度不穩定的政治情勢使得四百年內政權六次更迭。短命王朝（平均每個朝代只存在約六十二年）使得一臣事一君的模式並不總是可能。許多人身仕二朝或多朝也並未招致批評。舉例而言，沈約在三個接續的朝代都出任官職。陶淵明的友人顏延之在晉及劉宋兩代皆曾出仕。但無可否認，對統治者的忠誠在六朝時並非被遺忘的觀念。沈約及蕭統對陶淵明此種所謂美德的稱頌可以證明此點。但有一點仍須釐清：如田曉菲所說，在此時期對忠誠的概念，與後代效忠於特定統治者有細微差別，且可能包含了門第觀念下對家族傳統的合宜繼承。這也就是說，沈約也許相信，陶淵明選擇隱逸是因為他的

148 如 Frederick Mote 所說，忠臣不事二主的觀念並不始於孔孟，直至宋代理學家時這一觀念才被明確地規範及大大強化。有關忠誠觀發展的進一步討論，參 Mote, "Confucian Eremitism in the Yuan Period," pp. 229-230. 但是，這並非表示一臣事一君的觀念在宋代以前不存在。我們可清楚地看到，如大多數傳統批評家所論，相當多數的學者在王莽篡位時歸隱，唐代文人也拒絕在安祿山政權下任職，以此顯示對唐朝的忠誠。

149 對於東晉政治系統的研究，參田余慶，《東晉門閥政治》。並參唐長孺，《魏晉南北朝隋唐史三論》，頁五一—五三。

曾祖曾任舊朝大將軍，若其出仕推翻舊朝的新政權，這就等於違背了門第之風[150]。此處的議題是：許多宋代批評家認為陶淵明的隱逸是一種忠誠的展現，此觀點可能先為北宋文人關注人格的觀念所左右，又在南宋時特別被新興道德觀念所影響。從某種程度來說，堅持將陶淵明的隱逸解讀為忠誠是後人通過一種回溯性的視角來強化儒家道德觀念的方式。

在宋代，對於陶淵明的隱逸動機，忠誠並不是唯一的答案。某些批評家聲稱陶淵明在整體上已然超越政治。此觀點強有力的代表是葉夢得。他嚴厲地批判了六朝批評家鍾嶸將陶淵明詩歌的源頭追溯至應璩（一九〇—二五二）的行為。應璩的詩歌在傳統上被視為政治諷諫之作。在《石林詩話》的同段落中，葉夢得提道：「淵明正以脫略世故，超然物外為意，顧區區在位者何足累其心哉？」[151]葉夢得以此方式，向我們確認陶淵明的超然世外。部分由葉夢得所確立的這種偶像人物觀沒有涉及任何政治性評論，這種觀念直至二十世紀在學者間都仍保有強勢性與吸引力。南宋詩人辛棄疾在以下〈鷓鴣天〉的開頭，對陶淵明的身後事表達了相似觀念：

晚歲躬耕不怨貧

150 田曉菲，《塵几錄——陶淵明與手抄本文化研究》，頁九〇。
151 葉夢得，《石林詩話》，一：四三四（《資料彙編》，頁五二）。

隻雞斗酒聚比鄰
都無晉宋之間事
自是義皇以上人[152]

對辛棄疾來說，正如對葉夢得而言，陶淵明隱逸的最佳詮釋是置其於超然世外的背景下來理解，而非對時政的抗議。

陶淵明隱逸的第三種理由由蘇軾提出；他是陶淵明生活的熱切頌讚者，及陶淵明作品最為認真的讀者之一。蘇軾對陶淵明隱逸動機的理解可能來自陶淵明作品中對一已退隱的詳盡描述。在〈歸去來兮辭〉前的小序中，陶淵明自言「質性自然，非矯厲所得」。此外，陶淵明作於任官奔波間的每一首詩作都表達了歸隱田園的渴望[153]。這樣陶淵明將辭官與他的自然天性相連。根據蘇軾的看法，陶淵明所做的任何決定，包括退隱，都應出自於他的「真」：

152 辛棄疾，《稼軒詞編年箋注》，四／四一六（《資料彙編》，頁一〇二）。

153 參〈庚子歲五月中從都還阻風於規林〉；〈辛丑歲七月赴假還江陵夜行塗口〉；〈始作鎮軍參軍經曲阿作〉及〈乙巳歲三月為建威參軍使都經錢溪〉。

> 孔子不取微生高，孟子不取於陵仲子[154]，惡其不情也。陶淵明欲仕則仕，不以求之為嫌，欲隱則隱，不以去之為高，飢則扣門而乞食，飽則雞黍以延客，古今賢之，貴其真也。[155]

蘇軾將仕隱與當下自己情感相符的陶淵明與那些行動不能反映自然情感的文人加以比較。此外，根據蘇軾所論，陶淵明的真實感受還展現在其他很小的細節上：當他飢餓，他遂出門乞食；當他糧食

---

154 微生高以正直聞名，但當有人向他乞醯，他轉乞於鄰居而與之，像是自己本來所有。（《論語》，五・二四）他對向他乞醯者所展現的情緒是錯誤的。於陵仲子，又稱子仲或陳仲子，在《孟子》（三B／一〇）中被刻畫成一位具有高道德操守的人。他拒與其兄及其母居住，因為他認為兄長的食祿及田宅都取之無道。他後來與志趣相投的妻子居於陵。蘇軾可能也看過劉向《列女傳》中另一則有關仲子的記載（二・一〇b）：「楚王聞其賢，欲以為相，遣使持金百鎰，至於陵聘仲子。仲子入謂妻曰：『楚王欲以我為相，今日為相，明日結駟連騎，食方丈於前，意可乎？』妻曰：『夫子左琴右書，樂在其中矣。結駟連騎，所安不過容膝；食方丈於前，所甘不過一肉。今以容膝之安，一肉之味，而懷楚國之憂，亂世多害，恐生不保命也。』於是出謝使者，遂相與逃去，為人灌園。」此處仲子的行動為妻子的期望左右，而非出自一己的真實想法，這一刻畫正好與蘇軾對陶淵明仕隱任真的描述形成對照。相似的對照也出現在微生高乞醯於鄰人而轉贈，陶淵明卻在飢餓時方乞食於人，飽足時則與人共享。

155 蘇軾，〈書李簡夫詩集後〉，《蘇軾文集》，六八／二一四八（《資料彙編》，頁三三）。

無缺，他便邀請客人來共享。從人格評論到藝術創作，「真」的概念不斷出現於蘇軾的論述中[156]。在蘇軾對陶淵明人格的高度讚揚中，陶淵明的行動所展現的「真」扮演著重要地位。如 Ronald Egan 所指出的，蘇軾在另一個段落集中地描述了他對「真」的看法：「言發於心而衝於口，吐之則逆人，茹之則逆予，以謂寧逆人也，故卒吐之。」蘇軾認為此與陶淵明〈飲酒〉之九不謀而合：「清晨聞叩門，倒裳往自開，問子為誰歟？田父有好懷。壺漿遠見候，疑我於時乖。襤縷茅簷下，未足為高棲。一世皆尚同，願君汨其泥。深感父老言，稟氣寡所諧。紆轡誠可學，違己詎非迷。且共歡此飲，吾駕不可回。」[157]簡而言之，對於蘇軾而言，「真」的特點在於對一己本性的誠實無欺。而「真」的表達是蘇軾在下決定時極為看重的，也是他評價人格的重要依據。

　　在陶淵明作為隱士的接受史中，「真」的標記在宋代之前就出現了。陶淵明的傳記作者沈約是首先將陶淵明的行為概括為「真」的人。但是，此詞語的早期用法與蘇軾有著本質上的不同。首先，使用背景有很明顯的改異。沈約的使用在與酒相關的事件上，與蘇軾用此語描述陶淵明並無特

---

156 對於「天真」及藝術創作的討論，見蘇軾，〈書張長史草書〉，《蘇軾文集》，六九／二一七八—二一七九。對蘇軾而言，一位藝術家的「天真」表現在創作手法上的不假思索。有關此點的進一步討論，參 Egan, *Word, Image, and Deed in the Life of Su Shi*, p. 319. 有關蘇軾對陶淵明「真」的評論，並參李劍鋒，《元前陶淵明接受史》，頁二八八。

157 蘇軾，〈錄陶淵明詩〉，《蘇軾文集》，六七／二一一一（《資料彙編》，頁三一）。

定背景的行為迥異。再者，此詞語在每個例子中的指涉不盡相同。在沈約的敘述中，「真」首要指向陶淵明醉中的行為。此外，「真」常與「率」連用，由此限定了它的涵攝範圍。「真率」一詞指陳的是陶淵明外於社會禮儀的超然離群，及個性化的行為所表現出的直率。與之相反，根據蘇軾的理念，「真」指的是主宰陶淵明行為的主要原則，例如出仕或歸隱。藉由從陶淵明的內在世界及普遍行為尋找根源，蘇軾將一個早與陶淵明相連用的詞語重新賦予新的意涵。對蘇軾來說，陶淵明的退隱，既非出於忠誠也非超然世外，而是他自然、真誠的展現。

宋代作家為陶淵明的隱逸提出了諸多動機：對新朝的抗議、超然世外，或簡單而言，真誠。每位作家都強調了某種特定的美德，但是沒有否認陶淵明的忠心、高尚及真誠。也許因為每種美德都有證據支持，這些證據或存在於陶淵明的作品中或對他生活的描述中，因此沒有任何一項可以輕易被否認。由傳記作者所描述的陶淵明的每個面向，諸如忠誠、超然及真率，在宋代都被仔細考察。宋代批評家通過新的事實及對陶淵明文本的新詮釋，修正或完善了這些面向。誠然，宋代對陶淵明隱逸動機論述的複雜性也表現在很少關注其辭官這一流行、陳套的意象上。對於陶淵明不為五斗米折腰的著名故事，在宋代普遍不加以評論，顯示宋代讀者充其量將其視為一個貌似真實的退隱「場景」。宋代批評家似乎認知到這個傳說很難適當地解釋陶淵明退隱的真正原因。此外，對陶淵明退隱哲思的興趣激發了許多文人仔細閱讀關於陶淵明日常生活的描述及其作品中的哲思冥想。大多數唐代詩人理解陶淵明隱逸時所遺落的兩個環節：哲思基礎與動機，在宋代被仔細考察了，這也標誌著陶淵明的隱逸在傳統詮釋中最後的主要發展階段。

* * *

陶淵明隱士接受史是一種積累、修正，與否定前代解讀的過程。早期的傳記作者首先刻畫出陶淵明的多種隱士性格，諸如超然世外、高尚、真誠及忠心，這些品質粗略地涵蓋了後代對其隱逸的詮釋範圍。後來的讀者根據他們自身的動機或需求，挪用或發展這些概念。對陶淵明隱逸的主要文學運用（典故與引用）及主要的詮釋界域（意象、擬作、哲思與動機）在唐、宋不斷增加，也決定了其後詮釋與文學運用的主要特徵。尤其值得指出的是，由傳記作者所首先賦予陶淵明的忠誠，稍後被宋代理學家重新強化為深具儒家道德操守的典範，奠定了金（一一一五—一二三四）、元（一二七九—一三六八）對陶淵明隱逸詮釋的基調[158]。陶淵明的隱逸模式在南宋末主要被表現為忠誠義憤及超然世外，這一形象稍後不僅在繪畫上成為熱門主題，而且在畫讚上成為比先前時期更流行的主題[159]。

158 參《資料彙編》，頁一一七—一三一。

159 有關陶淵明在宋、元繪畫中再現的論述，參 Nelson, "What I Do Today Is Right." 有關陶淵明在傳統繪畫上更廣闊的討論，參袁行霈，〈古代繪畫中的陶淵明〉。並參收藏於臺灣故宮的陶淵明畫卷目錄，《淵明逸致特展圖錄》。

舉例而言，李公麟（約一〇四一—一一〇六）的著名畫卷「淵明歸隱」描繪了從〈歸去來兮辭〉所擷出的七個場景，這代表了稍後畫家所認定的陶淵明最有名的兩篇作品之一（另一篇作品毫無疑問是具有豐富指喻的文本〈桃花源記〉）。李公麟對陶淵明的描繪：立於東皋，衣袖腰帶飄飄，持手杖而專注凝望，這些成為稍後繪畫不斷重繪的主題[160]。在一篇談論傳統繪畫表現的陶淵明文章中，Susan Nelson 表示，由於外族統治強化了參與或不參與的議題，對陶淵明隱逸是否道德的爭論在元代開始進一步發展：「相較於早期讀者多半沉浸於〈歸去來兮辭〉對陶淵明隱逸生活及心靈狀態的描繪，元代批評家傾向將此文本視為陶淵明儒家操守的反映，及在一個如他們所處時代一樣動盪不安的時期所應持有的道德姿態。陶淵明的返家意象是用繪畫的方式表達了此觀點。」[161] Nelson 使用了主要來自李公麟、錢選（約一二三五—一三〇七年前）及趙孟頫（一二五四—一三二二）的繪畫作為例子，認為宋代的興趣主要落於陶淵明田園生活之樂；而元代詮釋則集中在歸返的行為之上，認為其象徵了忠於原則及堅定的決心，因此凸顯了出仕在政治及道德上的得

160 參梁楷（約十三世紀早期）「東籬高士」；相傳為錢選所繪之手卷「歸去來圖」；及相傳為趙孟頫所繪之畫卷「畫淵明歸去來辭」。有關此些畫作進一步討論，參 Nelson, "What I Do Today Is Right."

161 Nelson, "What I Do Today Is Right," p. 71.

失。[162]我考察了更豐富的材料，發現北宋是探究陶淵明隱逸動機的形成時期，這一探索在南宋有更廣泛的發展方式。少數現存描繪陶淵明隱居生活中著名場景的繪畫就是極具價值的證據，這些繪畫可證明特定畫家對陶淵明的興趣，但還需要更多文本證據的支持。[163]此外，雖然陶淵明成為宋後文人的常用指喻，以表達易代之際的苦悶及對超越的嚮往，仕與隱的道德困境不是最早出現於元，在蒙古政權崩解後其仍保持活力，只是特定的關注焦點可能隨代改變。陶淵明不僅在外來政權統治的朝代，在宋代與明代也同樣被視為道德英雄。文人常常通過提及陶淵明的忠誠、正直及道德熱情等儒家理想來解讀其人其作，這與外來統治所激發的危急現實關係不大，而主要出於宋代開始的文人階層普遍具有的道德重新定位；這包括經典的重訂、教育的改編或是價值的重組。

陶淵明作為隱士的故事在元、明及清代都不斷地被改編成戲劇。[164]這些戲劇大量從陶淵明的早期傳記中擷取場景，而非取材於其作品（其中的例外是被收錄於傳記中的〈歸去來兮辭〉、〈桃花源記〉以及〈飲酒〉其五，這三篇並非巧合，也是繪畫中最熱門的陶淵明文本）。這些戲劇混合

162 需指出的是，李公麟「淵明歸隱」七個場景的第一景，事實上正是描繪陶淵明的返家。

163 Nelson 文章中討論到的三個宋代例子為：佚名畫卷「柳陰高士」、李公麟「淵明歸隱」及梁楷「東籬高士」。

164 例子可參「東籬賞菊」（佚名，元／明雜劇）的情節摘要；許潮「陶處士」（明雜劇）；及魏荔彤「歸去來兮」（清雜劇），分別見於李修生，《古本戲曲劇目提要》，頁一一八，一八九，七二三。

並壓縮了陶淵明生活中的不同片段。這些多采多姿的軼事，諸如不為五斗米折腰、在菊籬下喝著王弘送來的酒以及王弘巧妙以酒安排與陶淵明於栗里會面，都提供了豐富的娛樂性元素。有些戲劇想像性地詮釋陶淵明作品（例如陶淵明成為桃花源中的不朽人物）；其他的則常常合併傳記中的不同細節（王弘及周續之參加陶淵明於東皋上的聚會）。這些例子尤其體現了故事的主要價值在於其娛樂及權宜性，而非對陶淵明的忠實敘述。最重要的是，不同戲劇改編所循環使用的共同背景知識說明了陶淵明的故事已然被整合成一種文化遺產，而非只屬於文人階層的讀者。雖然我們對非文人階層讀者如何理解陶淵明及其作品所知甚少，但有關陶淵明的戲劇在明清間不斷被改寫及演出已顯示出這位隱逸詩人的故事有著不小的市場。

陶淵明的傳記對稍後讀者的想像及先見的影響是巨大的，但是宋代學術成果對視陶淵明為隱士的觀點具有持久影響。一方面，宋代作者對陶淵明的文本展開精細的閱讀。編者和批評家在仔細研究基礎上修改了陶淵明傳記作家的詮釋，並且修正了他們的錯誤。另一方面，與他們的前代學者相較，某些宋代作家更熱中於將陶淵明定格成單一面向的角色，諸如陶淵明是位全然不在意物質需求與世俗事務的超然隱士，或一位可作為儒家道德典範的忠臣。以任何特定的解讀來詮釋陶淵明的堅持在其自傳寫作的接受史上將引發許多值得注意的問題，正如同我們接下來將看到的。

第三章　人格

人格的概念既不像隱居是一種歷史編纂學的類別，也不像詩學是一種有著明確界定的分析性類別，但它卻與中國詮釋學交織在一起。作品中人格的出現經常是悄無聲息的，但是在傳統的閱讀實踐中這一觀念卻被奉為圭臬。任何關於陶淵明歷史接受的研究必須考察其人格解讀的演變軌跡，因為它為陶淵明詩歌的解讀提供著或明或暗的參考點。陶淵明的人格無論如何都不是一個不言而喻的或者是穩定的參考點，因為歷代批評家代表和強調其人格的不同層面。大多數讀者理所應當地以為陶淵明是一位賢能、道德情操高尚的人。但是這一高尚人格的本性如何被界定，也就是說，他的美德表現在哪些方面，這一問題的答案因人因時而異。側重點的轉變往往反映變化著的需求或者批評家的動機，同時也包括文化或道德標準的變化。

中國文學傳統長期以來一直認為詩歌是作家真實心態的寫照；所以讀者可以通過關注文本而了解作家。像宇文所安所說：「通過文本細讀，我們發現的不是作品的意義而是作家的志，所謂『在心為志』。」[1]這種觀念會產生如下重要的推論：首先，「讀者和作家之間的關係呈現出互動

1 Owen, *Readings in Chinese Literary Thought*, p. 26. 志被翻譯成許多不同的意義，比如「目標」（Steven Van Zoeren）、「意圖」（Haun Saussy）和「心意」（James J.Y. Liu）。Van Zoeren 進一步解釋道：「志是……首要事情的源泉和動機，其或具有道德性或相當世俗性。」關於本詞歷史的介紹，請參見 Van Zoeren, *Poetry and Personality*, pp. 56-59 和 James J.Y. Liu, *Chinese Theories of Literature*, pp. 67-70.

性」[2]；其次，借用 Steven Van Zoeren 公式化的表達：「如果你理解了一個人的志，就知道那個人的品格。」[3]事實上，這排除了文本構建的文學自我和作家本我的實質性區別；再次，截至漢代，這種觀念在讀者心中根深柢固，影響深遠以致很少有人質疑文本中所呈現自我的真實性。陶淵明的人格在其接受史中所起到的關鍵作用同等程度地反映了這種先入為主的強勢閱讀觀念與他作品所呈現出的自傳性。在本章的第一部分，我會簡短地敘述早期「文如其人」傳統的主要觀點。本章的其餘部分將追尋關於陶淵明人格的不同解讀，探索有關其人格話語的詞彙和語法的演進。

早期詮釋學理論中的人格解讀

最早的關於個人言語和人格必然相關性的長篇討論出現在《論語》中，它在總體上表達出一條相當引人注目的信念：言語和行為會揭示一個人的真實性格。在《論語》眾多的篇章中，一個人的性格是通過其言語和行為加以評判的。作為一個詮釋學的典範，《論語》中所展示的言行和

---

2 Owen, *Readings in Chinese Literary Thought*, p. 35.

3 Van Zoeren, *Poetry and Personality*, p. 57.

人格之間的對等性是顯而易見的，但是其中假象和虛偽的成分也是公認的。[4] 在《論語》中，兩種詮釋學的方法並存：其一，字面意義、直接的解讀，其中言語的真實性是其成立的基本前提；其二，修辭性的解讀，其中深思熟慮是其基本的方法。孔子是作為喜歡字面解讀的人物而出現的：「始吾於人也，聽其言而信其行；今吾於人也，聽其言而觀其行。於予與改是。」[5] 孔子認為他不再指望僅僅通過一個人的言語來判斷一個人的性格，但同時他也暗示我們一種理想化的解讀途徑：相信一個人表面的言語和可觀察到的行為，但是如果此人一旦放棄了言行和人格一致的信念，這種解讀的意義就不大了。

修辭性解讀是通過孔子最麻煩的學生宰予的言語來展示的：

4 Steven Van Zoeren（*Poetry and Personality*, p. 58）認為最早階段的代表性在於「儒家決定和詳細分列性格類別的興趣和信心來源於這種性格將會毫無異議地在可被觀察到的行為中展示出來這一信念」。相反，較晚階段承認虛偽的存在。儘管 Van Zoeren 以兩組在《論語》早期和晚期出現的相似篇章的比較做出了一個很好的例證，我們仍然能夠感到《論語》早期階段中出現了虛偽的問題（例如《論語》，五．一〇）而在最晚的篇章中卻承認言語可以準確暗示人的性格（例如，二〇．三）。Van Zoeren 依據《論語》學者（如 D.C. Lau, Arthur Waley 和 Takeuchi Yoshio）的研究進而提出的階段分組如下（*Poetry and Personality*, p. 26）：最早的階段包括第三到七章；其次，第一、二、八章；再次，第十到十五章；最後，第十六到二十章。

5 《論語》，五．一〇。

哀公問社於宰我。宰我對曰：「夏后氏以松，殷人以柏，周人以栗，曰，使民戰慄。」子聞之，曰：「成事不說，遂事不諫，既往不咎。」[6]

為了在觀察者身上產生具體的效果，宰予通過暗示木材的選擇是經過深思熟慮的這一修辭性方式來解釋禮節和儀式。孔子不同意這種帶有懷疑性的解讀。他的責備似乎是告誡宰予沒有必要去解碼先賢聖人的行動，因為他們的行動一定是源於賢德和真誠的意圖。如果這些意圖和禮儀的設置經常屈從於修辭性的考察，儒家系統的基礎將會動搖。早期儒家的詮釋預設了一種通過言語、行為和動作可以感知的透明性格。

在漢代以前的文本中，關於言語和人格統一性最強有力、最一貫的論斷也許出現在《孟子》中，其展示了像《論語》一樣對評判話語的興趣，「聽其言也，觀其眸子，人焉廋哉？」[7]這裡孟子不僅表達出對言語和眼神流露出一個人性格的堅定信心，而且暗示一位聽者可以善於解讀在其面前呈現的場景。成功判斷一個人的性格取決於同等重要的兩個方面：言語是性格的真正指標這一信念和評判者的洞察力。在《孟子》中，對個人的解讀基於他的話語和性格之間的關聯，這不像

6 《論語》，三．二一。

7 《孟子》，四A．一五。

《論語》僅局限於其中的對話，而是延伸到對文本的理解。下面這段引文具體地探討了古代聖賢的文本，但是並沒有涉及作者和文本之間的關係。

> 孟子謂萬章曰：「一鄉之善士斯友一鄉之善士……天下之善士斯友天下之善士。以友天下之善士為未足，又尚論古之人。頌其詩，讀其書，不知其人，可乎？是以論其世也。是尚友也。」[8]

在這裡，文本作為作者的代表僅是文本作為真實性代表的子集。這段話理所當然地認為古人的作品能夠真實地再現個人或整個時代的現實。孟子提倡一種反修辭性的閱讀：作家的精心巧思和深思熟慮的可能性甚至沒有被觸及，相反一個文本被毫無疑問地視為反映作家人格的完美鏡子。這段話也把閱讀界定為理解作家的一項義務。作家被銘記在他所寫作的文本之中，如果讀者沒有從中體悟出作家的性格，這將被看成是錯誤的。

在孟子之後的戰國時期（西元前四〇三—西元前二二一），諸多思想家質疑儒家對「文如其人」做出的典範性詮釋。其中值得注意的是法家的韓非（約西元前二八〇—約西元前二三三），他

8 《孟子》，五B．八。

把注意力投注在文學藻飾的機巧和修辭上的深思熟慮，這給我們提供了儒家解讀之外的另一種模式。在他的關於演講困難之處的文章中，韓非暗示了一種修辭性的詮釋。最著名的章節〈說難〉教導人們如何在全身避禍的同時說服聽者（這裡指的是統治者）。本章以開列勸說中遇到的種種困難開始，以如何了解聽者的思想和運用恰當的修辭為中心：

> 凡說之難，非吾知之，有以說之之難也；又非吾辯之，能明吾意之難也；又非吾敢橫失，而能盡之難也。凡說之難，在所說之心，可以吾說當之。[9]

在〈說難〉稍後的論述中，韓非規定演講者必須了解聽者的心理動機，也就是說，後者在利益、聲望，或基本目標範圍內的欲望及其虛榮心所在。演講者必須謹慎地選擇他想採用的語詞、軼事和典故以及文學藻飾，只有這樣的話，他的演講才會符合統治者的思想和性格。在韓非的系統中，演講中所涉及到的內容主要取決於什麼是最有利、最實際，或最適合的事情。真實性和正確性在韓非的演講藝術中沒有占據任何明顯的地位。韓非關於演講術的寫作試圖打破個人語詞和人格之間存在著直接、必然聯繫這一傳統觀念。如果演說家的語詞是為達到某種特定效果而精巧構思和深思熟

9 《韓非子集釋》，四／二二一。

慮的結果，那麼它們在多大程度上可靠地服務於他性格的完美再現？通過韓非的理論，個人言語和內心（真正的想法和信念）分離的可能性愈加明晰。儘管韓非關於演講術的寫作暗示和提供了言語與作者一一對應的替代選擇，但是韓非作品的影響力還是有限的，修辭性的解讀從未在中國文學傳統中占據主導地位。

在文本或是口頭的所有表達類型中，韻文形式被看作是最能展現個人性格的表達方式。Mark Lewis 提出，「在中國的帝制時代，詩歌是自我表達的方式，是與個人、作者觀點最密切的寫作模式。」[10]詩歌和個人觀點的一致性主要源於漢代對中國最早的詩歌選集《詩經》和《楚辭》的解讀，這種解讀假定每首詩歌背後總是存在具體的作者或歷史事件。在《詩・大序》中，詩歌和人格之間的關聯發展到了頂峰，它成為了論述詩歌時常被引用的權威篇章[11]。在這其中對詩歌的經典化定義尤其與如下的論述相關：「詩者，志之所之也。在心為志，發言為詩。」這個定義改寫了《尚書・堯典》中「詩言志」這一論述詩歌最早的宣言。宇文所安正確地提醒我們改寫永遠不是中性的，〈大序〉中對詩歌的定義確實是與《尚書》的論述非常不同：詩歌不只是志的清晰

10 Lewis, *Writing and Authority in Early China*, p. 147.

11 關於〈大序〉的全面討論，參見 Van Zoeren, *Poetry and Personality*, pp. 80-115; Saussy, *The Problem of a Chinese Aesthetic*, pp. 74-105 和 Owen, *Readings in Chinese Literary Thought*, pp. 37-56.

表達，它就是志[12]。在這種論述中有一個等價模式：「在心為志，發言為詩。」詩歌不僅是志花樣翻新的表達，而且是其從內到外螺旋運動的終點。這條論述預設外在表現與內在形式的完美對等。事實上，這則關於詩歌的定義把最先在《尚書》中出現的闡釋性觀念轉變成中國詩學最基本的信條：詩歌有益於了解一位詩人的志；或者，反過來說，想要了解作為詩人性格有機組成部分的志，讀者需要讀他的詩。

通過閱讀詩歌來解讀詩人的志可能並不總是停留在字面意義上。事實上，許多早期《詩經》的解讀和運用（從《左傳》中賦詩的實踐開始直至毛傳）賦予其深邃、不易洞察的意義[13]。為了深入挖掘詩人真正的志，《詩經》的讀者需要一個闡釋性的答案，也就是一種寓言。一種寓言式解讀的組成部分在〈大序〉中已經展示出來了，它揭示出對事實的不安：一些詳細記錄私情的詩歌包含在一組據傳為孔子編纂的詩集裡。問題是這些「變風」如何可以合法地當作道德的楷模。因此〈大序〉的作者試圖解決這種悖論，他把這些變風的著作權歸於國史，把其描繪成賢德的人對時代墮

12 Owen, *Readings in Chinese Literary Thought*, p. 41.

13 賦詩是指人們在外事或社交場合通過引用《詩經》中的話語來表達他們的意圖，感動或說服聽者，或者潤飾他們的觀點。對此的討論，參見 Lewis, *Writing and Authority in Early China*, pp. 147-193.

落、世風日下的反映。[14] 這裡隱藏的假定是，這些歷史學家的志不在於詩歌表面上所呈現的豔情。他們對當下實踐和行為的描繪是在道德層面對社會倒退做出的中規中矩的回應。[15] 責難和非議是這些詩歌背後的真實意圖。延伸開來，這種志和「變風」假定作者的道德性格只有通過寓言才能得到恰到好處地理解。這種寓言式的解讀並沒有否定文本能夠真實再現作者意圖這一模式，相反，它使這一模式複雜化。對於《詩經》寓言式的解讀（伴隨著東漢對《楚辭》的解讀）為後來超越文字層面考察詩人的志這一重要實踐開啟了經典先例。

在漢代，新的寫作理念、動機和目的豐富了「文如其人」這一觀念。這其中的許多想法建立在寫作和人格之間的關係。例如，司馬遷寫給任安的著名的信《報任少卿書》不僅確認了作品真實地揭示出作者的志和性格這一理念，而且為在作品和人格的對等關係外增添了另一元素，挫折：

14　大多數現代《詩經》研究者把〈大序〉的著作權歸於衛宏（生活在一世紀），這一歸結更多的是依據「詩經」傳統的共用觀念而不是因其原始的創作。

15　《詩經》中把「志」解讀為對世風日下的道德反應並不是〈大序〉的原創。這一解讀早已被荀子（約西元前三一三—約西元前二三八）提及。Van Zoeren（*Poetry and Personality*, p. 76）指出：《詩經》中銘刻的「志」在任何情況下都是正確的和典範的這一觀念是荀子關於《詩經》的核心觀點，也使《詩經》在道德教化中起到關鍵的作用。這將成為早已在〈毛序〉中勾勒出來的六朝時期關於《詩經》觀點的中心主張。

蓋文王拘而演周易。仲尼厄而作春秋。屈原放逐乃賦離騷。左丘失明厥有國語。孫子臏腳兵法修列。不韋遷蜀世傳呂覽。韓非囚秦說難孤憤。詩三百篇，大底聖賢發憤之所為作也。此人皆意有鬱結，不得通其道，故述往事，思來者。乃如左丘無目，孫子斷足，終不可用，退而論書策，以舒其憤，思垂空文以自見。[16]

隨著他們的雄心受挫，這些人（暗指司馬遷自己）只能通過寫作來展現他們的志。值得注意的是，司馬遷把挫折和困難視為文學創作的前提條件。受難對於成就偉業是必要的這一觀念並不新鮮，在《孟子》和《荀子》中已經出現過。但是司馬遷是第一位把這一想法延伸到寫作行為中的。[17]通過肯定個人挫折和苦難是寫作的動力，司馬遷為言志的真實性提出了強有力的例證。

另一種對於理解漢代寫作和人格關係至關重要的因素是文學風格。風格各異的理念是基於對不同人格的承認，文人和官員對這一話題的興趣逐漸增強。在《典論．論文》中，曹丕（一八七—二二六）主張在文學風格和作者人格之間存在一致性。他對建安時期（一九六—二二〇）的主要作家建安七子中三位的評價顯示出他對呈現在這些作家作品中的個人人格及風格

16 司馬遷，〈報任少卿書〉，見蕭統，《文選》，四一／一八六四—一八六五。

17 錢鍾書（《管錐篇》，三：九三六）闡釋〈報任少卿書〉時提及此觀點。

多變性的欣賞，「應瑒和而不壯。劉楨壯而不密。孔融體氣高妙。」[18]曹丕在此運用適合於文學風格和作家人格解讀的描述性語彙。宇文所安對此評論道：

在整個中國文學傳統中，讀者總喜歡把文本的風格或特徵與作者的性格等同起來，這種情況在西方文學的某些階段也發生過。儘管時下的文學觀念認為，把它們等同起來是錯誤，然而這種等同自身正確與否並不重要，重要的是讀者和作者都認為這是對的。在創作風格中強烈地直覺到作者的性格是一個歷史事實，而且一直受到重視。[19]

對於曹丕來說，文學風格（不是文本所呈現的內容，而是文本呈現該內容的方式）揭示出作者的人格。人格嵌入於寫作中這一觀念是曹丕寫作觀念的出發點。挫折已經不是寫作的唯一驅動力，這與司馬遷的情況不同。對於曹丕而言，推動其寫作的動因在於渴望自己永載史冊、流芳百世。寫作潛在地成為解決形體消亡問題的學術方案。

18 曹丕，〈典論．論文〉，八／一〇九七b。

19 Owen, *Readings in Chinese Literary Thought*, p. 63. 漢譯參見王柏華、陶慶梅譯，宇文所安著，《中國文論：英譯與評論》，頁六五—六六。

蓋文章，經國之大業，不朽之盛事。年壽有時而盡，榮樂止乎其身，兩者必至之常期，未若文章之無窮。[20]

以未來統治者的口吻，曹丕從父親大力提倡文才中汲取經驗，肯定文學創作在治理國家大業中的功用。業也意味著積累：一個人管理成就通過他的作品得以流傳，這可能比成就的締造者甚至成就本身存留得更長久。雖然身後名確實也在司馬遷的寫作觀念中占據重要位置，但是他沒有大膽地聲稱這就是寫作的原動力。對於司馬遷來說，寫作承擔了社會和道德的責任：記錄個人意圖、使知識條理化和傳播知識。

此外，作家必須為他們自己的身後名尋找寄託的媒介。對於曹丕，這不只是獲得文學上的不朽而且影響未來個人如何被解讀。「是以古之作者，寄身於翰墨，見意於篇籍，不假良史之辭，不托飛馳之勢，而聲名自傳於後。」[21]曹丕向我們保證文學作品是一個人的才華和成就（政治和文學）最可靠的明證，通過它們，而不是別人的話語，一個人獲得歷史上不朽的名聲。曹丕把寫作看成是

20　曹丕，《典論‧論文》，八／一〇九八a。關於此篇精當的討論，尤其是通過何種手段曹丕削弱傳統儒家思想關於什麼樣的寫作類型（例如，經和史）參與到文學範圍的排序，參見李澤厚和劉剛紀，《中國美學史》，一：五〇—五四。

21　曹丕，《典論‧論文》，八／一〇九八a。

通向文學不朽的途徑；司馬遷把其看成為挫折砥礪下的自我抒寫，這兩者構成了陶淵明創作視野和後代對其作品解讀的重要來源。

曹丕精心努力地把文學風格和人格類型等同起來，這一行為與其當下人物品評的興趣相一致。這種品評假定內在的品質可以通過外部的表現來了解。人物品評的方法對於士族來說尤其有用，因為他們關注如何挑選合適的人來治理國家。劉劭（約一八九—約二四五）的《人物志》（約二四〇—二四九）代表了系統化人物評價的最好嘗試。為了有利於規範官吏的選拔這一最明顯的目的，《人物志》詳細討論了與個人能力相符合的各種不同的外在表現、人格類型、人才種類和政府官職。劉劭的系統把其展示成為儒家傳統中如何知人這一長期存在問題的合理結論。在他的序言中，劉劭提出知人的能力是賢明統治的最重要因素，從聖王時代以來一直是這樣。

> 夫聖賢之所美，莫美乎聰明。聰明之所貴，莫貴乎知人。知人誠智，則眾材得其序，而庶績之業興矣……堯以克明俊德為稱。舜以登庸二八為功。湯以拔有莘之賢為名。文王以舉渭濱之叟為貴。由此論之，聖人興德，孰不勞聰明於求人，獲安逸于任使者哉。[22]

22 劉劭，《人物志》，頁一。

對於劉劭來說更直接的例子就是孔子，後者因其徹底的人物品評方法而得到讚揚：

仲尼不試無所援升，猶序門人以為四科，泛論眾材以辨三等。[23]又歎中庸以殊聖人之德，尚德以勸庶幾之論[24]；訓六蔽以戒偏材之失，思狂狷以通拘抗之材[25]，疾悾悾而無信，以明為似之難保。[26]又曰：察其所安，觀其所由，以知居止之行。[27]人物之察也，如此其詳。是以敢依聖訓，志序人物，庶以補綴遺忘。[28]

從上段引文中可以看出，劉劭為他的《人物志》建立了一個令人印象深刻的譜系，其宣稱能把

23 「不試」，這裡指沒有被恰當的任用，該詞出現在《論語》，九．七。

24 在《易經．繫辭傳》中，孔子的話語被引用如下，「顏氏之子，其殆庶幾乎？」（周振甫，《周易譯注》，頁二六四。）

25 參見《論語》，一三．二一。「狂」這裡指為達目的而不擇手段；「狷」與前詞相反，指無為的隱居狀態。

26 參見《論語》，八．一六．我依照程樹德對「悾悾」的解釋（《論語集釋》，一六／五四五。其他箋注者把其闡釋為「能力的欠缺」；比如，楊伯峻，《論語譯注》，頁八三和劉殿爵，《論語》，頁九四。

27 參見《論語》，二．一〇。

28 劉劭，《人物志》，頁二。

孔子和聖王的實踐轉變成為一種方法論。雖然《人物志》不屬於文學理論範疇，但是它反映了知識分子對於當下社會的態度。這強調了評價個人人格的重要性，接受它們之間的分歧以及探求性格評價的具體標準。

詮釋學的觀念在從初始到漢魏時期的早期文獻中得以發展，這也成為了後來解讀實踐的中心：（一）人格銘刻在作品中，特別是詩歌這一抒寫自我的優先媒介；（二）閱讀和闡釋幫助徹底理解文本背後的作家（包括他的志和人格）。在陶淵明的個案研究中，這些觀念根深柢固和普及的程度反映了傳記和人格在後代對其作品接受中起到的重要作用。傳統的批評家通過考察他的行為、行動和作品來探求他的內在品質。

道德高尚還是超凡脫俗的隱士

最早關於陶淵明人格的研究也是唯一的當下紀錄是顏延之的誄文，該文對於理解陶淵明生活經歷的自述和後代傳記作家的論述非常重要。因為顏延之本人認識陶淵明，[29]所以他不需要依靠陶淵

29 根據《宋書》，顏延之兩次與陶淵明為伴。第一次是在四一五年和四一六年六月之間於潯陽，當時顏延之

明的作品來了解其人。事實上，我們會好奇顏延之究竟讀過陶淵明的多少篇作品甚或介意去評價它們，因為他只是一筆帶過陶淵明的作品，幾乎帶有輕視的態度。陶淵明的典範美德是顏延之明顯感覺到值得讚揚和傳承的。

顏延之的誄文及其前言全部用來讚美陶淵明的傑出性格，讀起來像是其優良品質的清單。顏延之用如下的詞彙簡潔地勾勒出陶淵明的性格：「廉深簡絜，貞夷粹溫。」[30]這些品質在顏延之對陶淵明行為的記述中尤為突出。例如，顏延之評價陶淵明的退隱是一種基於道德正直和個人理想的行為：「道不偶物，棄官從好，遂乃解體世紛，結志區外。」[31]陶淵明不迎合時勢，相反他選擇在貧困中生活。顏延之詳細地描繪了陶淵明在貧窮生活中的辛勤勞作：引水、打麥、澆灌田地、種植蔬菜、編織鞋繩和草簾[32]。他沒有對自己的田地感到不滿，而是以像閱讀、飲酒、彈琴等小樂滿足自己：

（續）

在江州刺史劉柳處任職後軍功曹。第二次是顏延之在去始安任職的時候路過潯陽。根據《宋書》（九三／二二八八）和何法盛《晉中興書》（出自湯球，《九家舊晉書輯本》，頁三六四），顏延之在這次短暫停留之時經常拜訪陶淵明。龔斌（《陶淵明傳論》，頁七四）把第二次兩人見面時間估計為四二四年。

30 顏延之，〈陶徵士誄〉，三八／二六四六b。

31 顏延之，〈陶徵士誄〉，三八／二六四六b。

32 同上。

晨煙暮靄
春煦秋陰
陳書輟卷
置酒絃琴[33]

除了他堅定的退隱，陶淵明的心態作為構成其道德楷模的重要因素把他同一般貧窮的例子區別開來。陶淵明不僅充滿激情和活力地操勞他的日常活動，即使面臨貧窮的艱辛和勞病的折磨，他也有著一種值得稱讚的自足和達觀的心態（顏延之曾描述陶淵明：「人否其憂，子然其命。」）[34]。放棄官俸的志向和承受貧窮的美德通過顏延之引用稍加變動的《莊子》話語加以讚賞：「國爵屏貴，

33 同上，三八／二六四七a。

34 顏延之，〈陶徵士誄〉，三八／二六四七a。李劍鋒（《元前陶淵明接受史》，頁四九）提出顏延之是第一位意識到陶淵明具有「安貧樂道」特點的文人。值得注意的是，這個詞語並沒有出現在顏延之的文本中；當劉宋時代以降的讀者迫不及待地把這組觀念運用到陶淵明身上時，引用的出發點不僅在於欣賞陶淵明的安於貧窮及對貧窮生活的真心嚮往，而且在於一種新的道德準則，在其中自我駕馭具有最重要的價值。

家人忘貧。」[35]陶淵明的棄官和不計貧窮對達官貴族和平民百姓都有激勵作用。顏延之暗示陶淵明作為典範對「風教」起到有益作用，這是對陶淵明很高的讚揚，因為中國文化認可在教育和自我修養中典範的力量。對顏延之和以後的評論家來說，他們用陶淵明在逆境中堅定和自我駕馭的鮮明特點來探尋陶淵明賢德的性格，這種討論是以其棄官隱居為前提的。總之，顏延之的誄文引起人們對陶淵明作品主題和上下文語境的關注，這些方面使其人格的一些特點愈加明顯：他經濟上貧困、生活在黑暗的時代和放棄官俸的行為分別強調了陶淵明的矢志不渝、道德操守和不俗理想。

顏延之通過描繪他在社會關係中的行為進一步展開其道德典範形象的探討。第一，對於年老的母親，陶淵明被描繪成孝子；對於年輕的兒子，他成了盡職盡責的父親。陶淵明親自躬耕和從事家務，「就養勤匱」[36]，顏延之通過這一行「遠惟田生致親之議，追悟毛子捧檄之懷」，尤其強調陶淵明的孝悌；這其中包含兩位著名孝順人物的典故：一位是田過，他成功勸服齊宣王使其認為一個

35 顏延之，〈陶徵士誄〉，三八／二六四六b。正如 Davis（*TYM*, 1: 245n116）指出的，顏延之的文章集合了《莊子》中的兩篇。在〈則陽〉中，莊子說：「故聖人其窮也使家人忘其貧，其達也使王公忘其爵祿而化卑。」（《莊子集解》，七．二五／一六七。）在〈天運〉篇中，莊子提到：「至貴，國爵並焉；至富，國財並焉；至願，名譽並焉。是以道不渝。」（《莊子集解》，四．一四／八九。）

36 顏延之，〈陶徵士誄〉，三八／二六四六b。

人的父母比君主更重要[37]；另一位是廣為人知的盡職孝子毛義，當他受到官方的聘用，立即通告其母[38]。第二，陶淵明與其親戚的交流被描繪成具有自然大方和可信賴的特點。

睦親之行
至自非敦
然諾之信
重於布言[39]

陶淵明的忠誠度被放在與季布相比較的範圍中而變得明顯；在季布的老家楚州，人們對他的故事耳熟能詳，「得黃金百，不如得季布一諾」[40]。陶淵明被描繪成一位擁有一套與儒學相聯繫的社會道德：孝悌、父母的職責和信任。

37 韓嬰，《韓詩外傳》，七·一a。
38 有關毛義的生平介紹，參見《東觀漢記校注》，一五／六三七。
39 顏延之，〈陶徵士誄〉，三八／二六四六b。
40 《史記》，一〇〇／二七三一。

在陶淵明逝世幾乎一個世紀之後，鍾嶸開始了把陶淵明的人格及其作品等同起來的批評實踐。他的觀點「每觀其文，想其人德」成為了後來解讀陶淵明作品的標準方式：陶淵明的作品被看作是其人格特質的體現[41]。鍾嶸關於陶淵明人格的評價既是明顯地褒揚也帶有非常模糊的特點。對於鍾嶸來說陶淵明賢德人格的具體內容是一個問題，這需要同等程度的分析和猜測。在《詩品》中，鍾嶸經常使用在魏晉發展起來的人物品評傳統中的一些詞彙，例如氣、風、骨、韻和才，來探討詩人的文學風格[42]。儘管鍾嶸毫無疑問地把陶淵明的詩文和人格對等起來，但是他沒有運用人物品評語彙的雙重指代；這一點在探討鍾嶸對陶淵明的評價問題上尤其值得注意。相反我們會找到在詩人和其作品之間清晰、沒有經過仲介的對等。鍾嶸描述陶淵明的詩歌如下：「文體省靜，殆無長語。篤意真古，辭興婉愜。每觀其文，想其人德。」[43]鍾嶸把陶淵明的作品和人格等同起來引導我們在對陶淵明文學風格的評價中尋找蛛絲馬跡，所以我們從第四句對詩歌和人格等價的總結回

41 《詩品》中所有對陶淵明的評論引自鍾嶸《詩品集注》，頁二六〇（《資料彙編》，頁九）。

42 對於鍾嶸在《詩品》中採用性格化詞彙的討論，參見 Wixted, "The Nature of Evaluation in the Shih-p'in," pp. 232-233. 在關於陶淵明的詞條中，鍾嶸運用「風」字對下面兩句陶淵明詩加以評論：「歡言酌春酒」和「日暮天無雲」，這兩句詩具有「風華清靡」的特點。但是從上下文中清晰可見（與之構成複合詞的名詞及修飾它們的形容詞），「風」這裡指這兩句詩的特點而不是陶淵明本人的特徵。

43 《詩品集注》，頁二六〇。

到前三句對其詩歌形式、內容和措辭的描述。鍾嶸對陶淵明詩歌的評價，如「省靜」、「真古」和「婉愜」，可能展示其對陶淵明人格特徵的解讀。

蕭統所作《陶淵明集．序》更進一步把陶淵明的性格和其作品統一起來，該序代表了六朝時期對他人格和作品的最均衡的對待。蕭統對陶淵明的評價在結構上比鍾嶸的更明顯，他認為陶淵明在作品和人格軌道上並行不悖。蕭統把序言約六分之一的篇幅留給展示陶淵明的文學特質（參見第四章的討論），但是蕭統序言的重點仍在其人格。從關於陶淵明詩歌的討論中可以看出，蕭統快速轉變到對其真誠的志和安貧樂道的讚賞，「加以貞志不休，安道苦節，不以躬耕為恥，不以無財為病。自非大賢篤志，與道汙隆，孰能如此乎？」[44]

陶淵明作品和性格的並置為〈序言〉餘下篇章中兩者的整合鋪平道路：「余愛嗜其文，不能釋手，尚想其德，恨不同時。故加搜校，粗為區目。」我們可以觀察到蕭統在陶淵明的作品和為人之間遊刃有餘的轉換。這種方式在後來的評論中經常再現。蕭統把陶淵明的人格和作品統一起來暗示其作品被毫無疑問地看作是他賢德人格的明證。這些作品最有益於理解陶淵明的人格，而不是文學或風格上的價值。這兩個暗示進一步被〈序言〉的結論所支持：「豈止仁義可蹈，抑乃爵祿可辭，不必傍遊太華，遠求柱史，此亦有助於風教也。」蕭統告訴我們陶淵明的作品對以下幾個方面

44 《陶淵明集．序》的所有引用均來自《全梁文》，二〇／三〇六七a。

大有裨益：記錄一位典範隱士生存之法，矯正道德行為，後者符合漢代把教化看作詩歌基本功能的詮釋傳統。蕭統的〈序言〉以陶淵明作品的道德價值，而不是文學價值結尾，因此蕭統認為陶淵明作品的主要功能是教化性的。（值得指出的是，蕭統在《文選．序》中區別兩種價值，這代表了可能在三世紀最早出現的文學自覺過程中重要的一點。因此，《文選．序》解釋了從經、史中區分集的必要。）[45]

陶淵明放棄官職和俸祿的行為是六朝時期關於其典範人格討論中再現的觀點，這用以暗示超越貪婪和欲望，最後達到自我駕馭。與顏延之早期認為陶淵明會激勵他人的論點相似，蕭統認為：「嘗謂有能觀淵明之文者，馳競之情遣，鄙吝之意祛。」像在第二章討論過的那樣，沈約也把這種典範教化歸為包括陶淵明在內的所有賢能隱士的特點。顏延之和蕭統對陶淵明永訣棄官的讚賞也可能很好地反映了對一群下不了決心或是精明隱士的常見鄙視，這些所謂隱士在短期隱居之後便接受官職[46]。用隱居來換官在六朝時期是司空見慣的事情，這也被其他很多批評家所不齒，他們或許

---

45 參見蕭統《文選．序》，出自《全上古三代秦漢三國六朝文》，二〇／三〇六七b—三〇八a。關於蕭統在《文選》中排除史、經和試圖建立「文學」經典的討論，參見 Knechtges, *Introduction*, 1: 18-19.

46 在〈陶徵士誄〉中，顏延之（三八／二六四六b）把陶淵明從許多同時代不堅定的隱士中區分出來：「首路同塵，輟塗殊軌者多矣。」同理，蕭統（〈陶淵明傳〉，二〇／三〇六九a）在他給陶淵明所寫的傳記中通過引用一首提供了不堅定隱士例子的陶淵明詩來強調其隱逸的堅定性。

把這種做法看作是持有不良信仰的隱居，假隱士們以隱居為由通過自我炒作以獲得官職[47]。永久放棄官職是陶淵明道德典範的顯著性特徵。這標誌著在陶淵明接受史兩種不同話語領域的匯聚：對他隱居的解讀對於理解他的道德人格至關重要。

顏延之的誄文、鍾嶸的評價、蕭統的〈序言〉和沈約〈陶淵明傳〉的選段把陶淵明塑造成賢德人士的典範，能夠砥礪他人實現道德的自我提升。這種人格化明顯地有別於《宋書》、《晉書》、《南史》和蕭統的〈陶淵明傳〉。在第二章中討論過，這些早期傳記放在一起，如果有也是蜻蜓點水式的提到陶淵明的道德人格，更多的則是關注他的怪誕行為。關於他嗜酒和酒醉時怪誕行為的眾多趣聞軼事突出彰顯其特立獨行、古怪和對社會禮法的蔑視。傳記中陶淵明的性格是被欣賞的，而不是道德「風教」的典範。對於兩種人格類型，一種俯拾即是的解釋是在於作者視角和目標的不同。根據傳統歷史編纂學的體例，隱士的傳記應該關注其作為隱士的代表性特點。儘管隱居和道德總是互通與相關的，但是它們在中國歷史編纂學中有著各自的類別。正是由於它們的不匯合之處，這些傳記才值得我們重視。顏延之誄文的獨特權威性在於該文來自作者與陶淵明的直接交流，但是誄文讀起來更像是描述陶淵明道德性格的散文，考慮此點，早期關於陶淵明的

47　關於假隱和六朝對此的評論，參見張仲謀，《兼濟與獨善——古代士大夫處世心理分析》，頁一七四—一八〇。對此現象的另外討論且包含其他例證，參見 Kwong, *Tao Qian and the Chinese Poetic Tradition*, p. 17.

四種傳記沒有引用顏延之的誄文也就變得不那麼驚奇了。據現有的材料，我們可以推測陶淵明的傳記作家手邊有一堆材料，他們從軼事、顏延之的誄文和陶淵明的作品中選擇對其隱士人格的描述。他們選擇採用陶淵明早期辭官退隱的故事和作為隱士的代表性行為，引用其有關隱居的作品進一步展示他為什麼適合隱士這一範疇。體裁的考量可能決定哪種陶淵明形象在特定的上下文中被運用。

蕭統的《陶淵明集．序》和他的〈陶淵明傳〉的差異是一個很好的明證。現代學者恰如其分地指出其中的差異。例如，曹旭先生注意到，在〈序〉中蕭統不僅肯定了陶淵明的詩學風格和特點，而且把陶淵明描繪成一位優異的詩人，他以飲酒被人所知。相反，蕭統的傳記把陶淵明描繪成一位嗜酒的隱士。曹旭先生對此提出兩點解釋：第一，「主觀與客觀，個人愛好與社會公認之間存在著矛盾和落差。」[48]把我們的文本用這些語彙來表達，序代表前者而傳記代表後者。第二，「不同場合說話寫文章對陶淵明詩的評價也會產生差異。」[49]曹旭先生繼續解釋到陶淵明的詩歌在私人的語境中（序）要比公眾的語境（傳記）好，因為序言給他提供了較大的自由去抒發個人的意見。然而與私人和公共的語境相比，序言和傳記的區別較具體。我相信不同體裁的要求對調節同一作家筆

48 曹旭，〈《詩品》評陶淵明詩發微〉，頁六二一。

49 同上。

下陶淵明的兩種肖像起到更加關鍵的作用。在〈序〉中，蕭統通過對其作品的字面解讀來引介陶淵明集。他側重於這些作品的道德而不是文學價值則是另外一回事。傳記的寫作正好與之相反，它需要使現存的材料適應新的語境。蕭統通過眾多較早關於陶淵明的傳記得到一組傳世「事實」，這些材料主要是有關其愛酒及酒醉時的行為。蕭統的傳記在傳播陶淵明生活的傳世資訊方面有較小的闡釋自由。然而蕭統選擇通過超越廣為人知的飲酒傳說來擴大陶淵明在傳記中的意象，他沒有刪去此傳說而是給陶淵明隱居的其他方面添加材料。曹旭先生的闡釋指出在兩則材料中陶淵明人格的對立：詩人還是隱士，清醒冷靜還是過度放縱。我將注意力轉移到這兩則材料的共同側重點。通過考察蕭統在〈序〉中的整個論點，我們愈發感覺到陶淵明作為一流詩人較少地取決於他超強的文學能力，更多的是基於他對道德準則的貢獻。像我們在第二章中討論過的，儘管陶淵明在蕭統的傳記中看起來像是愛酒的隱士，但是他的堅定隱居和決心而不是無節制的個性是蕭統為其生活添加的材料。進一步來說，〈序〉重新為傳記中出現的飲酒章節設定背景，揭示這種行為背後隱藏的更深的意義。蕭統使讀者相信陶淵明「寄酒為跡」，儘管他沒有詳細闡釋「跡」的意義，但是文本不同程度上引起了人們對陶淵明道德人格的注意。這個重要的共同聚焦點緩和了兩種材料明顯的區別。

六朝傳記所介紹的陶淵明的兩種性格構成了日後對其作為道德人物還是超脫隱士兩種截然不同的人格解讀。早期對陶淵明道德人格的討論採用了一系列語彙去詳細闡發他的性格，但是大多數文人同意陶淵明人格的一個突出中心：永久放棄官職和俸祿的意願及其隱含的意義，例如超越常見的貪婪和欲望、堅守道德節操和安於貧窮。在大多數情況下，陶淵明早期的傳記沒有涉及到他隱居的道德層面，相反側重他飲酒的傳說及其外在表現，例如他的怪誕和僭越禮法。誄文[50]、文學評價、序言和隱士的傳記等許多不同的體裁風格有助於解釋兩種不同人格的出現。

從超脫的隱士到道德的楷模

在六朝形成的兩種陶淵明人格形象中，唐代的作家較少進一步闡發其道德人格而是更多玩味他有趣的人格。像在第二章討論過的那樣，傳記作家賦予陶淵明的諸多特點——主要是高尚、超脫和異想天開——出現在唐代數百首詩歌中。寫意景象背後的典故，例如彈無弦琴、用頭巾漉酒、豪飲、他的柳樹、菊花和茅草屋，揭示出具體或至少在表面上對他隱逸人格的流行看法。然而我們很少能發現在唐詩中擴展六朝批評家對陶淵明性格評價的傳統。確定無疑的是，對陶淵明道德人格的評價是尋常的，但是關於他或是「賢」或「未必賢」的論斷大多數情況下取決於對其決心退隱的支

50 顏延之一定注意到陶淵明的嗜酒（「性喜酒德」）。《宋書》（九三／二二八八）和《晉中興書》（出自湯球，《九家舊晉書輯本》，頁三六四）記載顏延之在潯陽時經常與陶淵明飲酒直至大醉。但是，即使他知道陶淵明的嗜酒和怪誕行為，這些可能也不會成為哀悼死者誄文的合適主題。

持或批評之中[51]。超越陶淵明隱逸範圍之外的關於其道德人格的討論是不尋常的。

後來引起爭議的一個例外是杜甫〈遣興五首〉的第三首，該詩引起關於陶淵明道德人格方面的強烈爭議。

陶潛避俗翁
未必能達道
觀其著詩集
頗亦恨枯槁
達生其是足
默識蓋不早
有子賢與愚
何其掛懷抱[52]

51 參見第二章討論過的兩首詩：王維的〈奉送六舅歸陸渾〉和李端的〈晚遊東田寄司空曙〉。

52 杜甫，《杜詩詳注》，七／五六三。

在考慮杜甫對陶淵明道德人格評價的問題之前，兩個文本闡釋問題需要解決。第一，與傳統對第四行的解釋不同，我認為「恨」的主語是陶淵明，其主題是他對「枯槁」的抱怨。[53]大多數批評家把此解讀為對陶淵明文學風格的評判，因此本聯被理解為：「當我看到他文集中的詩歌，我感慨其中的乾癟和尖刻。」[54]因為在兩聯詩句之間出現了討論陶淵明是否「達道」的文學評價，這一整體展現出明顯的不協調，這應該成為這種解讀有問題的第一符號。進一步而言，像清代評論家仇兆鰲所說，「枯槁」一詞來自陶淵明的一首〈飲酒〉詩，其中使用該詞來表達物質匱乏：「雖留身後名，一生亦枯槁。」[55]

這個文本互文給這首詩歌中的枯槁作為「貧窮」的意義提供了一種容易理解的明智解讀。其次，杜甫詩歌的最後一行提及陶淵明展示其父輩不滿的〈責子詩〉。陶淵明的詩歌一一記述他的五個兒子，指出他們缺少在各自年齡段能夠取得的最基本成就。例如，陶淵明的兩個兒子雍

---

53 在展開我的論點過程中，我沒有留意到現代學者李華的討論，幸喜見孫康宜最近文章提及李對「枯槁」的解讀，我的闡釋與其不謀而合；參見李華，《陶淵明析論》，頁二二八和 Chang, "The Unmasking of Tao Qian and the Indeterminacy of Interpretation," p. 177.

54 參見胡應麟，《詩藪》，外編二／一四六（《資料彙編》，頁一六三）；*PTC*, p. 163；戴建業，《澄明之境》，頁三〇七。

55 本聯來自〈飲酒〉第十一首；《陶淵明集校箋》，頁二三二；*PTC*, p. 140.

和端儘管已經十三歲了，但卻「不識六與七」；另一個兒子通子接近九歲，「但覓梨與栗」[56]。像 James Hightower 所指出的，陶淵明詩的口吻也許是玩笑性的，但毫無疑問他表達出失望的情感[57]。

杜甫通過一系列反問有效地降低了陶淵明的地位。對於杜甫來說，陶淵明的隱逸本質上不等於「達道」。陶淵明是否真正忍受貧窮及其對兒子無所事事的回應方式是兩種顯著的標準，他似乎在兩種記述中都沒有成功。以杜甫的標準，陶淵明對貧窮的抱怨和對其後世的失望暗示讀者他沒有超越基本的欲望，而這是其「達道」的前提。詩歌的標題〈遣興〉暗示一種自傳性的維度，一些後來的批評家明顯依此挑戰詩歌的字面解讀。最熱情的聲音可能來自黃庭堅，他把那些認為該詩意圖在於批評陶淵明的人稱之為「癡人」[58]。黃庭堅指出標題是詩歌真正主題的暗示，但是他沒有詳細解釋此真正主題，也沒有用顯而易見的主題來調和它[59]。（黃庭堅為杜甫和陶淵明同時辯護的意義將在下文討論）。在黃庭堅暗示的基礎上，人們可能提出杜甫對陶淵明困難處境的

56　參見《陶淵明集校箋》，頁二六二。

57　*PTC*, p. 164.

58　參見葛立方，《韻語陽秋》，一〇．四 a — b。

59　這條細節僅見於王立之關於軼事的記載，蔡正孫在《詩林廣記》中引用該紀錄，前集，一／七。

戲謔和調侃來源於杜甫的自嘲。自嘲確實是杜甫詩歌中經常重現的手段[60]。但是隱藏在陶淵明道德人格評判之中的自嘲承認此種批判；不僅如此，它還增添了一點兒憐憫。

宋代對陶淵明人格的評價很容易在數量和品質上超越唐代前輩；這可能折射道德修養在宋代士文化方面的重要作用[61]。北宋作家的解讀比六朝的批評更加全面和系統，為我們打開了新的話語競技場，許多文人可以參與其中。宋代的作家通過否定、發展或者重設語境的方式回應以前的解讀。從某種程度來說，陶淵明的人格作為更加全面的陶淵明批評在宋朝被重寫，這種重寫不僅是鞏固陶淵明作為一位文化偶像的地位而且呈現出對其人格、隱逸和文學風格確定的解讀方式。基於此，對陶淵明的重新評價成為北宋文人試圖理解傳統，使其條理化並把典範置於其中這一更大學術事業的一個例子。Eva Shan Chou 用「文學聲譽的形成」來概括這項事業[62]，其中包括解讀和重新解讀眾多的詩人。在陶淵明人格的諸多方面中，宋朝關注最多的是與他道德價值相關的部分。高大鵬先生提到宋代作家強調陶淵明的「道德人格」，這代表了從唐代側重以他無憂無慮的行為來界定

60 參見 Owen, *The Great Age of Chinese Poetry*, p. 195.

61 對宋代文人專注於自我修養，不同於唐代文人側重在公共事務中取得成就的討論，參見傅樂成，《漢唐史論集》，頁三七九，三六〇—三六一。對傅的簡短總結，參見陳文華，《杜甫傳記唐宋資料考辨》，頁二六五。

62 Chou, *Reconsidering Tu Fu*, p. 26.

的藝術人格的一種轉變。[63] 這種側重點的轉變反映了唐代和宋代詩學和文學價值的不同點；唐代詩學像高大鵬先生所指出的更加關注於詩學的性格和意象，而宋代詩學在內容上更多側重學術和哲學方面。[64] 儘管與唐代相比，宋代作家的確更多地討論陶淵明的性格，但是高大鵬先生建構的完美唐／宋對立的模式忽略了有影響力的宋代文人對陶淵明人格的討論，這些討論並沒有引起道德方面的爭論。在道德或是其他層面，宋代對陶淵明典範人格的接受代表了一種對早期觀點的綜合和「修正」，並為接下來的批評提供了參考點。這部分勾勒了眾多宋代思想家對他人格的解讀。

杜甫的〈遣興〉首先質疑陶淵明作為父親的行為，這引起了黃庭堅的兩度回應，他兩次都試圖為陶淵明的父親形象辯護，把他看作慈父的典範。在〈書陶淵明責子詩後〉，黃庭堅寫到「觀淵明之詩，想見其人豈弟慈祥，戲謔可觀也。俗人便謂淵明諸子皆不肖，而淵明愁嘆見於詩，可謂癡人前不得說夢也」。[65] 黃庭堅責備天真的讀者把陶淵明的詩歌看成是他對自己兒子的惡性懲戒，事實上，這只不過是父親的教導。黃庭堅明顯地沒有區分詩歌的口吻（玩笑性的）和情感（失望），但

63 參見高大鵬，《陶淵明詩新論》，頁九五—一二七。對於高大鵬對陶淵明「美學性格」的定義，參見頁九六。

64 同上，頁一二四。高大鵬對比唐、宋詩，其中他把宋詩描繪成表達準則和觀念。他對宋詩的概括可以延伸到對宋代總體文學價值的評價。

65 黃庭堅，《豫章黃先生文集》，二六．三b（《資料彙編》，頁三八—三九）。

是更加值得注意的是他熱忱地試圖用自己對陶淵明詩歌和人格的解讀來懷疑其他評論家對陶淵明的批評，但是這些全部沒有提及批評的出處。像上面提到的那樣，黃庭堅對杜甫〈遣興〉的解讀強調後者可能不會批評陶淵明。如果我們信任這條紀錄，在黃庭堅〈書陶淵明責子詩後〉中提到的俗人不是指杜甫（很難想像黃庭堅以那樣的方式指代杜甫）而是指那些天真地依靠字面意義來理解杜甫對陶淵明詩解讀的文人。黃庭堅的例子暗示我們把陶淵明作為道德楷模不僅包括重新解讀其性格，而且包括化解陶淵明與其他道德楷模顯而易見的衝突。在與此詩相關的〈解疑〉中，黃庭堅繼續對作為父愛典型的陶淵明加以辯護：

> 昔陶淵明為彭澤令，遣一力助其子之耕耘，告之曰：「此亦人子也，善遇之。」此所謂臨人而有父母之心者也。夫臨人而無父母之心，是豈人也哉？是豈人也哉！66

這則材料在結構上與上面提到的一樣：陶淵明的慈祥成為或明或暗的論點，其證據是他對待（恰如其分地闡釋）自己的兒子或是他人兒子的方式，這種做法的目的是消除疑慮或駁斥反對觀點。

許多宋代文人對陶淵明道德性格的評價不是像仁慈一樣代表一種具體的美德而是以陶淵明是

66　黃庭堅，《豫章黃先生文集》，二〇．一九a。

否「知道」為中心。例如，通過以下的辯解，蘇軾回應先由杜甫提出的陶淵明沒有「達道」的觀點：「〈飲酒〉詩云：『客養千金軀，臨化消其寶。』寶不過軀，軀化則寶已矣。人言靖節不知道，吾不信也。」[67]儘管道家的口吻和語彙暗示陶淵明想表達的意義是「身體」，但是蘇軾依賴字面意義把陶淵明這兩句詩中的「寶」解讀為珍寶（物質的占有）。[68]蘇軾可能不想承認陶淵明把身體看成珍貴的這一道家觀念，或者他希望側重陶淵明對物質占有的超越，因此在第二句中通過把「寶」解讀為物質占有從而把物質財富帶回到等價模式中。蘇軾需要展示這種解讀方式，以此宣揚陶淵明「達道」的觀點，他把此解釋為陶淵明對物質占有的終結和身體消亡之間巧合的清晰理解。蘇軾和黃庭堅提出了很多個性化的觀點，我所列舉的僅是其中的幾個例子，它們的內容與他們系統地回擊對陶淵明道德性格的批評這一事實具有同樣重要的意義。這是蘇軾從各種角度為陶淵明辯護這一更廣闊項目的一部分，其中包括從對其性格到對其詩學風格批評的反擊。

許多宋代的作家從眾多哲學維度回應蘇軾對陶淵明「知道」的首肯。他們或者引用陶淵明作品的具體章節或者參考其總體行為作為印證。大多數文人把陶淵明「知道」解讀為心／神比身體

67　蘇軾，〈書淵明飲酒詩後〉出自《蘇軾文集》，六七／二一一二。陶淵明詩原文如下：客養千金軀，臨化消其寶（《陶淵明集校箋》，頁二三二；*PTC*, p. 140）。

68　Hightower 解讀為「變化」，是道家詞彙，指死亡。在《老子道德經》中「寶」意為「身體」，第六十九章，一六b。

更重要，沒有一種學派（儒家、道家或是佛家）擁有此觀點。例如，蘇軾的後來追隨者許顗（生活在一一二八年左右）引用〈歸去來兮辭〉：「『既自以心為形役，奚惆悵而獨悲？』是此老悟道處。」[70]對許顗來說，這些話語暗示陶淵明認可心屈於身不符合道的要求。一位深受理學思想影響的南宋批評家羅大經（生活在十三世紀早期到中期）從三首〈形影神〉中引用〈神釋〉的最後兩聯來展示陶淵明的「達道」：「『縱浪大化中，不喜亦不懼，應盡便須盡，無復獨多慮。』[71]乃是不以死生禍福動其心，泰然委順養神之道也。淵明可謂知道之士矣。」[72]對於羅大經來說，陶淵明淡泊的接受生死沉浮是其內心修養的最好詮釋。南宋詞人辛棄疾以儒家道德而聞名，但是後來在被迫退隱之後卻擁有道家的觀點，他闡發和肯定對心、身之間的直接和尖銳的對立：「身似枯株心似水，此非聞道更誰聞。」[73]貧窮的辛苦勞作可能影響陶淵明的身體，但是這不能改變心靈的寂靜或純潔。毫不誇張地說，代表不同哲學傳統的觀念對陶淵明「知道」的解讀對塑造他道德典範的形

69 陶淵明詩原文如下：既自以心為形役，奚惆悵而獨悲（《陶淵明集校箋》，頁三九一；*PTC*, p. 268）。

70 許顗，《彥周詩話》，一：四〇一（《資料彙編》，頁五六）。

71 陶淵明詩原文如下：縱浪大化中，不喜亦不懼，應盡便須盡，無復獨多慮（《陶淵明集校箋》，頁六五；*PTC*, p. 44）。

72 羅大經，《鶴林玉露》，甲五／九二（《資料彙編》，頁一〇六）。

73 辛棄疾，〈書淵明詩後〉，《辛稼軒詩文鈔存》，頁七五（《資料彙編》，頁一〇二）。

象是重要的。像高大鵬先生所提到的，陶淵明在中國文化史上的崇高地位應該在很大程度上取決於他的「聞道」[74]。

朱熹的重新闡釋是陶淵明典範人格接受史上另一重要的發展階段。

> 陶元亮自以晉世宰輔子孫，恥復屈身後代，自劉裕篡奪勢成，遂不肯仕。雖功名事業，不少概見，而其高情逸想，播於聲詩者，後世能言之士，皆自以為莫能及也。蓋古之君子，其于天命民彝君臣父子大倫大法所在，惓惓如此，是以大者既立，而後節概之高，語言之妙，乃有可得而言者。[75]

對於朱熹來說，陶淵明的主要美德在於他堅決不在新朝任官。但是儘管通過閱讀二手材料可以理解這種行為，只有通過解讀陶淵明在作品中抒發的情感才會欣賞這種行為。陶淵明集的內容比他的履歷更重要。陶淵明的道德價值不是由他的政治成就決定的觀點不是朱熹所獨有的，但是這反映了源於北宋文人的一種新的思考方式，他們試圖建立脫離仕途的聲望準則、價值系統以及人格

74 高大鵬，《陶淵明詩新論》，頁八五。

75 朱熹，〈向薌林文集後序〉，《朱熹集》，七六／三九八〇（《資料彙編》，頁七七）。

評價方式。[76]宋代菁英及其社會生活構成的轉變確實能夠對陶淵明的道德價值以重新評價：這裡重要的因素包括學者階層，他們的增長遠遠超過可提供的政府職位；強有力和富裕的地方菁英階層的崛起，他們很少擁有官職，但卻經常參與政府統治；對受過教育的人來說社會認可的工作高速增長（例如，教育和醫療）。[77]進一步來說，陶淵明的忠誠不是對其評論的新觀點；像我們看到的，它有幾次出露端倪。朱熹的創新包括對這種美德的重新界定：陶淵明典範地堅守儒家社會關係的管理準則。陶淵明至此已經被如沈約、顏真卿和黃庭堅這樣的批評家看作忠誠的典型。在朱熹的手中，這種忠誠成為陶淵明表達適當道德行為準則的依據。通過朱熹的努力，陶淵明實現了真正的「儒家化」。朱熹把陶淵明的道德行為看作高於他的詩學技巧，把其轉變成儒家的楷模，他寫好詩只是偶意為之。陶淵明從六朝時期寫作質量受人質疑的典範隱士逐步提升自己的地位，對於此點第四章將討論。

朱熹的第二代弟子真德秀採用一種不同的批評手段完成了把陶淵明塑造成為真正儒家的任

---

76 參見，神宗（一〇六七—一〇八五年在位）時宰相王安石所作的兩首包含陶淵明典故的詩歌，其中他對政治功績輕描淡寫：〈次韻子履遠寄之作〉，王安石，《王荊文公詩》，三五／一九b和〈送吳顯道五首〉，第五首，《全宋詩》，五七三／六七五二—六七五三。

77 參見 Robert Hymes 關於典範的地方社區的研究 *Statesmen and Gentlemen*。我也感謝 Peter Bol 在這一問題上對我的幫助。

務。真德秀的論點較少地闡釋陶淵明的行為而是更多地建立後來的「儒家性」和他詩歌之間的直接聯繫。

近世之評詩者曰：「淵明之辭甚高，而其指則出於莊老；康節之辭若卑，而其指則原於六經。」以余觀之，淵明之學，正自經術中來，故形之於詩，有不可掩，〈榮木〉之憂，逝川之歎也；〈貧士〉之詠，簞瓢之樂也。〈飲酒〉末章有曰：「羲農去我久，舉世少復真。汲汲魯中叟，彌縫使其淳。」[78]

值得玩味的是，沒有署名的文學評論家不是別人正是朱熹。[79] 通過把陶淵明的詩歌作為他儒家性清楚明白的證據，真德秀試圖修正了朱熹把陶淵明看作儒家典範和道家思想家的矛盾之處。他把陶淵明的具體詩歌與《論語》中的篇章聯繫起來。陶淵明在〈榮木〉中對時光流逝的悲痛之情與孔子在河邊看河水流動所發出的感慨相同。陶淵明對〈貧士〉的讚揚與孔子的最佳門徒顏回一致，顏回

78 真德秀，《西山先生真文忠公文集》，三六：一b—二a。陶淵明的原文如下：羲農去我久，舉世少復真，汲汲魯中叟，彌縫使其淳（《陶淵明集校箋》，頁二四八；*PTC*, p. 155）。

79 參見朱熹，《朱子語類》，一三六／三二四三。真德秀引用的篇章與《朱子語類》稍有不同。他可能記憶錯誤或者從其他材料中引用。

高興地住在陋巷，只需要「一簞食，一瓢飲」。[80] 這種對陶淵明安於貧窮的讚揚回應蕭統對陶淵明「安道苦節」的描述，但是與顏回的對比重新把這種美德放置在儒家的框架中。[81] 陶淵明安貧樂道的觀念成為後來評價陶淵明典範人格的中心。最後，真德秀引用陶淵明詩中最有儒家風範的第二十首〈飲酒〉詩，該詩正如 Hightower 提到，「這首詩是儒家箋注者的至愛，因為它展示了陶淵明稱讚儒家經典、美德、學術，最重要的是孔子本人。」[82]

真德秀提供了進一步的文本證據印證陶淵明的忠誠：「〔陶〕非無意世事者，或者徒知義熙以後不著年號，為恥事二姓之驗，而不知其眷眷王室，蓋有乃祖長沙公之心，獨以力不得為，故肥遁以自絕。」[83] 真德秀繞開關於甲子繫年的爭論。他也沒有像朱熹那樣把陶淵明的隱逸當作不言自明的事情；相反，真德秀洞察陶淵明的思想。他使我們確信陶淵明的志向像其他良好的儒家一樣是

80 《論語》，六．一一。

81 作為較早的批評家，洪邁（一一二三－一二〇二）在討論陶淵明為什麼是當世一流人才時，他把其安於貧窮放在首要的位置；參見《宋詩話全編》，頁五六七四－五六七五，no. 一二。陶淵明和顏回的對比出現在北宋隱士林逋（九六七－一〇二八）的作品中，雖然兩者在公共事務中都沒有傑出的表現，但是陶淵明與顏回都為自己帶來了巨大的聲譽；參見《宋詩話全編》，頁八三，no. 二〇（《資料彙編》，頁二三）。

82 *PTC*, p. 155。

83 真德秀，《西山先生真文忠公文集》，三六：二a。

服務他人，但是他缺少實現志向的手段。真德秀強調他的洞察力較少依據舊有的考據（好像承認它可疑的基礎）而是更多地通過細讀文本：「食薇飲水之言，銜木填海之喻，至深痛切，顧讀者弗之察耳。」[84]根據真德秀的觀點，陶淵明敘述伯夷和叔齊這對兄弟寧可餓死也不食周粟的故事[85]，和傳說中的大鳥精衛，它用來標誌在面對不可能境地時徒勞無益的決心[86]，通過描述這兩者陶淵明解釋其痛苦的源泉——忠誠的意圖及承認其無用性。真德秀對陶淵明儒家地位持有的觀點依靠的是文學的而不是歷史編纂學的證據。真德秀把朱熹的陶淵明儒家人格轉換成作為儒家作家的陶淵明。

眾多宋代作家花很大篇幅討論陶淵明的道德性格，詳細羅列了他的道德本性。這種美德包括從父親的慈愛到「知道」，再到忠誠於儒家的道德規範和學識。蘇軾提供了一種不同的但是同樣具有影響力的途徑來解讀陶淵明的賢德性格：他採用「真」這一概念而非道德準則。在前面一章引用過的一段話，蘇軾暗示陶淵明無疑能夠得到孔子和孟子的首肯，因為二人不喜歡矯情造作之人，這

84 真德秀，《西山先生真文忠公文集》，二一a—b。

85 參見〈讀史述九章〉，no. 一，《陶淵明集校箋》，頁四二五。

86 參見〈讀《山海經》十三首〉，no. 一〇，《陶淵明集校箋》，頁三四七。

肯定了陶淵明成為「賢人」正是因為他的「真」。[87]在該文中，蘇軾重新勾畫出首先由沈約歸於陶淵明的一種特點，他運用詞語「真」指代陶淵明的率真，特別是在酒醉的情況下。蘇軾的「真」指的是把自然情感沒有經過中介地轉換成行動，確認不管是大事還是小事指引陶淵明的首要準則，比如乞食，娛樂賓客和退隱，或是接受官職。與人格相關的「真」代表著一種理想狀態，這不僅構成了蘇軾對陶淵明人格評價的中心，而且在蘇軾的自我修養中起到同樣的作用。[88]蘇軾〈書淵明飲酒詩後〉似乎認為陶淵明的主要美德在於他的「真」。同樣重要的是，我們發現他對陶淵明任何被「誤解」或者批評的行動進行一種終極辯解。沈約（被許多後來的讀者注意到）把陶淵明的辭職描繪成帶有個性的特徵，王維譴責這種行為輕率，他也批評陶淵明乞討食物，因為這對於文人來說是羞恥的。[89]蘇軾通過「真」解釋了陶淵明的所有行動以及人們對其的誤解或批評，他給予「真」以積極和正面的價值。宋代的作家在道德或超道德層面對陶淵明的良好性格做出許多不同的解讀。陶淵明的美德具體體現在哪些方面不僅因作家而異，而且更加概括地來說，因時期而異。六朝的批

87 蘇軾，〈書李簡夫詩集後〉，《蘇軾文集》，六八／二一四八（《資料彙編》，頁三三）。

88 蘇軾，〈錄陶淵明詩〉，《蘇軾文集》，六七／二一一一。

89 關於王維對陶淵明更加詳細的討論，參見本書第二章。對陶淵明〈乞食〉詩的接受和不同評論家對其恰當解讀的探討，參見林文月，《叩門拙言辭——試析陶淵明之形象》。

評家認同陶淵明的美德，這不僅基於他的永棄官職，而且考慮到他處理家庭和社會關係的行為或者他的正義和仁慈的性格。對於唐代許多作家來說，他隱逸的基本事實決定了他是賢德之人。這暗示了唐代詩人對陶淵明人格的評價沒有超出他作為隱士的代表這一範疇。事實上，陶淵明的人格大多被限制為無憂無慮、超然物外和離奇古怪的隱士。在宋代，對於陶淵明性格的評價考慮到他退隱事實之外的更加複雜的因素。六朝對陶淵明人格的評論包含根本不同的一些觀點，例如父愛、慈祥、「知道」，率真並把其隱藏在道德修養的理想之中，北宋批評家以此為基礎創造出連貫、高深的陶淵明美德觀念。南宋道德家同樣利用六朝評論中提及的特質，但是他們重新將其放置在理學的框架中。對儒家讀者來說，忠誠變成了陶淵明的首要美德；儘管他有志於服務社會和國家，但是他不願在新朝出仕。即使關於陶淵明典範人格的許多評價可以追溯到六朝，宋代作家發展、重新定義和將已經與陶淵明相配的特質放置在一個新的框架中。

宋代最有影響力的思想家重新書寫陶淵明的性格，所以他們的評論在陶淵明典範人格的接受史中起到了關鍵的轉折作用，他們界定文學批評語彙和後代批評的模式。首先，蘇軾和黃庭堅毫無保留地同以往批評家據理力爭為陶淵明的典範人格辯護。後來，朱熹和真德秀用理學語彙重新定義陶淵明的性格，把其打造成儒家的典範。這兩個階段的發展為後來明清批評家提升陶淵明的地位，把其看作聖人鋪路。一些文人依據陶淵明道德理想的展示把安貧樂道看作其聖人特徵。明代評論家歸有光（一五〇六—一五七一）提出：「推陶子之道，可以進于孔氏之門。」他進一步解釋到：「而世之論者，徒以元熙易代之間，謂為大節，而不究其安命樂天之實。」[90]清代批評家溫汝能（一七八八年舉人）更加清晰地把陶淵明安於貧窮作為他聖人地位的一種資質：陶淵明的「安貧樂道，即置之孔門，直可與顏、曾諸賢同一懷抱」[91]。其他的評論家則考察陶淵明作品中引用的儒家經典。例如，清代評論家沈德潛（一六七三—一七六九）提到：「陶公事專用《論語》（在宋代之前文人並未把此看作是主要的經典）」，他進一步總結到：「漢人以下，宋儒以前，可推聖門弟子者，淵明也。」[92]清代後期的評論家中使用的另一種觀點是通過極度否定陶淵明的詩人身分而建立陶淵明的聖人地位。方宗誠（一八一八—一八八八）覺察到，「陶公實志在聖賢，非詩人也。」[93]方宗誠把陶淵明從詩人和文人的種類中劃分出來，把其詩歌放置與六經、《論語》和《孟

---

90 歸有光，《震川先生集》，一七．三a（《資料彙編》，頁一四二）。

91 溫汝能，《陶詩彙評自序》，頁二（《資料彙編》，頁二二二）。

92 沈德潛，《古詩源》，九／二〇四。朱自清（《朱自清古典文學論文集》，二：五六八）記錄陶淵明詩歌引用古代典籍的情況，其中《莊子》被引用四十九次，《論語》三十七次和《列子》二十一次。戴建業（《澄明之境——陶淵明新論》，頁三七六）提出考慮到沈德潛的博學，他不可能無視《莊子》對陶淵明作品的影響。沈德潛可能或者依靠前見或者偏見從而強調《論語》對陶淵明作品的重要影響；他甚或歪曲事實來肯定陶淵明的儒家人格。

93 《資料彙編》，頁二五三。

子》相同的傳統中。[94] 以陶淵明的行為、才學和／或者其志向與儒家傳統一致為前提，諸多明、清批評家為把陶淵明提升至後來儒家聖人的地位做出了重要的貢獻。陶淵明的人格完成了從六朝和唐代到宋代的轉型：在前一階段，陶淵明被看作是古怪、愛酒的隱士，其作品和多姿多彩的傳說為其豐富的詩學材料甚或是擁有美德的典範隱士提供素材來源；在後一階段，陶淵明成為了儒家聖人：他的作品與儒家經典地位相同。一旦我們考慮宋代對陶淵明人格解讀的主要觀點，他作品崇高地位的取得看起來並非是一蹴而就的而是循序漸進的。陶淵明的儒家化過程在南宋開始，但這絕不代表新的描述方法會取代舊有對陶淵明的刻畫，因為對陶淵明作為道德典範和超凡脫俗隱士的引用繼續同時存在。與之相反，他的儒家化在建立陶淵明的文學經典地位中起到了重要作用。

94 方東樹，《昭昧詹言》，四／九七（《資料彙編》，頁二二四）。

插曲　陶淵明的自傳項目

「今我不述，後生何聞哉！」

——陶淵明，〈有會而作〉*

一位作者通過何種手段介入其歷史接受是一個需要仔細考察的問題，特別像陶淵明這麼一位精心策劃自己傳記而且把他的未來讀者放在心上的例子。前面一章討論過陶淵明的人格在其歷史接受中扮演的重要角色，以及定義他的個性中出現的多種轉變。陶淵明詳細的自我描述為後來那些刻畫提供了出發點，本章將考察他為自己的作品奠定下的闡釋大綱在何種程度上決定了後來的解讀。在作者和讀者之間對詩歌的成功交流取決於一個重要的假定：真實情感和自傳可以在自我表達的優先媒介中找到，這是不言而喻的。許多現代學者研究古代傳記，並將其與西方自傳的觀念相比較；對這一問題的概論在此並不需要[1]。簡而言之，與西方對這一觀念的理解不同，傳統中國對

* 題詞來自《陶淵明集校箋》，頁二六五。

1 參 Owen, "The Self's Perfect Mirror"; Kawai Kōzō, *Chūgoku no jiden bungaku*; 王國瓔，〈陶淵明詩中「篇篇有我」〉。西方關於自傳的重要研究，參 Olney, *Metaphors of Self*; Idem, "Autobiography and the Cultural Moment"; Lejeune, *Le Pacte autobiographie*; de Man, "Autobiography as De-Facement"（1979）; Beaujour,

自傳的理解是相當廣泛和寬鬆的：在西方通過第一人稱敘事來回顧人生經歷以及思考人生軌跡和發展，基本上可稱為自傳；而在中國，人生故事的任何剪影（例如，人內心的一瞥，對於某種特定情況的反應，或者個人活動的紀錄）都可以被理解為自傳。

詩歌總體上被看作帶有自傳性的材料，而陶淵明的作品，包括他的詩和文，被看作尤其帶有自傳性的。正如王國瓔指出「陶淵明詩中篇篇有『我』」[2]。我們仍然可以用某些關鍵作品來界定他的自傳項目的核心，這些作品帶有最強烈的自傳姿態。這不是對他作品的肆意劃分，因為在這些特別的篇章中，陶淵明顯然對自我敘述的技巧進行嘗試。他的自我刻畫的手段大致可以歸為兩類：一種是紀錄體（記錄下日常生活，創作帶有解釋性的序言）；另一種是虛構體（採用他者的口吻來敘事）[3]。本章的第一部分討論這兩種體式的例子，提出在自我構建過程中，陶淵明最為著力的部分產生了詩人相當統一的形象：自我滿足的士大夫，他堅決離開官場，選擇守節和貧窮而不是名利

（續）

Miroirs d'encre; Eakin, *Fictions in Autobiography*; 一組有關此議題很好的論文，參 Folkenflik, *The Culture of Autobiography*.

2 王國瓔，〈陶淵明詩中「篇篇有我」〉，頁二九九。

3 我在這次討論中故意省略了象徵體式。儘管像陶淵明之前的很多詩人一樣，他運用自然意象來象徵自我形象或思想狀態（例如，松樹是他在逆境中堅持的象徵，孤雲是其疏離感的象徵），這些自然象徵的運用更多的是詩學規範的標示，而非自我敘述實驗的構成部分。

和富貴，他作為好交際的「隱士—農夫」參與世俗生活的各個方面。相當明顯的是，根據他的自我刻畫，他不像我們在第二、三章中討論過的那樣成為後來讀者塑造的偉大儒家聖人或超越世俗的偶像。本章的餘下部分將會因此討論他的自傳項目和他的接受之間的關係。

此前沒有人像陶淵明那樣精心記錄生活中點點滴滴的瑣事。正如蕭望卿先生所言，陶淵明是第一位詩人「徹底詩化日常生活」[4]。陶淵明告訴我們他的農事：

晨興理荒穢
帶月荷鋤歸[5]
——歸園田居，其三

時復墟曲中
披草共來往
相見無雜言

4 蕭望卿，《陶淵明批評》，頁七二。
5 《陶淵明集校箋》，頁七九。

但道桑麻長[6]

——歸園田居，其二

他告訴我們他的閒暇生活：

息交遊閒業

臥起弄書琴

……

春秫作美酒

酒熟吾自斟[7]

——和郭主簿，其一

他告訴我們他的家庭：

---

6 《陶淵明集校箋》，頁七七。

7 同上，頁一二七—一二八。

弱子戲我側
學語未成音[8]
——和郭主簿，其一

他告訴我們他的鄰居：

農務各自歸
閒暇輒相思
相思則披衣
言笑無厭時[9]
——移居，其二

8《陶淵明集校箋》，頁一二七—一二八。
9 同上，頁一一七。

他告訴我們他的愉悅：

嘯傲東軒下
聊復得此生[10]
——飲酒詩，其七

常言五六月中，北窗下臥，遇涼風暫至，自謂是羲皇上人[11]
——與子儼等疏

他告訴我們他的不幸：

正夏長風急

---

10 《陶淵明集校箋》，頁二二四。
11 同上，頁四四一。

林室頓燒燔[12]

——戊申歲六月中遇火

夏日長抱飢

寒夜無被眠

造夕思雞鳴

及晨願烏遷[13]

——怨詩楚調

學者們長期以來評價陶淵明從日常生活中提取詩學材料的方式，將諸如家庭和鄰居這樣新的主題帶入詩學常備語料中[14]。這些例證和其他眾多沒有在這裡引用的例子描繪了一位涉世極深、帶有泥土堅實色調的隱士。這種參與世事的隱逸圖景是在陶淵明詩歌與魏晉其他隱逸詩歌的比較中展開

12 《陶淵明集校箋》，頁一九九。

13 同上，頁九八。

14 宋代學者許顗是最早點評陶淵明把日常活動當作詩學材料的文人之一；參《宋詩話全編》，頁一三九八，第三一條。陶淵明創新性地將家庭引入作為主題，值得注意的是妻子的形象出現在以前的詩作中，但是只有在幾種特定的體裁中，比如寫給已逝妻子的悼亡詩，或表達渴望的詩歌。

的，後者在總體上代表了與世俗脫離的隱士，這些詩歌中經常包括一些高深莫測的高山和深谷，這些圖景同時帶有縹緲虛幻、超脫世俗的神祕氛圍（例如，「幽人在浚谷」，「嘉卉獻時服，靈朮進朝餐」）。[15] 陶淵明創造了一種新的隱逸方式，它強調田園生活的圖景，在田園閒適中享受的種種樂趣，以及與家人、朋友和鄰居的親密交流。他對隱逸主題的貢獻指向自我定義的重要方面。儘管陶淵明毫無異議地實踐了隱逸的某些形式，但是他沒有在作品中使用表示隱逸的普通詞彙（隱士、隱者、逸民、高士等）來詮釋自己。[16] 更進一步來說，他根據自我風格，將自己稱為「貧士」，這或許是出於期望把自己從六朝多種更加流行的隱逸實踐中區分開來的願望，例如，隱士的與世隔絕或者如晉朝士族中時尚人士那樣肥遁於山中別墅。在他的作品中，特別是在「詠貧士七首」中，陶淵明直截了當地把自己放置在諸如黔婁和原憲這樣的古代士大夫序列中，他們沒有或不想入仕，相反選擇安貧樂道的生活方式。

陶淵明刻畫閒適生活也暗示了他對自己的道德情操如何與魏晉士族不同這一話題的精心評論。這一問題在此值得探討，因為閒適的觀念對陶淵明自我定義為「隱士—農夫」身分起到了重

15 這些詩行引自陸機的同名詩歌〈招隱詩〉二首（逯欽立，《先秦漢魏晉南北朝詩》，一：六八九，六九一）。關於陶淵明和魏晉時期占主流的隱逸詩歌不同點的更全面和細緻的研究，參胡大雷，《文選詩研究》，頁一六六—一六七。

16 陶淵明在〈自祭文〉中用如下方式描繪他所選擇的生活風格：身慕肥遯（《陶淵明集校箋》，頁四六三）。

要作用。對於陶淵明來說，閒適通過農事獲得：這位「隱士—農夫」一定躬耕自己的田地去獲得「閒」。在〈移居〉第二首中，陶淵明在忙完農事後與周圍鄰居農夫談笑風生。在〈移居〉第一首詩的最後幾行，詩人和他的鄰居在聚會中閱讀和討論從前代流傳下來的作品。這種享受閒適的實踐與魏晉士族的方式有顯著的區別，後者聚集在別墅中進行清談。《世說新語》記錄了很多關於魏晉士族成員談話方式的故事，這種清談經常成為一種學術遊戲和有著特定規則、標準和道具的表演。談話者有時手持麈尾在哲學命題上「一交言」，例如他們談論名理或者才性，討論如《老子》或者《易經》這樣的經典。談話的一方很可能遇到另一方的「難」，從而兩者進行許多「番」辯論，直到最後勝負明顯。在陶淵明的閒適代表中，我們找到的是一個小農舍而不是宏偉別墅，不知名的農夫而不是顯赫的士族，其樂融融的談笑而不是有著特定題目和規則的表演性清談。陶淵明的閒適是在與農事相聯繫中享受到的，代表著一種「獲得的」獎賞，而清談者的閒適並不一定與工作相關，這構成了一種文人獲得他們名聲的方式。陶淵明自我定義的某些方面變得更加有意義，特別是將其放置在晉代文化實踐的背景中。

但是陶淵明對他活動、交遊和思想的詳細記錄可能告訴讀者他是誰，他廣泛運用序言暗示他努力指導讀者闡釋他說了什麼。通過早期與《詩經》闡釋的聯繫，序言作為一種文學體裁帶有注釋功能。在陶淵明詩歌的五十九個標題中，十六個帶有序言。更加值得注意的是，在陶淵明的那個時代，大多數序言是為賦而作，或者如王國瓔所言，為四言詩（模仿《詩經》序言）和群體外出所做的組詩（最著名的是《蘭亭集》）而作，然而陶淵明以不同詩學形式創作的詩歌（四言詩、五言詩和辭賦）都有序言，同時在他為所有不同場合所作的詩歌中也可找到帶有序言的例子[17]。陶淵明作品的序言通常闡釋標題，為解讀詩歌和／或者用簡單易懂的語彙談論詩歌關鍵點（或明顯或隱藏）提供上下文背景。

在這些序言中，一個特別適合的、儘管較長的例子是〈歸去來兮辭〉的序言。在〈辭〉中，詩人論證了他隱逸的選擇，通過描繪其田園生活和活動來闡釋此種選擇的價值，歌詠其回歸與生俱來的愛好和自然。在序言中，詩人用相當大的篇幅解釋他為什麼就任官職，而後又為什麼辭去官職：他貧窮並且需要支撐整個家庭，但是在短暫擔任彭澤縣令之後，他意識到一個人的守節比獲取物質利益更重要[18]：

質性自然，非矯厲所得。飢凍雖切，違己交病。嘗從人事，皆口腹自役。於是悵然慷慨，深愧平生之志。[19]

---

17 王國瓔，〈陶淵明詩中「篇篇有我」〉，頁三〇八—三〇九。

18 陶淵明在序言的末尾提到程氏妹的逝世，這對於他的突然辭職而言明顯是再好不過的適時藉口了。

19 《陶淵明集校箋》，頁三九一。

詩人告訴我們他寧願堅守準則、安於貧窮而退隱，也不願妥協退讓和追求財富。他的自我刻畫是對〈辭〉中所出現的鄉村活動的進一步解讀，並且給這些活動的解讀提供一種哲學基礎，給從這些活動中所體驗到的幸福感帶來一抹辛酸。陶淵明序言的展開揭示了他對指導其詩歌解讀具有一種強烈的興趣。在陶淵明的序言中，他所展現的對其作品恰當解讀的關切表現在他新穎的標題設置上。他的序言為他所寫的事件提供上下文語境，而他的許多詩歌的標題則記載了事件發生的時間、地點和具體情況：例如，〈庚子歲五月中從都還阻風於規林〉。通過這些文學手段，陶淵明事實上成為他自己作品的第一位編者[20]。

當陶淵明採用虛構體式時，他所嘗試的不同自我敘述方法變得更加有趣。紀錄體明顯和直接地敘述詩人的生活，而虛擬體則包含角色的調節：以第三人稱敘述者或是逝去的陶淵明的口吻談論事情。第一種角色的例子是〈五柳先生傳〉，此篇從最早期的接受開始一直被解讀為作者的自傳[21]。陶淵明採用歷史學家的立場來描述所謂的「五柳先生」的人格和習慣。敘述者／歷史學家介紹作為

20　儘管陶淵明顯然展現了作為編者的幾種功能，但是他試圖通過聲稱「故人」抄寫、編輯其作品來否認他的任何編纂角色：在〈飲酒二十首〉的序言中，陶淵明寫道，「既醉之後，輒題數句自娛；紙墨遂多，辭無詮次。聊命故人書之。」（龔斌，《陶淵明集校箋》，頁三九一。）陶淵明一定知道，自我編輯與他試圖達到的率性、任真的效果相反，因此他否認其在編纂自己作品中所呈現的這一角色。

21　沈約引用此篇作為陶淵明的自傳（《宋書》，九三／二二八六）。

在仕途或學術上完全沒有雄心的隱逸人士這一主題：「閒靜少言，不慕榮利。好讀書，不求甚解；每有會意，便欣然忘食。」他的學習動機植基於在理解和領悟中獲得的某種喜悅，而不是艱辛詮釋做出的成果或是需求文本的精確意義，而後兩者正式漢代學者的普遍做法。根據敘述者／歷史學家的描述，陶淵明既隨和、友善又內斂、含蓄：

> 性嗜酒，家貧，不能常得，親舊知其如此，或置酒而招之。造飲輒盡，期在必醉。既醉而退，曾不吝情去留。

他雖與親戚和朋友交流但卻保持來去自由。他憑著一份安逸的心態放棄飲酒的機會所展示的坦然在接下來的篇章中變得更明顯，此章節將他的極度貧窮和他非凡的自足並排在一起：

> 環堵蕭然，不蔽風日；短褐穿結，簞瓢屢空，晏如也！常著文章自娛，頗示己志。忘懷得失，以此自終。

貧窮的形象借自對貧士的典型描述：「環堵」在《禮記》中指學者居處的狹小，「簞瓢」和「屢空」使人想起《論語》中對顏回的讚揚，顏回「一簞食，一瓢飲，在陋巷，人不堪其憂。回也不改其樂。」[22]本章對陶淵明貧窮的進一步描述以「晏如也」作結：陶淵明可能貧窮，但是他在寫作、閱讀與親朋飲酒的簡單生活中獲得滿足。這種對於貧窮的接受，通過此篇文末讚揚的守節獲得更深遠的意義，其中陶淵明依據《史記》、《漢書》的體裁範例給傳記的主人加以評價：

贊曰：「黔婁之妻有言：『不戚戚於貧賤，不汲汲於富貴。』[23]其言茲若人之儔乎？」

黔婁妻子的評語原本來自對其丈夫的刻畫，黔婁在〈詠貧士〉之四中是一位持有高尚情操、不屈守節的隱士。[24]由於採用虛構的第三人稱傳記體來呈現自傳而產生的敘述距離饒有趣味地被增大，這是通過引用第三者的語彙來描述原本應代表作者本人的五柳先生。儘管這「玩弄」史評的程式和敘述技巧，讀者仍然獲得（應該獲得）陶淵明所繪製的圖景：他是一位自我滿足的文人；他選擇守節和自由而不是官職和富貴；他沉醉於閱讀、寫作、飲酒和親朋歡聚之中。

22 陶淵明合併《論語》中兩篇描繪顏回貧窮的篇章，參《論語》，六・一一及一一・一九。

23 《陶淵明集》的大部分最近版本校訂了此篇並把「黔婁」改成「黔婁之妻」，這一異文出現在北宋汲古閣版本和曾集的一一九二年版本。這個異文被劉向《列女傳》中關於黔婁之妻的傳記所證實。

24 《列女傳》記載的黔婁之妻對他的描述與陶淵明文本所引用的有稍許不同；「汲汲於富貴」在這裡出現並代替了「忻忻於富貴」；參劉向，《列女傳》，二・八a。

或許陶淵明最引人注意地形塑後代讀者對其的觀念是通過虛構性地採用逝去的詩人口吻來寫作。在〈擬挽歌辭三首〉和〈自祭文〉中，陶淵明從自己作為逝者的角度談及他的死亡。在〈擬挽歌辭三首〉中，「逝者」卻是清醒的詩人，他深思著死亡，描述著他的家人、朋友哀悼其死，談論送殯下葬。[25] 儘管這組詩歌的大部分在關注陶淵明對死亡的冥思和葬禮的想像性戲劇場面，但是悼文還包括對其逝世的深思和對其生活和性格的記述。〈自祭文〉（四二七）是陶淵明的獨創，這與以逝者口吻寫下的葬詞〈擬挽歌辭三首〉不同。[26] 祭文通常由另外一人為逝者所作。在祭文中，

---

25 〈擬挽歌辭三首〉通常被看作是詩人的「最後作品」，正如這些詩歌所呈現的氛圍所暗示的。但是我們並不確定這些詩歌如〈自祭文〉（四二七）那樣毫無疑問是稍早於陶淵明逝世之前所作的。最近，綜觀多種因素，幾位學者或暗示或指出這些詩歌作於很早之前：（一）不論讀者如何估計陶淵明的年齡，第一首詩歌的第七行詩人的「嬌兒」（他最小的兒子）在他去世的四二七年一定是成人。（二）第一首詩的第二行提到他的「早終」，但是即使我們接受陶淵明較晚的出生日期，他也許在其五十幾歲時寫作此詩。把逝世於五十幾歲看作「早終」，這多少有些蹊蹺。（三）這些詩歌的口吻與〈自祭文〉不同。對於此問題的討論，參 *TYM*, 1:171-172 及袁行霈，《陶淵明集箋注》，頁四二一—四二二。這些詩歌很可能是文學表達的一種形式，其中陶淵明表達了他對死亡的總體看法，同時這也是他對自己寫作魏晉時期流行悼詞的一種訓練。

26 對於「挽歌」的更早例證，參繆襲（一八六—二四五）和陸機，見蕭統，《文選》，二八／一三三二—一三三七。對於此種體裁的討論，包括對繆襲、陸機和陶淵明例子的分析，參 *PTC*, pp. 248-254; *TYM*, 1: 165-173; 胡大雷，《文選詩研究》，頁三四九—三五一。

作者描繪逝者的生活、事蹟和／或其性格。通過為自己寫祭文，陶淵明做出了如何讓未來的讀者理解自己的強有力聲明。儘管陶淵明以〈自祭文〉為他的自傳項目作結顯得很適合，但是這也暗示了他想為自己在後代的接受中蓋棺論定的意圖。在祭文中，對他生活和性格的描述指向一對概念：安於貧窮和堅決退隱。陶淵明繪聲繪色地對其貧窮加以描述（這包括運用一行接近〈五柳先生傳〉的語句來描述其經常的飢餓狀態），這使得他不容置疑的自滿聲明尤其引人注目：

自余為人
逢運之貧
簞瓢屢罄
絺綌冬陳
含歡谷汲
行歌負薪
翳翳柴門
事我宵晨[27]

27 《陶淵明集校箋》，頁四六二。

在此安貧的描述之後，他將快樂的特別源泉依順序列出：

春秋代謝
有務中園
載耘載耔
迺育迺繁
欣以素牘
和以七弦
冬曝其日
夏濯其泉
勤靡餘榮
心有常閒
樂天委分

以至百年[28]

園藝、讀書、撫琴和享受閒適生活都是陶淵明隱逸主題的標準組成成分。同樣值得注意的是其對物質和精神自足的滿意暗藏於對鄉村快樂生活的描述中。在第一部分安於貧窮和第二部分對此滿足的解讀之後便是第三部分把他的滿足放入特定視角之中的對比。陶淵明通過將普通人的雄心壯志與他的高遠理想相比而引導讀者理解他在隱逸中獲得滿足，而這種滿足是以守節為基礎的。

惟此百年
夫人愛之
懼彼無成
愒日惜時
存為世珍
沒亦見思
嗟我獨邁

28 「百年」是用來描述人一生的習慣說法。

曾是異茲

寵非己榮

涅豈吾緇

捽兀窮廬

酣飲賦詩

詩人告訴未來的讀者他缺少對名利的強烈渴望。取而代之的是，他選擇堅持他的準則和理想，且陶然於退隱的簡單快樂之中。

通過一系列複雜的手段和技巧，陶淵明試圖形塑未來讀者對其的認知方式。儘管他最具自傳性的文本強化了詩人的某種形象，後代對其人其作的解讀總是超越他所設定的範圍。許多後代的解讀是以陶淵明兩種主導形象為中心的：作為儒家典範，其代表忠誠的美德和安貧樂道；作為超然物外的隱士，他與世俗事務相離。兩種形象與陶淵明在自傳作品中為自己所設定的特點都不相同。陶淵明和後代讀者間交流的斷層引起了許多關於傳統閱讀實踐和接受機制的問題。

首先，讀者不需要僅依靠陶淵明的作品尋求與其相關的資訊。他的文本可能成為一個重要考量，但是他早期傳記的影響、後代讀者的集體想像和個體讀者的閱讀動機被證明在建構陶淵明的過程中至少與其文本具有同等令人信服的因素。把後代對陶淵明的刻畫看作是帶有局限、偏頗，甚或錯誤的觀點將是對此問題過於簡單化的看法，這就像認為陶淵明的自我描寫持有更強的依據而更接近真實。確定無疑的是，陶淵明的自我形象是一種文學建構，這就像後代對其的刻畫一樣。陶淵明的自傳產生他的「人生經歷」，就像他的生活產生他的傳記一樣（借用 Paul de Man 的話語）[29]。一些同樣的因素形塑了後代對陶淵明的解讀和他的自我刻畫：理想化、歷史事實和事件、個人需求和作家興趣。

其次，陶淵明的讀者未必將自己局限於淵明作品中自傳意味最強的篇章，也未必特別注意其中最鮮明的自我形象。陶淵明全集既包含支持某種解讀的篇章，又包括支持其他解讀的作品。對陶淵明兩種占主導地位的形象的刻畫都可追溯到陶淵明的別集。一位讀者可能通過閱讀〈讀史述九章〉強化陶淵明的忠誠，其中與忠誠相關聯的歷史人物得到讚揚，例如，伯夷、叔齊和屈原[30]。另一位讀者可能通過閱讀〈五柳先生傳〉中的開篇幾句證明陶淵明的超脫，此文開篇借用列仙傳中

---

29 Paul de Man（"Autobiography as De-Facement," p. 69）在他極具影響力和煽動性的文章"Autobiography as De-Facement"中提出：「我們認為生活經歷是自傳『產生』的來源，這就像行動產生結果一樣，但是我們不能用同樣的方式推測以下命題嗎？自傳寫作本身也可能產生和決定生活經歷，作家所『做』的任何事情事實上是由自我描繪的技術性要求來控制的進而被他的中介資源所全方位決定。」

30 《陶淵明集校箋》，頁四二四—四三六。宋代批評家葛立方（《韻語陽秋》，五．七b；《資料彙編》，頁六三）引用〈讀史述九章〉來證明他關於陶淵明忠誠的論點。對於葛立方觀點的研究，參第二章，頁二一六。

的修辭範例來暗示一種縹緲、虛幻的氛圍：「先生不知何許人也，亦不詳其姓字。」[31]陶淵明全集支持不同的解讀所牽涉的不僅是詮釋上內在差異或不一致的問題，還涉及古人斷章取義的閱讀習慣。在廣泛考察其別集、在獲得文本理解之前剔除和解決不一致的地方，在這兩者之後對一位詩人做出結論顯然不是傳統閱讀實踐的標準部分。當一位傳統讀者對詩人、作品解讀之時，他可能想起僅有的一兩篇作品。陶淵明的每篇文本都被視為「真正」和正確的，因此任何一篇都可以被視為讀者解讀的絕對根據。

如果就陶淵明外顯的努力來看，他的自傳工程（autobiographical project）無論就執行面或接受面來說都談不上完美。儘管他經常注意到他的未來讀者群暗示了一種姿態（甚至真心實意），但是他在自我表達中的一貫努力卻蘊含著一種真誠（甚至在自我意識中）。他告訴我們他的創作並不是為了我們（「晏如也，嘗著文章自娛」），但是他靡無鉅細地記載其生活確實是為了我們。此外，他經常需要為自己的行為做出解釋，這揭示出他對自己所做的決定的憂慮和對其身後聲名評判的關切。這些複雜的因素使其自傳工程寫作呈現多樣性，同時使其相當引人注意。對於現代讀者來說，

31《陶淵明集校箋》，頁四二〇。「先生不知何許人也，亦不詳其姓字」是《列仙傳》中傳記開篇經常見到的話語。傳統上把《列仙傳》的作者歸為劉向，《神仙傳》的作者歸為葛洪。參 Kawai Kōzō, *Chūgoku no jiden bungaku*, p. 78.

陶淵明自傳項目的吸引力在於其張力、複雜性，甚至經常噴薄欲出的矛盾[32]。

在本章的討論中需要指明的一點是，即使像陶淵明這樣具有嫻熟技巧的自傳作家，他在準確地決定後代讀者如何解讀其人的問題上也只取得了有限的成功。他故意為他的未來接受做好準備，但是他既不能限制也不能決定後代讀者積極地參與對其的解讀；他們不一定需要遵循陶淵明設定的綱要，他們的解讀不僅被陶淵明的作品所決定，同時也隨著持續不斷轉換的集體價值和個別需要。

32　參 Owen, "The Self's Perfect Mirror"; 王國瓔，〈陶淵明詩中「篇篇有我」〉。

第四章　文學接受 第一部分：從六朝到宋代

前面幾章追尋了陶淵明隱逸和人格解讀的演進過程。第二、三章試圖展示這兩類話語類別構成了陶淵明接受的主體部分。對他隱逸和人格的解讀有時超越了對其作品的興趣，有時對其詩歌和散文的解讀有所啟發，還有時與對其作品的評價同時出現或者參雜在一起。雖然對陶淵明作品和生活經歷的評價經常交織在一起，但是我們仍可能用文學性語彙勾勒出對其作品接受的主要歷程。本章的其餘部分考察他的文學接受，側重帶有文學性的問題，比如描述或分析他的詩歌（包括它們的風格和品質）以及對其作品的文學借鑑和模擬（只要它們有別於非文學類別的接受）。考慮到存世的眾多相關材料，這種考察將被劃分為編年式的兩部分：本章涵蓋從六朝到宋代，下一章探討明、清兩朝。本章探尋陶淵明從一位詩歌總體上被忽略的隱士或是道德典範發展到中國文學傳統中最重要詩人之一的演變軌跡。為了達到這一目的，本章詳細描述在陶淵明文學接受過程中最重要的觀點、審美偏向的轉變以及在批評家中間出現的或明或暗的對話。

六朝時期對陶淵明的幾種早期觀點

對現有六朝時期的材料做一量化的巡檢，陶淵明的接受史是帶有負面傾向的。劉勰（約四六五—約五二二）在《文心雕龍》（五世紀末六世紀初）中沒有提及陶淵明，其中卻囊括了到劉勰自己時代為止的個別作家和作品的評價。[1] 陶淵明也沒有被正史文苑傳所提及，例如沈約的〈謝靈運傳論〉和蕭子顯的《南齊書》之〈文學傳〉。[2] 陶淵明的作品在他的朋友顏延之為其寫的誄文中被簡略地提到。鍾嶸的〈詩品・序〉受其當代文學經典的影響在最優秀作家的清單中忽略了陶淵明，他在鍾嶸的評價系統中僅占據了中游的位置。[3] 僅有九篇作品（七個標題、八首詩和一篇散文）被選入蕭統的《文選》，這與他同時代的文人謝靈運入選的四十首相比，真是反差懸殊。作為在數個世紀後成為或許最被廣泛閱讀和模仿的六朝作家，陶淵明早期接受是以不慍不火開始的。

在我們考察具體的篇章來探討陶淵明的詩歌和展示更具體的解釋之前，幾種概括的原因可以解

---

1 《文心雕龍》有一篇大約四百字的〈隱秀〉，其中提及了陶淵明。但是自從十八世紀起這篇短文便被普遍認為是明代的偽作。關於近期對此傳統觀點的挑戰，參詹鍈，〈《文心雕龍》的「隱秀」論〉。

2 參《宋書》，六七／一七七八－一七七九；《南齊書》，五二／九〇七－九〇九。

3 鍾嶸（《詩品集注》，頁二八）將曹植看作建安時期（一九六－二一九）最好的詩人，劉楨和王粲（一七七－二一七）緊隨其後；陸機是太康時期（二八〇－二八九）最傑出的詩人，潘岳（二四七－三〇〇）和張協（約生活於西元三世紀晚期）在其之後；謝靈運是元嘉時期（四二四－四五三）最優秀的詩人，顏延之位列第二。在八位列舉的作家中，七位獲得上品的位置；唯獨顏延之居於中品。這顯示出鍾嶸排名系統總體上不完全跟隨當下的文學經典。

釋早期陶淵明接受史不慍不火的現象。現代學者已經指出陶淵明的詩歌不符合六朝時期（四二〇—五八九）的審美需求和實踐。[4]六朝時期主流的風格被描述為綺麗和華靡的語彙，缺少虛字，工整的對仗，緊湊的意象和模擬中的巧似。[5]即使掃視陶淵明的作品，總體上來說，它們都難以滿足這些基本的審美標準。儘管與時代的主旋律相悖，也許是陶淵明在其逝後的第一個世紀不受歡迎的最主要的總體原因，但是一個更加基礎性的因素卻不應被忽略。只有陶淵明在主體上被看作是一位詩人時，純粹的審美考量才可能全部解釋他早期詩歌被忽視的局面；但是在陶淵明的傳記作家和那些討論其詩歌的文人（參見第三章）眼中，陶淵明主要被看作為一位高尚的隱士或是一位道德典範，他只不過是偶爾囑詩弄文。陶淵明的作品在很大程度上被解讀和呈現為一位隱士生活和隱逸理想的紀錄以及他的道德行為的寫照。

顏延之的〈陶徵士誄〉提到陶淵明詩歌的特點是「文取指達」，但是顏延之更多的是借其誄文展示陶淵明原則性強的道德性格。[6]這一總括陶淵明作品的話語需要進一步展開：它表明了顏延

---

4 參戴建業，《澄明之境》，頁二九五—二九九；王國瓔，《古今隱逸詩人之宗》，頁三六—三八；劉文忠，〈蕭統與陶淵明〉，頁四六一。南朝是指劉宋（四二〇—四七九）、南齊（四七九—五〇二）、梁（五〇二—五五七）和陳（五五七—五八九），這些朝代都占據南部中國，定都建康（現在南京）。

5 對這些特徵的討論，參戴建業，《澄明之境》，頁二九六—二九七。

6 顏延之，〈陶徵士誄〉，三八／二六四六b。

之在陶淵明的作品中看到了沒有被形式技巧所修正和潤飾的詩歌內容。顏延之自己的作品在很大程度上依賴形式上的加工和華麗的修辭，這使得他成為那個時代最流行的詩人之一。此外，顏延之的簡短評論意味著對陶淵明詩歌的忽視。顏延之也正因其對陶淵明詩歌的（缺少）評價被幾位評論家看作是短視的，但是這樣說似乎更合理：顏延之缺乏對陶淵明歷史接受的事後之明，後來詮釋手段的發展和重新定義關鍵語彙使得對陶淵明詩歌的積極評價成為可能。[7]

蕭統對陶淵明作品的評價成為六朝時期最高的讚譽。蕭統編纂現存最早的《陶淵明集》並為之作序，這也是我們所知道的蕭統編輯的唯一一部文集。蕭統顯然很關切陶淵明作品的流傳。在序言中，蕭統討論了陶淵明的人格（參見第三章的分析）和文學風格：

> 其文章不群，辭采精拔。跌宕昭彰，獨超眾類；抑揚爽朗，莫之與京。橫素波而傍流，干青雲而直上。語時事則指而可想，論懷抱則曠而且真。[8]

7　關於戴建業的評論和他引用明代批評家許學夷（一五六三—一六三三）的一條相似觀點，參《澄明之境》，頁二九四。

8　蕭統，〈陶淵明集・序〉，二〇／三〇六七a。

此序言超過一半的篇幅重複一個觀點，用幾個近義詞表達同一個概念。「不群」、「獨超眾類」和「莫之與京」等簡單易懂的詞彙表達了接下來詩化的暗喻「橫素波而傍流，干青雲而直上」：陶淵明的作品是具有獨特性的優異特點。這是對其作品的高度褒揚。蕭統顯然欣賞陶淵明詩歌風格的獨特性，但是他似乎為定義陶淵明的特點頗費力氣。他用六朝時期不常見的文學批評詞彙來描述陶淵明的特點（「昭彰」和「爽朗」），並把這兩個詞語與表示運動的暗喻「跌宕」和「抑揚」放在一起來構建非同尋常的合成詞，但是它們的意義充其量也是不精確的。從蕭統高度印象式的批評中，我們可以體察出他給陶淵明作品賦予的兩種主要特點：直率和豪放。「跌宕」（直譯是缺少限制，具有充滿動力的內涵）和「抑揚」（直譯是升起和落下，總是與音樂調位同用）應是指陶淵明作品中一種難以確指的內部成分，像風力或是情感的流動。「昭彰」一詞有著名、顯而易見兩層意思；「爽朗」表明開朗、爽快。詞語「抑揚爽朗」回應顏延之較早的評論「文取指達」。但是蕭統給予直率風格以積極的評價。對於他來說，陶淵明詩歌風格的獨特性在於其持續多變（上升和下降）以及非常真率所表徵的活力。

儘管蕭統喜歡陶淵明的文學風格，但是與把這些作品看成是值得仿效的詩歌典範相比，他更希望將其當成是道德啟迪的源泉。蕭統對陶淵明詩歌造詣只做了一條點評：「辭采精拔」。「辭采」是六朝文學分析中是一個術語，其在序言中的用途是為了討論這個時期一個主要審美關注點。「精拔」暗示提煉，但是不暗含修飾過的、仔細雕琢的詞語，而這些詞語在當時恰恰被看成為「優秀」作品的特徵。不管讀者是否會把這句話當作宣傳性的語句，或把其視為蕭統對陶淵明語彙獨特理解的反映，還是介於兩者之間，蕭統希望他的同儕閱讀陶淵明的作品這一想法是無誤的。這兩句話描繪了蕭統在陶淵明詩歌中找到的觀念和情感的種類，這對蕭統關於陶淵明典範人格的討論主要起到了過渡作用，其中蕭統展示了陶淵明作品的終極價值。在一段關於陶淵明風格特點的論述之後是關於其詩歌技巧的簡論，蕭統更加關注的是陶淵明作品所呈現的情感範疇而不是形式方面；這表明蕭統主要的興趣在於陶淵明作品中超越於詩歌風格之外的某個地方。事實上，序言的其他部分將陶淵明的作品展示成為道德轉型的載體而不是詩歌典範，這就像我們在第三章中討論過的那樣。

因此在序言中唯一一處對陶淵明作品的具體解讀是道德的表達而不是審美的流露〈閒情賦〉中有關性欲望的主題和對一位美麗少女露骨的豔情描寫被蕭統看作是不合倫理的；「白璧微瑕，惟在〈閒情〉一賦。揚雄所謂勸百而諷一者，卒無諷諫，何足搖其筆端？惜哉！亡是可也。」在這篇賦的序言中，陶淵明把他的作品放置在與其主題相同的賦作傳統中，並將他認為的典範描述如下：

> 初張衡作〈定情賦〉，蔡邕作〈靜情賦〉，檢逸辭而宗澹泊，始則蕩以思慮，而終歸閒

正。[9]

陶淵明賦作的終極指向可能是有關道德的，但是其中所使用的手段卻削弱了試圖進行的道德說教。蕭統的辯解一定需要放置在其對陶淵明作品作為道德改良工具的總體解讀基礎上去理解。同時，他嚴厲的評論可能展示了他厭惡充滿情慾的詩歌（即後來的宮體詩），這與其弟蕭綱（五〇三—五五一）和其文學沙龍的影響有關[10]。在蕭統對〈閒情賦〉發表措辭嚴厲的評論後，他在接下來的行文中忽略此「白璧微瑕」，強烈肯定陶淵明作品的使用價值：它們能在改良和提高眾人的道德水準上起到相當重要的作用。

9 《陶淵明集校箋》，頁三七七。

10 正如 David Knechtges 在他所英譯的《文選．序言》中指出的（1: 41）：「《文選》沒有選錄豔情或宮體詩，而這些在《玉臺新詠》（蕭綱委任，徐陵編撰）中可以找到。《文選》也沒有包括任何有關情慾、豔情的南朝樂府詩，這些可能對宮體詩具有深遠的影響。」關於宮體詩的研究，參 Miao, "Palace-Style Poetry"; 石觀海，《宮體詩派研究》；胡大雷，《宮體詩研究》。參 Anne Birrell 的《玉臺新詠》英譯，其中包括了許多宮體詩的例子。梁代三種對抗的學派思想，包括考察蕭統在「折衷派」的位置和蕭綱的「新變」主張，對此問題的總體研究，參周勳初的經典論文，〈梁代文論三派述要〉；Knechtges, Introduction, 1: 11-21; 胡德懷，《齊梁文壇與四蕭研究》，頁八—二〇。對於此種分類的不同看法，參 Xiaofei Tian，*Beacon Fire and Shooting Star*, pp. 125-138。

鑑於蕭統對陶淵明作品的喜愛，現代學者對《文選》中只選擇他的少量作品做出了不同的闡釋。在最近的研究中，劉文忠提到蕭統作為主編雖然通管編撰過程，但是他並非為每一次選擇做決定。劉氏因此提出把責任從蕭統轉移到他的編輯團隊（很可能包括兩位著名的文人：何遜（卒於約五一八年）和劉孝綽（四八一—五三九））[11]。這是蕭統對陶淵明的偏愛和《文選》中只選錄九篇陶淵明作品差異的最方便和權宜的解釋。因為蕭統對陶淵明詩歌感興趣，他不大可能讓自己不同意的編選原封不動。一種更加令人信服的詮釋則注重當代觀念和個人愛好之間的差別。《文選》專家康達維（David Knechgtes）和《詩品》專家曹旭先生即持有此種觀點[12]。康氏解釋到，「儘管蕭統對陶淵明的辭采高度讚頌，但是或許因為隱士詩人的措詞看似平淡，語言缺少藻飾，所以陶淵明作品的特點不符合齊梁時期占主體地位的華麗、綺靡的文風。」[13]此外，曹旭先生指出陶淵明在《文選》中的位置（與陸機、謝靈運和曹植相比，陶淵明作品在選集中的相對數量較小）與鍾嶸在《詩品》中將其詩歌列入中品的地位相似[14]。確實，陶淵明在《文選》和《詩品》中的地位反映出當下

11 劉文忠，〈蕭統與陶淵明〉，頁四六九—四七〇。
12 參 Knechtges, Introduction, 1: 40; 曹旭，〈《詩品》評陶詩發微〉，頁六二一。
13 Knechtges, Introduction, 1: 41.
14 曹旭，〈《詩品》評陶詩發微〉，頁六二一。

的藝術品味。但是當下品味可能更多的是對《文選》編撰過程的一種指導而非束縛。蕭統可能感覺到儘管他喜歡陶淵明的大部分作品，但是它們並沒有滿足《文選》的選錄標準，因為《文選》的宗旨是提供最優秀文學作品的典範。這與蕭統編纂《陶淵明集》的目的不同。

在六朝時期最精確描述陶淵明詩歌的論述出現在與蕭統〈序言〉同時期的鍾嶸《詩品》（五一四－五一七）中。鍾嶸把陶淵明的詩歌放置在文學傳統中，明確點出他的詩歌風格以及為他的詩歌定位。

> **宋徵士陶潛詩**
>
> 其源出於應璩，又協左思風力[15]。文體省靜，殆無長語。篤意真古，辭興婉愜。每觀其文，想其人德。世歎其質直。至如「歡言酌春酒」、「日暮天無雲」，風華清靡，豈直為田

15 「風力」是一種詩歌的內在品質，指的是一種「來自內心深處以至於引起和支持詩歌效果」的力量（Yeh and Walls, "Theory, Standards, and Practice of Criticizing Poetry," 1: 57）。西晉詩人左思寫作了一系列〈詠史詩〉，鍾嶸在〈詩品．序〉中提及此組詩歌並將其看作是五言詩的典範。這些詠史詩之一是有關荊軻的，他接受燕太子丹的命令試圖刺殺秦王嬴政，即後來的秦始皇。左思的詠史詩被看作帶有政治寓意。陶淵明也創作了一些詠史詩，例如〈詠荊軻〉、〈詠三良〉和〈詠貧士七首〉，後者也被〈詩．序〉所讚揚。鍾嶸可能考慮到「風力」之外的相似點，例如，在主題或者政治評論層面上，然而這是不明晰的。

家語邪？古今隱逸詩人之宗也。[16]在執行《詩品》三種任務（確定來源，品評詩歌風格以及給予排位）中第一種時，鍾嶸把陶淵明的詩歌風格歸為受應璩影響。應璩的大部分詩歌已經佚失，我們所知道的《百一詩》來源於一首完整的詩歌，而大量其他詩歌的片段主要通過類書，以及與應璩時代相近的作家對此集的提要而保存下來。[17]他的詩歌被刻畫為對當代政治和社會的批評。[18]現代學者胡大雷先生概覽了他的現存作品，把應璩的批評點區分成以下三種情況：官僚作風問題、官員選拔過程的缺點以及士大夫階層的頹廢。[19]鍾嶸對應璩的介紹標示著對他的詩歌藝術特點的一種類似解讀：「雅意深篤，得詩人激刺

16 鍾嶸，《詩品集注》，頁二六〇（《資料彙編》，頁九）。

17 關於應璩詩歌及其片段，參逯欽立，《先秦漢魏晉南北朝詩》，一：四六八—四七三。

18 張方（三世紀—四世紀左右）在《楚國先賢傳》中描繪〈百一詩〉為「譏切時事」。李充（四世紀左右）在《翰林論》中寫道應璩「以風規治道」。孫盛（四世紀左右）在《晉陽秋》中對應璩加以評論：「言時事頗有補益。」所有引用均見於李善（卒於六八九年）對應璩詩歌的注解，參蕭統，《文選》，二一／一〇一五。

19 參胡大雷，《文選詩研究》，頁一二三—一二五。

之旨。」[20]「雅意深篤」與鍾嶸對陶淵明詩歌「篤意真古」的評價遙相呼應。儘管鍾嶸並沒有在對陶淵明詩歌的評語中過於強調其政治和社會功能，但是他把陶淵明詩歌的源泉追溯到應璩，這表明他對陶淵明詩歌的解讀在某種程度上帶有政治和社會評論性。

《詩品》中應璩和陶淵明更加清晰的共同點在於他們的詩歌風格和品質。鍾嶸把應璩描述為：「善為古語，指事殷勤……至於『濟濟今日所』，華靡可諷味焉。」[21]其中應璩的「古語」與陶淵明的「質直」相似，「質直」既可以用來描述陶淵明的作品，又可以同等程度的描述其為人。鍾嶸將應璩的詩歌特點稱為「華靡」，陶淵明的詩歌特點稱為「風華清靡」（或鍾嶸將應璩和陶淵明的詩歌特點分別稱之為「華靡」以及「風華清靡」），他通過運用這樣的相關詞語刻畫應璩和陶淵明的優秀詩行，進而將兩者做出明確的並列。一些現代學者試圖理解鍾嶸通過應璩來確認陶淵明詩歌的特點，這是通過更加側重風格上的相似性（平淡的語言和措詞）以及較少關注內容或意圖層面（政治和社會評論）來完成的。[22]但是鍾嶸使用相似的詞語（「雅意深篤」和「篤意真古」）來描

20 鍾嶸，《詩品集注》，頁二三一。

21 同上。「濟濟」一詞有多種意義，大多數來自《詩經》，從「眾多」到「莊重」，再到「整齊、美好受到很好照料的馬匹」。

22 參王叔岷，《陶淵明詩箋證稿》，頁五二九—五三一。李文初（《讀〈詩品宋徵士陶潛〉札記》，頁一二四）主要依據風格（語言）找到相似點，但是指出二首意圖也有相似性（政治評論）。更加重要的是，他繼續闡述到，

述兩位詩人的意圖，明確地展示出他意識到兩者詩歌實踐中不僅包含風格的平行並置。鍾嶸在形式、內容和措詞等方面評價陶淵明的詩歌：「文體省靜，殆無長語。篤意真古，辭興婉愜。」鍾嶸評價所採用的語彙和語氣是明顯褒揚性的，然而讀者可以感受他沒有運用表示強烈情感的詞語來評價陶淵明的詩歌，特別是「怨」，並且認為他的詩歌總體上缺乏文學藻飾，而這兩者正是鍾嶸高度評價上品詩人作品中所擁有的特質。[23] 鍾嶸不僅詳細列出了陶淵明詩學風格的特點，而且同樣重要的是鍾嶸將陶淵明的地位從一位農夫提到詩人的位置（雖然在標題上使用「徵士」）。在引用陶淵明詩歌中的兩行以及把它們描述為「風華清靡」之後，鍾嶸反問到：「豈直為田家語邪？古今隱逸詩人之宗也。」鍾嶸提出，與時代流行的觀念相反，陶淵明不是用粗俗、未被加工的農夫語言

（續）

許多讀者在過去試圖把陶淵明的詩歌與應璩表達政治寓意的作品區分開來，因為前者的詩歌超凡脫俗，而後者顯然深陷於當下事務中。

23 梅運生（《鍾嶸和詩品》，頁八三）觀察到在上品和中品的許多詩人都或多或少地表達了某種怨。Chia-ying Yeh and Jan W. Walls ("Theory, Standards, and Practice of Criticizing Poetry," pp. 57-58) 觀察到在上品（〈古詩十九首〉算一條）總共十二條評價中的七條都提到怨情。在〈古詩十九首〉、李陵（卒於西元前七四年）、班婕妤（約西元前四八—約西元前六）、曹植和左思的注釋中，「怨」字都出現了。在對王粲和阮籍的評論中，他們關於怨的表達被讚揚。在上品的十二條評價中，對其中的八條的文學潤飾（視覺或聽覺上的優美）加以稱頌：〈古詩十九首〉、班婕妤、曹植、王粲、陸機、潘岳、張協和謝靈運；對缺少文學潤飾的惋惜可在劉楨的詩中發現。

來創作詩歌的，他的一些詩句擁有純淨和精緻的典雅特色。因此，陶淵明的詩句被描述為「風華清靡」，這也表明了陶淵明在某種程度達到了當時「優秀」作品的標準。[24] 鍾嶸對陶淵明詩歌的刻畫標誌著陶淵明接受史上的另一重要階段：鍾嶸將陶淵明的詩歌定義為「隱逸詩」在很大程度上決定了後代作家解讀和運用陶淵明作品的方式。

許多傳統學者曾經批判過鍾嶸，因為後者將陶淵明置於中品，這些學者把此排名看作是對陶淵明的冷落。但是即使如此，鍾嶸也同時冷落了六朝眾多最著名的詩人。只有十二位詩人（包括創作〈古詩十九首〉的無名氏）獲得了最高的等級，但是只有一位謝靈運生活在西晉（二六五－三一七）之後。這表明鍾嶸對接近自己時代的詩人的評價較為嚴格。三十九位詩人，包括著名的顏延之、鮑照（約四一四－四六六）、江淹（四四四－五〇五）以及沈約，都被列為中品。但是占主體的七十二位詩人位於下品。這樣看來把陶淵明置於中品，他其實擁有不錯的位置。此外，鍾嶸把陶淵明放置在中品的位置還需要考慮前者的評價標準。鍾嶸的排名系統是複雜的，超越了僅僅反映當下品味的範疇。現代學者仔細地分析了鍾嶸的詩歌理論，在他的評價中歸納出四種主要的品質：「風力」、「丹采」、意象的秀美、內在情感以及感情的真切表達，特別是

24 「靡」的基本意義是「錯綜複雜」和「精美雅致」，此詞經常與「華美」的特點相提並論，例如「華」和「麗」，用此描述六朝時期被盛讚的文學潤飾。

「怨」。[25] 鍾嶸對陶淵明的評價明顯地可看出後者的作品沒有達到這些主要詩歌標準的大部分特徵。陶淵明的排名也受制於應璩，後者也位於中品。在《詩品》中，受其他文人影響的詩歌的排名沒有比其來源詩歌更高的例子。[26] 鑑於這些對陶淵明不利的因素，以及同時代人認為其詩歌為農夫所作的觀點，讀者可能考慮鍾嶸為什麼沒把陶淵明排在下品。或許這是因為鍾嶸發現陶淵明詩歌的一些彌補品質，而這些特色被他的同時代大多數文人所忽略：陶淵明詩歌所蘊含的真實情感，其寫作方式是其賢德性格的完美再現，一些優美、典雅的詩句以及他的〈詠貧士〉組詩，鍾嶸提及此詩並將其放置在〈詩品·序〉中作為典範的五言詩。[27]

陶淵明的詩歌在之後的數世紀內成為中國文學史上最被廣泛模擬的作品之一，但是陶淵明在六朝時期只吸引了少數模仿者也是不足為奇的。鮑照和江淹分別寫作了一首模擬陶淵明文體的詩歌。這些模擬的事實本身表示陶淵明詩歌文體的易讀性（可以被重複）以及對其的仰慕。

鮑照的〈學陶彭澤體〉是與王洪的兒子王僧達（四二三—四五八）的唱和之作，但是王詩

25 參梅運生，《鍾嶸和詩品》，頁七一—七二，七九—一二五；Yeh and Walls, "Theory, Standards, and Practice of Criticizing Poetry"; and Wixted, "The Nature of Evaluation in the Shih-p'in."

26 袁行霈提出此點，參《陶淵明研究》，頁一三七。

27 鍾嶸，《詩品集注》，頁三四七。

已逸。像晚清編者黃節（一八七四—一九三五）所言，鮑照將來自「雜擬而成」的陶淵明詩歌的諸種元素並置。[28]鮑照擬詩的第一聯借用陶淵明的哲學世界觀，「長憂非生意，短願不須多」。[29]第二聯從陶淵明〈移居二首〉其二中回憶起田園生活，其中陶淵明和他的鄰居相互暢談，如果有人碰巧有酒，就會給每個人都倒上一些：「但使尊酒滿，朋舊數相過。」接下來的四行形成由不同意象（秋月、清露和琴瑟）組成的文字優美的簡潔描述以及在陶淵明作品中可以找到的修辭手法，但是此詩比在陶淵明詩歌中通常能發現的文學手法更具精緻效果。鮑照擬詩的憂鬱口吻使人不禁回想起阮籍〈詠懷〉的第一首：

秋風七八月
清露潤綺羅
提瑟當戶坐
歎息望天河

28　參黃節對鮑照的評注，《鮑參軍詩注》，頁二一七。現代編者錢仲聯同意黃節把此詩解讀為模擬眾多陶淵明作品的結果（參鮑照，《鮑參軍集注》，頁三六三）。關於此問題的討論，也可參蘇瑞隆對此詩的討論，《鮑照詩文研究》，頁二三三—二三四。

29　鮑照，《鮑參軍集注》，頁三六二—三六三。

保此無傾動
寧復滯風波[30]

詩人借用一年中的時間（七月或八月）真正捕捉到陶淵明的隨意和漫不經心[31]，因為他述說自己房間內的草屋數量時提到：「草屋八九間。」[32]詩歌以冷靜和堅忍的語調作結，它的起因成為了辯論和猜測的主題。具體的原因取決於詩歌的創作時間，而這是不確定的。現代學者丁福林先生、曹道衡先生和沈玉成先生提出了四五二年秋天的說法，後兩者進一步將此詩放置在政治漩渦的初期背景中來解讀，這一政治動盪演化成後來在四五三年二月全面爆發的鬥爭。當時太子劉紹與他的弟弟同時也是鮑照的前任雇主劉濬密謀，二人殺死了他們的父親文帝（四二四－四五三年在位）[33]。鮑照以擬詩的形式在公共的語境下暗指大逆不道弒君的企圖，這使得曹氏和沈氏的解讀存在潛在的問題。最後一聯理解為代表陶淵明對其遠離世俗事務的態度也許是更適合的，進一步來說，這代表

30 感謝蘇瑞隆對如何翻譯最後一聯和如何將此詩放在語境中理解的精闢觀點，也感謝 David Knechtges 對我的解讀的點評。

31 蘇瑞隆與我的交流中提出此精采觀點（二〇〇七年一月二九日）。

32 《陶淵明集校箋》，頁七三。

33 丁福林，《鮑照年譜》，頁一〇四；曹道衡和沈玉成，《中古文學史料叢考》，頁三一一。

了像鮑照一樣在位者對總體政治時局的回應。

更加全面的擬作是江淹的〈陶徵君潛田居〉，此詩是其〈雜體詩三十首〉之一。江淹的模擬明確地表明其在意象、語言、方式和道具等方面構想陶淵明的詩體。詩歌的副題「田居」具體指江淹對陶淵明作品所代表的詩歌種類的想法[34]。把陶淵明的詩歌定義為「田居」與鍾嶸將此刻畫成「隱逸」成為後來解讀陶淵明詩歌的主體框架。

種苗在東皋
苗生滿阡陌
雖有荷鉏倦
濁酒聊自適
日暮巾柴車
路闇光已夕
歸人望煙火

34 江淹給他的擬作都加上一個副題，大都用一個詞組描述他所模擬原作的類型。這些分類給讀者提供關於江淹所談論詩人特點的一些想法。例如，阮籍與「詠懷」、左思與「詠史」、郭璞（二七六—三二四）與「遊仙」以及謝靈運與「遊山」。

稚子候簷隙
問君亦何為
百年會有役
但願桑麻成
蠶月得紡績
素心正如此
開逕望三益[35][36]

江淹參雜和調配陶淵明田園詩中的詞彙，主要是其組詩〈歸園田居〉和〈歸去來兮辭〉。江淹運用其中的意象語彙創造出意象密集的拼貼畫，例如，「種苗」、「東皋」、「荷鉏」、「濁酒」、「稚子候」、「桑麻成」以及「素心」[37]。江淹的擬作比鮑照的更加「成功」，考慮到前者隱藏了南朝精

35 三位朋友指的是蔣詡、羊仲和求仲。蔣詡在王莽篡權後辭官。在他隱居之時，他僅和另兩位志同道合的朋友羊仲和求仲一起經由三條小路到達他的茅屋。

36 江淹，〈陶徵君潛田居〉，參逯欽立，《先秦漢魏晉南北朝詩》，二：一五七七。

37 「種苗」和「荷鉏」來自〈歸園田居〉其三；「東皋」和「稚子候」來自〈歸去來兮辭〉；「桑麻成」來自〈歸園田居〉其二；「濁酒」來自〈己酉歲九月九日〉；「素心」來自〈移居二首〉其一。

雕細琢的明顯痕跡；他的擬詩甚至愚弄了至少一位宋代的編者，他們在編輯陶淵明別集的時候，誤把江淹的擬詩放在〈歸園田居〉組詩中。[38] 江淹對陶淵明詩歌文體的理解影響了對其詩歌的模擬，這主要包括兩大方面：從主題上看，江淹通過使用在陶淵明詩歌中可以找到的同樣的道具和活動重新創造了陶淵明的田居生活；從修辭方面來說，江淹運用簡單和直接的語言以及問答模式，這兩者都是陶淵明詩歌的特點。對於後代的一些讀者來說，江淹的模擬可能在韻味或感覺上沒有達到陶淵明田園詩歌的程度，但是很少有人否認江淹的擬作是非常接近的仿製品。[39] 更加重要的是，江淹的擬作在闡釋陶淵明詩歌方面比鮑照的擬詩更加清晰，因為前者在主題和語言層面構成了一個獨特的文體，也就是一個可以重複的模型。總之，陶淵明的詩歌很少被六朝文人所賞識或認同。[40] 他早前的文學接受的歷程在很大程度上來說是被忽略的，有時是需要為其辯護的。正如陽休之（約五〇九—五八二）給六朝晚期的一種《陶淵明集》寫的序言中提到：「余覽陶潛之文，辭采雖未

38　宋代批評家洪邁注意到他當下的〈陶淵明集〉中的〈歸園田居〉組詩有六首，因為江淹的擬作被錯誤地加了進去（參《宋詩話全編》，頁五五九四，第二六條）。

39　一位宋代的批評家葉適（一一五〇—一二二三）寫到「語若類而意趣全非」（《宋詩話全編》，頁七三九八，第一一條）。

40　在梁代作家的作品中有大量典故與陶淵明隱逸理想的意象相關，但是它們象徵了對陶淵明隱逸主題而不是文學才能的欣賞。

優，而往往有奇絕異語。」[41] Stephen Owen 評論到，「陽休之為缺少宮廷化的優雅辯解」，因為他「知道同時代讀者的審美品味」[42]。儘管對陶淵明的文學風格缺少興趣在總體上是由占主導地位的華美和藻飾的審美取向所決定，但是早期對陶淵明作為詩人的接受還是有著重要的發展。江淹承認陶淵明的詩歌代表了一種獨特的文體，勾勒出它的可重複性特點並且給他的詩歌特點冠以「田居」。鍾嶸將陶淵明放置在中品詩人中，並將其詩歌特點歸為「隱逸」。江淹和鍾嶸的分別命名行動實際上證明和定義了陶淵明詩歌存在的價值。蕭統通過編選《陶淵明集》和將其作品收錄於《文選》確保了其作品的流傳。

唐代詩歌對陶淵明的運用

陶淵明的詩歌在唐代得到相對較好的接受，儘管與六朝、宋代以及之後相比，唐代文人很少對陶淵明的詩歌有非常清晰的分析。更進一步來說，陶淵明在唐代的接受主要通過他的影響（文

41 在陶澍《靖節先生集》之〈例言〉，頁三。

42 Owen, *The Poetry of the Early T'ang*, p. 60.

學借鑑和模擬）以及對其詩歌或贊同或否認的評論來追溯。

陶淵明詩歌在初唐的接受並不理想，這段時期的詩學實踐在許多層面上還是六朝宮體詩的延續。王籍是對陶淵明詩歌和人格都有獨到鑑賞的文人。Stephen Owen 對王籍評論道：「通過醉酒和超凡脫俗的詩人農夫的角色，也就是陶潛的角色……來脫離……宮體衰弱的風格。」[43]事實上王籍通過陶淵明的口吻表達了自己的人格和隱居，寫作關於他退隱生活的樂趣以及通過運用陶淵明的典故來表達其超脫世俗的生活。例如王籍的〈田家三首〉之二：

家住箕山下
門枕潁川濱
不知今有漢
唯言昔避秦
琴伴前庭月
酒勸後園春
自得中林士

43 Owen, *The Poetry of the Early T'ang*, p. 60. 也可參 Ding Xiang Warner 的近作 *Wild Deer amid Soaring Phoenixes*.

何忝上皇人[44]

通過採用「桃花源」（陶淵明塑造的與世隔絕的烏托邦社會）居住者的口吻，王籍聲稱與俗世事務相隔離。「上皇人」指的是陶淵明自我刻畫為一位生活於傳說中伏羲之前的文人，他完全陶然於個人生活。王籍田園歸隱的特點和面向，例如琴、酒以及滿足自適，都從陶淵明隱逸的典型特徵中選取。王籍寫作了許多詩歌談論他對酒的喜愛，其中的一些引用了陶淵明的豪飲：

醉後

阮籍醒時少
陶潛醉日多
百年何足度
乘興且長歌[45]

44　王籍，《王無功文集》，二／六六（《全唐詩》，三七／四七八—四七九）。

45　《全唐詩》，三七／四八四。

嘗春酒

野觴浮鄭酎[46]
山酒漉陶巾
但令千日醉
何惜兩三春[47]

王籍與陶淵明相似處在於他的詩歌中也描繪了一天之中的農活安排以及晚上回家的情景。〈秋夜喜遇姚處士義〉[48]第一聯寫到：

北場耘藿罷
東皋刈黍歸[49]

---

46 鄭酎指的是葛洪《抱朴子》（〈內篇〉，一五／六六）中出現的鄭氏所釀的美酒。

47 《全唐詩》，三七／四八五。

48 《全唐詩》在標題中有王處士，而不是姚義。陶敏《全唐詩人名考證》（頁一六）根據五卷本的《王無功文集》認為王處士是錯誤的而應該是姚義。

49 王籍，《王無功文集》，二／六三（《全唐詩》，三七／四八五）。

王籍不僅借鑑陶淵明的詩歌主題和代表性特徵，也如 Owen 所說：「（王籍）模擬陶潛的全部生活風格，後者的詩歌只占其中的一部分。」[50]王籍通過模擬陶淵明的自適滿足、飲酒和農耕工作扮演了一位超凡脫俗的隱士角色。確定的是，王籍對陶淵明詩歌的接受不能簡化為共同的對酒的喜愛，這正如二十世紀評論家錢鍾書所言：「（王籍）喜其飲酒，與已有同好，非賞其詩也。」[51] Owen 對王籍運用陶淵明意象的闡釋似乎更合理：王籍對陶淵明的關注，更多的是將其看作人格典範而不看重其詩歌[52]。在陶淵明的詩歌中，王籍發現一種詩歌角色，他可以藉此來與宮廷詩歌和文化對抗。

儘管在唐代王籍全面模擬陶淵明依然是獨一無二的，但是對陶淵明性格和詩歌的使用作為對宮廷生活和詩歌的另外一種選擇的陶淵明時尚在開元（七一三—七四二）時代興起，並在其後的一百年蔚然成風。陶淵明被看作是「田園詩」的集大成者，在盛唐此詩體與以謝靈運和謝朓為代表的山水詩珠聯璧合。最早將陶淵明和謝靈運並論的來源之一是杜甫的一聯詩：「焉得思如陶謝手，

50 Owen, *The Poetry of the Early T'ang*, p. 410.
51 錢鍾書，《談藝錄》（香港：中華書局，一九八六），頁八九。
52 Owen, *The Great Age of Chinese Poetry*, p. 48.

令渠述作與同遊。」[53]儘管這兩句詩顯示了杜甫對陶、謝詩學才能的仰慕，但是他們應該在各自所代表的田園詩和山水詩領域以及盛唐將兩種詩體的傳統相聯繫的背景下來理解。李白更加直接地將陶、謝兩種類型聯繫起來。他在以下一聯贈給友人的詩中將二人視為他們各自領域的代表：「陶公愧田園之能，謝客慚山水之美。」[54]在盛唐，大多數山水田園詩作家創作了兩種詩體的各種範式。正如王國瓔和葛曉音所提出的，正是在盛唐詩人手中山水田園兩種共享基本精神的詩歌傳統回歸到自然和簡樸中，雖然它們早期發展引領出不同的路徑，但是兩者最終在此時融合。[55]王國瓔將這種融合視為把陶淵明田園詩的情感和情緒與二謝的山水詩歌材料聯繫起來。[56]葛曉音運用更加專業的術語以山水田園詩歌典範作家王維的例子來描述此種融會。葛氏指出：「他（王維）將南朝山水詩形象鮮明、重在觀賞，陶淵明田園詩意蘊深厚、重在感受的兩種表現方式融為一體，創

53 該聯在〈江上值水如海勢聊短述〉（杜甫，《杜詩詳注》，一〇／八一〇—八一一；《全唐詩》，二二六／二四四三）。清代評論家仇兆鰲認為謝指的是謝靈運的族弟謝惠連（四〇七—四三三），但是這似乎不大可能，如果考慮到六朝之後謝靈運作為山水詩的典範的更加突出的地位。至少之前的王勃和宋之問將兩者並舉。分別參《全唐文》，一八一／一八四六b和二四一／二四三七a。

54 李白，〈早夏於江將軍叔宅與諸昆季送傅八之江南序〉，參《李白全集校注彙釋集評》，二七／四一五六。

55 參王國瓔，《中國山水詩研究》，頁二五五—二九五；葛曉音，《山水田園詩派研究》，頁七〇。

56 王國瓔，《中國山水詩研究》，頁二五九。

作出既有名句，又和諧渾成的藝術境界。」[57]盛唐對陶淵明詩歌的興趣因此應該在更廣闊的具有吸引力的背景下來考量：追求自然（作為對宮廷生活的反應），追求退隱生活（而不是仕宦生涯），追求閒適和超脫的狀態（而不是煩擾官員的憂慮）以及追求在田園山水的圖景中出現的美麗和自由感（而不是朝臣被迫做出的阿諛奉承及其所遭受的禮法性限制）。盛唐的陶淵明時尚代表了陶淵明接受史上的重要階段。此外，陶淵明田園詩歌寫作為審視盛唐文人文化、心理和詩歌提供了重要的視窗。現代學者已經確認了在蓬勃發展的隱逸田園詩歌背後所呈現的許多歷史發展進程。Stephen Owen 列舉了偏離宮廷詩的一組文學和社會原因。在開元早期，許多京城詩人不滿初唐宮廷詩的限制程式，他們開始嘗試新的寫作風格和主題。大約同時，宮體詩喪失了早期的支持基礎：進士考試使得一大批出身貧寒、沒有像世族大家那樣對宮體詩陳舊品味欣賞的文人獲得權力。最終在七二二年，皇帝的詔令關閉了帝王皇族支持的文學沙龍，這一文學團體長久以來是宮體詩發展的堅強後盾[58]。此外，緣於「同官階朋友唱和之作廣泛傳播」的正式宮廷詩逐漸衰微，取而代之的是日常應景詩的大量出現[59]。在盛唐的另一重要發展階段是「『重新發現』詩歌傳統。」與他們初唐前

57 葛曉音，《山水田園詩派研究》，頁二五一。

58 參 Owen, *The Great Age of Chinese Poetry*, 4-5.

59 Owen, *The Great Age of Chinese Poetry*, p.7.

輩總體上將文學遺產視為「精緻的人工製品」不同的是，盛唐詩人將其看作是真心的興奮，「迅速地、連續地從過去時代裡找出各種風格和詩人，使他們成為整整十年或單獨一首詩的潛在中心。」例如，「阮籍、陶潛、司馬相如（西元前一七九—西元前一一七）、庾信（五一三—五八一）、謝靈運及其他人，在幾十年的歷程中先後起落。」[60]所有這些因素對宮體詩替代詩體的產生起了作用，但是不一定特別針對田園隱逸詩歌。現代學者蘇雪林指出唐代道教的官方支持加速了對隱逸詩歌的高度評價[61]。王國瓔指出唐代帝王給隱士提供優越的社會地位，這鼓勵了朝臣關注山林、田園以及這些自然景物所帶來的生活風格。沒有誰比「古今隱逸詩人之宗」的陶淵明更能代表這種生活風格[62]。

在盛唐詩人找尋宮體詩的替代風格時，他們發現了陶淵明，這些詩人不僅可以運用其風格和主題，而且找到了一個可以模擬甚至趕超的典範。正如 Owen 簡潔有力地提到：「陶潛的簡樸語言與宮廷詩人的雕琢和雅致相對立；他的反叛性自由與宮廷詩人的卑躬順從相對立；他強調詩歌創作純是為了個人愉悅，正可以用來替代宮廷詩的為社交需要而作詩。陶潛是自由詩人和個性詩人的

60 宇文所安，賈晉華譯，《盛唐詩》，頁 ix；Owen, *The Great Age of Chinese Poetry*, p. xv.

61 蘇雪林，《唐詩概論》，頁五九。

62 王國瓔，《中國山水詩研究》，頁二五五—二五六。

完美模式。」[63]對於盛唐的詩人來說，以陶淵明為典範進行寫作意味著使用他的田園、隱逸主題和道具，精心地採用其簡單和樸素的語言以及模仿其作為超凡文人的角色。盛唐寫作田園詩也包含創造一個理想世界，其中詩人可以找尋慰藉，因而象徵他們對閒適和安靜的田園生活的嚮往。這些詩歌成為唐代文人的心理和文學展示的窗口。

迄於八世紀二〇年代，陶淵明時尚全面發展，以其風格寫作的隱逸詩歌代表了京城詩歌的標準範式。隱逸詩的流行在很大程度上並不代表棄官的廣泛而是由仕宦束縛帶來的疲倦和對仕途的失望，因為大多數田園詩人或者已有官職或者希望獲取官職。在陶淵明時尚中最主要的作家是王維、儲光羲（七二六年中進士）和孟浩然（六八九—七四〇）。[64]很可能是因為像王維和儲光羲這樣有影響力的文人對陶淵明的詩歌感興趣，他們文學圈的其他成員也隨之關注起陶淵明來。[65]盛唐詩人從陶淵明的詩歌中尋找主題、風格、語言和結構方式。此外，相當多的盛唐詩人或者擁有農場或者享有鄉村地產，這些為他們退隱提供了「自然」空間，為他們的詩歌寫作提供了重要背景。

63 宇文所安，賈晉華譯，《盛唐詩》，頁七；Owen, *The Great Age of Chinese Poetry*, p. 6.

64 孟浩然沒有被看作是京城詩人，他在襄陽的郊區生活了很長時間。可能在他七二七—七二八年遊歷長安時參加了進士考試，他與京城文人集團的主要人物成為摯友，例如王維、王昌齡（約六九〇—約七五六）以及張九齡（六七八—七四〇）。參 Kroll, *Meng Hao-jan*, p. 17; Owen, *The Great Age of Chinese Poetry*, p. 72.

65 參 Owen, *The Great Age of Chinese Poetry*, p. 49.

盛唐田園詩歌的發展總體上側重隱士田園生活風格所應擁有的閒適、平靜和自我滿足，這些特點在陶淵明的許多詩歌和傳記中都可找到蹤影。王昌齡（約六九〇—約七五六）的《詩格》中列舉了「五趣向」，其中王氏用陶淵明定義了一個例子[66]。這不僅牽涉到對陶淵明詩歌的解讀，而且也表明「閒逸」是盛唐作家所認可的前五位詩歌潮流之一。像我們在第二章中探討的，盛唐文人通過引用許多有關陶淵明隱逸理想實踐的典故來闡述田園樂趣。盛唐詩人可以在他靜居獨處之時，訪問朋友的鄉村莊園之際，或者與農夫徹夜居住在一起時創作田園詩歌。關於這些場景的詩歌反覆出現的許多特徵是：召喚出陶淵明詩歌閒適的心緒和風格的簡樸，暗喻陶淵明的田園活動或與之相關的道具，以及記述詩人自己俯拾即來的鄉村場景體驗。一個帶有解釋性的例子是孟浩然所作的一首田園詩：

過故人莊

故人具雞黍

66 王昌齡（《詩格》，三．九a）引用陶淵明〈讀山海經〉之一的詩句作為「閒逸」的代表：「眾鳥欣有托，吾亦愛吾廬。」（《陶淵明集校箋》，頁三三四。）其他四種趣向包括曹植代表的「高格」、應璩代表的「古雅」、謝靈運代表的「幽深」以及郭璞代表的「神仙」。關於《詩格》繁難複雜的版本史的討論，參Bodman, *Poetics and Prosody in Early Mediaeval China*, pp. 50-57; 傅璿琮，〈談王昌齡的《詩格》〉。

邀我至田家
綠樹村邊合
青山郭外斜
開筵面場圃
把酒話桑麻
待到重陽日
還來就菊花[67]

詩人描繪了翠綠的青山、碧綠的樹木以及打穀場和菜園，也描繪了簡單的飲酒之樂、觀察農場的情景以及談論莊稼的狀況。詩人體驗到的樂趣引出他想再次回來的期許。與朋友飲酒和談論桑麻等活動，以及對重陽節和菊花的引用都是陶淵明田園生活的標誌性特徵。孟浩然在記述一個理想的田園場景中成功地把有關陶淵明的典故與自己的經驗相結合。

田園詩成為當時文人對仕宦和隱逸矛盾這一當下主要關注點在文學層面得以展開的一種詩歌體裁。仕與隱的問題正是王維〈田園樂七首〉之二的主題：

67 孟浩然，《孟浩然詩集箋注》，頁三四〇（《全唐詩》，一六〇／一六五一）。

再見封侯萬戶
立談賜璧一雙
詎勝耦耕南畝
何如高臥東窗[68]

從趙孝成王得到獎賞和禮物的虞卿在與《論語》中兩位自足的農夫長沮和桀溺的對比中敗下陣來，虞卿也不及具有閒情和自我滿足的隱士陶淵明，後者在在北窗下「高臥」[69]。隱逸在唐代的山水田園詩中總會成為比入仕更佳的人生選擇。但是事實上，很少有士大夫以陶淵明的方式永遠棄官。

儘管如此，他們還會憧憬和嚮往脫離仕宦煩擾的生活。這些遐想總是出現在盛唐詩人作品中回歸主題的背景下，這一主題來自陶淵明作品中對此的發展，例如，〈歸去來兮辭〉和〈歸園田居〉。陶淵明對回歸自然和內在秉性的定義給後來的詩人提供了出發點。正如 Stephen Owen 所論述的：「盛唐詩人以各式各樣的『回歸』顯示了他們正在離開的地方：充滿危險、失意、屈

68 王維，《王維集校注》，五／四五三（《全唐詩》，一二八／一三〇五）。

69 參 Pauline Yu 在 *The Poetry of Wang Wei* 對虞卿的闡釋（p. 198）。長沮和桀溺出現在《論語》，一八．六。

辱的京城社會的虛偽世界，以及京城的詩歌。可是，他們的『回歸』目標以及對『自然』的定義，卻往往大相逕庭。」[70]一首運用此主題的著名詩歌是王維的〈歸嵩山作〉，其中詩人概覽在其歸途中的山水：

清川帶長薄
車馬去閒閒
流水如有意
暮禽相與還
荒城臨古渡
落日滿秋山
迢遞嵩高下
歸來且閉關[71]

70 宇文所安，賈晉華譯，《盛唐詩》，頁四九；Owen, *The Great Age of Chinese Poetry*, p. 41.

71 王維，《王維集校注》，二／一〇八（《全唐詩》，一二六／一二七六—一二七七）。

兩位美國學者已經就王維對回歸的不同意義和複雜性加以探討[72]；儘管回顧它們超出了本章討論的範疇，但是有兩點值得注意，因為它們能夠解釋王維對此主題的移用。Owen 觀察到：「在王維詩中，回歸的目標通常是一種寂靜無為的形態。」[73]將自己脫離於世人及其活動的方式是由最後一行「閉關」的動作來傳達的，這在將自我描繪成好交際、活躍的「農夫—隱士」的陶淵明身上是找不到的。這似乎對陶淵明來說也是不需要的，因為儘管在〈飲酒〉其五中他提到不聞車馬聲，但是他把自己描繪成生活在人群之間。雖然這些描繪有些出入，但是王維的詩歌還是顯示了對隱藏在歸隱之後的原則的相似理解。他的第二聯來自〈飲酒〉其五的兩行詩「飛鳥相與還」和「此中有真意」[74]。王維運用與陶淵明詩歌相同的意象並且像陶一樣尋求在自然界中隱藏的意義。就像流水似乎已確定的方式流向終點，鳥兒知道在落山時回家。內在於回歸這一行動之中的是一種自然的準則：它是本能的，一個人「自然」而為的。

陶淵明田園隱逸所代表的諸多方面吸引了盛唐詩人，這在很大程度上清晰地被陶淵明〈桃花源記〉的接受所揭示。此篇包含了一篇敘事散文，並伴隨著一首詩歌。許多唐代詩人暗指這個烏

72 參 Owen, *The Great Age of Chinese Poetry*, pp. 41-44; Wagner, *Wang Wei*, pp. 103-107.
73 宇文所安，賈晉華譯，《盛唐詩》，頁四九；Owen, *The Great Age of Chinese Poetry*, p. 41.
74 《陶淵明集校箋》，頁二二〇。

托邦世界，一些詩人寫作有關於此的詩歌。或許對烏托邦世界最重要的重寫來自王維的〈桃源行〉。陶淵明早期作品的基本情節被繼承下來：一位漁夫碰巧發現一群政治避難者，他們生活在與世完全隔絕的地方已經幾百年了。漁夫在此烏托邦社會居住了一小段時間，之後返回外面的世界，沒有計畫再次回來。但是他確實試圖返回，卻不能找到通向世外桃源的道路。王維描繪了田園圖景，這包括在他許多田園詩中都可找到的特點：

居人共住武陵源
還從物外起田園
月明松下房櫳靜
日出雲中雞犬喧

他之後把此田園圖景看作世外桃源：

初因避地去人間
及至成仙遂不還
峽裡誰知有人事
世中遙望空雲山

不疑靈境難聞見
塵心未盡思鄉縣[75]

儘管這些詩句表明寧靜的田園生活和世外界域緊密相連，這種烏托邦很難以捉摸（「安知峰壑今來變」）。我們注意到王維的改寫缺少陶淵明版本中的幾個關鍵問題。根據陶淵明的描述，桃花源是志同道合之人共同建立的社區，這些人由於有原則的抗議而退隱，以此來抵制腐敗的政府。它以君臣關係的缺失來代表政治的烏托邦。此外，沒有交稅的煩惱和累贅：「秋熟靡王稅。」另外，通過體力勞動，人們可以獲得物質上的自足：

相命肆農耕
日入從所憩
桑竹垂餘蔭
菽稷隨時藝[76]

75　王維，《王維集校注》，一／一六（《全唐詩》，一二五／一二五八）。
76　《陶淵明集校箋》，頁四〇三。

如孫康宜所指出的，陶淵明的烏托邦視野正好與其他地方對其最理想化的「真實」農夫生活的描述具有相似性，[77]其中讀者找到對農活和閒適的指涉。在王維的改編中，幾乎對退隱武陵源的原因沒有進一步的探究。他也沒有明確地提及農事，只不過通過田園的呈現暗示與此有關。他的改編表明其對政治層面（退隱的原則和免稅）或實踐層面（農事的勞力）擁有極少興趣，這些對原作來說卻是至關重要的。相反，王維借用基本的情節和田園背景來表達自己的烏托邦：超脫世俗事務以及在田園環境中享受寧靜的氛圍。

確實，農活的具體細節很少在盛唐的詩歌中展現。葛曉音提出諸如王維和孟浩然這樣的盛唐詩人半退隱或者暫時退隱並不能使他們接觸到多層面或者更深層次的農業生活。[78]他們也對探索田園層面之下的事情缺乏興趣，正如葛曉音指出的：「他們真正喜愛的只是田園生活平和寧靜、

77　孫康宜（*Six Dynasties Poetry*, pp. 22-23）這裡指的是陶淵明〈歸園田居〉其一的第六到第八聯以及其二的第四到第六聯。

78　孟浩然被他同時代的文人看作是一位隱士是重要和值得注意的，因為他在很長時間沒有擔任官職，他只在七三七年的後期到七三八年間被罷相的荊州刺史張九齡招做幕僚，擔任過一個小官。很少有現代學者徑直把孟浩然視為隱士，因為他成年生活的很大一部分時間用來試圖通過提攜、科舉考試和交遊來獲取官職。

優雅高尚的情趣。」[79]像我們在第二章中討論過的那樣，與唐代對待陶淵明隱逸的情況一致，陶淵明詩歌經常談到的農業勞動力和自給自足的艱辛很少在盛唐田園詩中出現。很少的例外之一是儲光羲的作品，他展示了對「農夫—隱士」這一角色的最大熱忱。他的詩歌，比如〈田家即事〉和〈田家雜興八首〉，表明他實際參與了農耕。錢鍾書比較了儲光羲和王維的詩歌，認為儲氏「勞農力田」與王氏「逸農行田」形成了對比。[80]究竟儲光羲在何種程度上真正參與農耕在這裡並不重要，相比之下，他對農村生活的文學再現、對盛唐田園詩歌發展所做出的貢獻顯得舉足輕重。像陶淵明一樣，儲光羲作為參與者而不是局外的旁觀者寫作農事。然而儲氏的田園詩展示了對細節的吹毛求疵，這遠遠超越了陶淵明的詩歌。在〈同王十三維偶然作十首〉之一的開篇幾句，儲氏描述了農夫對天氣的關切：

仲夏日中時
草木看欲燋
田家惜工力

79 葛曉音，《山水田園詩派研究》，頁二二四—二二五。

80 錢鍾書，《談藝錄》，頁九〇。

把鋤來東皋
顧望浮雲陰
往往誤傷苗[81]

農夫很關切土地是否乾旱，以致不停地仰望天空，竟不小心用鋤頭鏟掉了秧苗。在〈田家即事〉的前半部分，農夫對季節變化的意識與耕作的細節相結合：

蒲葉日已長
杏花日已滋
老農要看此
貴不違天時
迎晨起飯牛
雙駕耕東菑
蚯蚓土中出

81《全唐詩》，一三七／一三八四。

田烏隨我飛[82]

這樣精微的耕作細節對儲光羲的親自參與農耕的深度是相當具有說服力的證據。在最後一聯中出現的田烏隨著帶犁農夫是為了吃到新的犁溝中暴露在外的蚯蚓。除了農夫或者細心的觀察者還有誰會知道這些田烏[83]？鋤地、蚯蚓的形狀和牛捕食蚯蚓的描述是如此的精細和傳神，以至於讀者彷彿可以聞到「春天滋潤新鮮的泥土芳香」（借用葛曉音維妙維肖的描述）[84]。

對於儲光羲和其他寫作田園詩的盛唐詩人來說，陶淵明的作品在主題、背景和道具等方面提供了重要的源泉，這些唐代詩人從陶淵明詩作中汲取養料並為他們自己所關切的內容服務。Stephen Owen 正確地指出盛唐文人對陶淵明詩歌的另外一個重要運用，也就是「將陶潛的隨意簡樸與八世紀京城詩人的精緻技巧結合起來」[85]。Owen 通過對王維〈贈裴十迪〉的典範性閱讀清晰地闡明了他的觀點。在此詩中，王氏將與陶淵明詩歌相關的文本指涉（陶淵明的著名「籬」和「賦新

82 同上。

83 Stephen Field 在其“Taking Up the Plow”中提到此精闢的觀點（p. 127）。

84 葛曉音，《山水田園詩派研究》，頁二五九。

85 宇文所安，賈晉華譯，《盛唐詩》，頁五八；Owen, *The Great Age of Chinese Poetry*, p. 49.

詩」）以及一種古語式的簡單和質樸（使用非正式的人稱代詞「我」）與對「富於畫意的靜止景象的經常側重結合起來，這種方式是盛唐詩人技巧的重要組成部分[86]。在描寫景致方面，盛唐詩人將陶淵明的簡單質樸改編成盛唐詩人的繁複潤飾，這也可以通過將包含陶淵明典故的詩句與那些不包括的加以對比從而在較小的規模上（詩句中）找到。接下來的一聯來自著名的〈使至塞上〉，此聯闡釋了王維的形式主義在何種程度上代表了靜止的畫面：

大漠孤煙直
長河落日圓[87]

這種崇高邊塞景象的視覺創作是嚴格的，創作的詩行是具有鮮明對比性的。王維的〈輞川閒居贈裴秀才迪〉展示了一幅生動別致的田園景象，這一首詩與前一聯的許多創作成分和策略一致，但是它的形式主義成分在不斷減弱：

86 宇文所安，賈晉華譯，《盛唐詩》，頁五九；Owen, *The Great Age of Chinese Poetry*, pp. 49-50.

87 王維，《王維集校注》，二／一三三（《全唐詩》，一二六／一二七九）。

渡頭餘落日
墟里上孤煙[88]

王維在這裡與陶淵明〈歸園田居〉第一首的一聯遙相呼應：

曖曖遠人村
依依墟里煙[89]

連綿詞的古語效果與陶淵明詩句平淡、描繪性的語言相符。陶淵明提供一個田園小村莊的「概念」而沒有從視覺精確的角度去定義它。當王維把這些詩句改編成自己的詩句時，他對意象的加工格外留心。由落日和炊煙形成的上下運動所引起的視覺動態與河流和村莊的水平面靜態相對，這表現了他對形式平衡的關切，同時這也是王維精巧技藝的典型標誌。但是通過與王氏前面一聯

88 王維，《王維集校注》，五／四二九（《全唐詩》，一二六／一二六六）。
89 《陶淵明集校箋》，頁七三。

的比照，將陶淵明的語言囊括在與自己相關事情的背景下弱化了視覺結構[90]。

盛唐對陶淵明詩歌的最後改編包括借用他在自我刻畫為退隱士大夫詩中所採用的結構形式。儘管盛唐詩人可能知道他的退隱僅僅是暫時的，但還是採用陶淵明在表現其永訣棄官時所使用的形式。一首能說明此問題的詩歌來自儲光羲的〈田家雜興八首〉之二：

眾人恥貧賤
相與尚膏腴
我情既浩蕩
所樂在畋漁
山澤時晦瞑
歸家暫閒居
滿園植葵藿
繞屋樹桑榆

90 〈使至塞上〉寫作於七三七年〈輞川閒居贈裴秀才迪〉作於王維退隱其在渭水邊藍田的鄉村別墅，大多數學者認為王維購買此別墅的時間不應在七三七年之前。參 Pauline Yu, *The Poetry of Wang Wei*, pp. 45-46。

禽雀知我閒
翔集依我廬
所願在優游
州縣莫相呼
日與南山老
兀然傾一壺[91]

該詩以討論詩人的內在秉性開始，緊隨其後的是對田園圖景的描繪，這解釋了詩人選擇此生活的價值所在。此詩以對通過辭官（即是暫時的）而獲得的自由和閒適的肯定作結。這三個部分的內容可能在不同詩人手中是不同的。例如王維可能用自然山水來代替田園風光，或用間接的肯定來代替直接的展示[92]。同樣的三個結構部分也出現在陶淵明著名的〈歸園田居〉其一中：

少無適俗韻

91 《全唐詩》，一三七／一三八六。
92 參〈酬張少府〉和〈終南別業〉。

性本愛丘山
誤落塵網中
一去三十年
……
方宅十餘畝
草屋八九間
榆柳蔭後簷
桃李羅堂前
曖曖遠人村
依依墟里煙
狗吠深巷中
雞鳴桑樹顛
戶庭無塵雜
虛室有餘閒
久在樊籠裡

陶淵明以闡釋自己的基本性格和內心對自然的熱愛開始。他接著描繪歸隱田園的物質條件。最後，他歌詠其選擇的回報。對於陶淵明來說，這是與官職不可逆轉的斷裂，盛唐詩人從中找到理想結構去詮釋他們自己（暫時）的歸隱。

儘管盛唐詩人以不同方式運用從陶淵明處借來的詩歌材料，但是對其最廣泛的借用是在中唐時期，白居易的〈效陶潛體十六首〉（八一一—八一四）是迄於其時代模擬陶淵明的最長組詩。不像盛唐寫作田園詩的作家改編來自陶淵明的主題、背景和風格而為自己所用，白氏的〈效陶潛體〉是對陶淵明公開的致敬，他的詩歌不局限於代表「田園」的範疇以及與此相關的議題，例如農村生活的價值或者仕隱的對立。在辭官時期以及記誦「與我亦無異」的陶淵明作品之後，白居易的〈效陶潛體〉在扮演陶淵明角色方面取得了相當引人矚目的成就。白氏與陶淵明作品中出現同樣的沉思默想：生命的短暫、受挫的雄心、貧富的困境、在田園歸隱時自適滿足的價值以及飲酒的美德[94]。同時，白氏好像希望理解陶淵明由生活選擇而帶來的自足，他在第三首〈效陶

93 《陶淵明集校箋》，頁七三。

94 參白居易，《白居易集箋校》，五／三〇三—三一〇（《全唐詩》，四二八／四七二一—四七二五）。

潛體〉中模仿與陶淵明相關的標準活動：飲酒、閱讀、撫琴以及作詩，所有這些幫助他在隱居時「持用度晝夜」。他以「始悟獨往人，心安時亦過」作結。[95] 此外，在第九首〈效陶潛體〉中，白氏從陶淵明的詩歌中提取許多詩句來描述他在退隱後的情況。詩句「榆柳百餘樹，茅茨十數間」描述他的物質條件。白氏「榆柳百餘樹」和陶氏足以遮擋後院屋簷的榆柳，以及白氏的十數間和陶氏的八九間的差異都是數量上的差別而不是品質上的。詩句「但有雞犬聲，不聞車馬喧」用來描繪白氏田園風光的寧靜，這分別來自陶淵明的〈歸園田居〉其一和〈飲酒〉其五。最後，通過對陶淵明詩句的改寫，白氏強調了他自我滿足和歸隱的安逸：

稚侄初學步
牽衣戲我前
即此自可樂

95 白居易，《白居易集箋校》，五／三〇四（《全唐詩》，四二八／四七二一）。

庶幾顏與原[96][97]

這些詩句來自陶淵明〈和郭主簿二首〉其一，其中陶淵明歌詠其生活選擇：

弱子戲我側
學語未成音
此事真復樂
聊用忘華簪[98]

96 孔子的兩位弟子顏回和原憲代表了安貧樂道的美德。顏回高興地生活在簡陋的住處，依靠「一簞食，一瓢飲」（《論語》，六．一一）。原憲生活在貧苦的環境中，衣著破爛不堪，此時子貢高車駟馬來拜訪他。對於子貢對他是否得病的關切，原憲回答道貧窮不是疾病，疾病指的是不能把儒家學說應用於實踐中。接下來，他痛斥子貢的炫耀擺闊以及忽略儒家的美德。參韓嬰，《韓詩外傳》，一．五a－b。顏回和原憲也都出現在陶淵明的詩中。

97 白居易，《白居易集箋校》，五／三〇五－三〇六（《全唐詩》，四二八／四七二三）。

98 《陶淵明集校箋》，頁一二八。

陶氏情形疊加在白居易詩歌上使得後者的人物形象退到幕後，促使讀者通過陶淵明的口吻來解讀白居易。

當表演並不忠實於原作，角色扮演最清晰地展現出來。在〈效陶潛體〉的第八首，白居易描繪了陶淵明〈飲酒〉其九的場景，其中一位老年農夫攜一壺酒來訪。在白居易的改寫中，老年農夫沒有建議「詩人—隱士」去「願君汩其泥」，離開隱逸生活[99]，因此沒有給詩人確認其隱居的選擇或解釋其內在秉性的機會，這兩者都是陶淵明最喜愛的方式。在白氏的詩中，這一情況沒有變成白居易為自己向讀者解釋的平臺。相反，改編的結論變成：農夫和詩人一起飲酒，農夫在傍晚時分離開，而詩人則繼續飲酒，在其酒醉中高聲歌唱[100]。在退隱中自適滿足的學者形象被傳達出來。綜合言之，〈效陶潛體〉揭示了白居易在陶淵明的作品中找到了他可採用的詩歌材料和角色，這與盛唐詩人所做相同。在寫作〈效陶潛體〉組詩上，白氏在何種程度上利用陶淵明的詩歌以及他對其多種使用標示出他對陶淵明詩歌的欣賞是多層面的。

儘管在唐代對陶淵明作品的詩學運用是常見的，但那時對其詩歌的批評性鑑賞卻很少。這種局面可能表徵著唐代總體缺少詩歌批評。其中的一個例子是王昌齡將陶淵明的詩歌歸為「閒逸」，此

99 《陶淵明集校箋》，頁二二八。

100 白居易，《白居易集箋校》，五／三〇五（《全唐詩》，四二八／四七二二—四七二三）。

種評價是與陶淵明隱逸實踐相結合而給出的，並沒有把陶淵明的詩歌風格從其主題和背景中區別開來。對唐代詩歌更加豐富的批評資源是中唐僧人皎然（約七二〇—約八〇〇）。他詳細列舉了詩歌經典並涵蓋了陶淵明，將其列於如曹植、劉楨、阮籍、潘岳、陸機和謝靈運並列的位置上，所有這些詩人都居於鍾嶸《詩品》的上品[101]。此外，陶淵明在皎然關於創作藝術的手冊《詩式》中占據重要的位置。此書相當大的篇幅是根據五格而給詩歌分類的，這是依據代表和直接性（沒有被暗喻引用所中介）以及「情格」的質量和優點而做出的降序排列。收錄陶淵明最多詩歌（八首例子）的是第二格「作用事」，似乎是「作用」（藝術努力）和「用事」（典故的引用）的結合。

陶淵明詩歌的一個例子被列為最高格，「不用事」（不用典故）。只有在最高兩格的引用中，皎然才附上一個詞語來闡明他的選擇，用這種方式表明他對最好兩格的特殊關切，在兩者之間品質只有些許的不同[102]。在最高兩格有關陶淵明的九條引用中，最常出現的評論詞是「高」

101 皎然，《詩式校注》，頁一六二。

102 第一格和第二格的不同似乎既是編年上的也是評論術語上的。王運熙和楊明（《隋唐五代文學批評史》，頁三五九）指出：「第一格未見或始見作用，更為自然，故以漢魏古詩為主；第二格尚於作用，故多南朝人詩，並有少數唐人律詩。」兩位學者還指出，兩格的差別不是很大，因為即使皎然喜愛謝靈運的詩歌，他還是將後者主要放在第二格。

（該詞出現三次），皎然在《詩式》的其他地方將此定義為「風韻朗暢」；「意」（該詞出現三次）被定義為「立言盤泊」；達（該詞出現兩次），或者「心跡曠誕」。[103]「高」、「意」和「達」是皎然給最高兩格詩人的標準評價。儘管它們標示皎然如何根據意味深長的影響、富有意義的語言和詩歌的思想狀態把陶淵明詩歌劃分為幾類，但是它們不能揭示對陶淵明詩歌的特定解讀。在《詩式》中沒有對陶淵明詩歌的特定批評性解讀，但是在與潘述（生活於七七〇年左右）、裴濟（生活於七七〇年左右）和湯衡（生活於七七〇年左右）合著的《四言講古文聯句》中皎然用以下方式評價陶淵明的詩歌：「陶令田園，匠意真直。春柳寒松，不凋不飾。」[104]陶淵明的表達具有直接、真切的特色，這一觀點可以追溯到六朝的文學批評。在皎然的評價匯總中，新穎和值得注意的是他提出了陶淵明詩歌達到了中庸境界：他的自然描述既不凋萎枯槁也不綺麗矯飾。詞語「不凋不飾」與陶淵明的詩歌風格有關，特別是他對自然景觀的描寫。但是這段引文仍然保持著富於暗示

103 皎然，《詩式校注》，頁五三—五四。

104 皎然，《皎然集》，一〇．二一a。我對「不凋不飾」的理解受益於皎然在其他地方運用的相同語法結構：「士衡安仁，不史不野。」（《皎然集》，一〇．一b。）「不史不野」的典故來自《論語》，六．一八，其中孔子強調「文」和「質」的平衡對於成為君子是很必要的：「質勝文則野，文勝質則史，文質彬彬，然後君子。」迄於六朝，「文」和「質」的並用代表一種包括形式修飾和意義充實的文學理想。皎然用「不史不野」來指代一種既不迂腐也不粗野的風格，而是「文」和「質」的均衡。

的而不是直陳的語氣，告訴我們陶淵明的詩歌風格不是什麼，而不是他的風格是什麼樣的。

對定義陶淵明風格品質最有價值的論述來自白居易的〈自吟拙什因有所懷〉，他提供了對自己詩歌學風格的描述，從此詩中我們可以推測出他對陶淵明詩歌的理解，因為白氏認為他的風格與陶淵明相仿。

懶病每多暇
暇來何所為
未能抛筆硯
時作一篇詩
詩成淡無味
多被眾人嗤
上怪落聲韻
下嫌拙言詞
時時自吟詠
吟罷有所思
蘇州及彭澤
與我不同時

此外復誰愛
唯有元微之
謫向江陵府
三年作判司
相去二千里
詩成遠不知[105]

白居易這裡列舉了他無法順應當下寫作程式的失敗。與精工技巧的展示相反，他的詩歌提供了笨拙的詞彙和不協調的韻腳，並伴有平淡的風格。只有少數他建構的位於不同時空的文學團體能夠欣賞他的詩歌風格。正如Stephen Owen所說，對於白居易來說，「自發表現出的愚笨顯然變成了一種可貴的價值。」[106]具有容易讀解特徵的平淡及其言外之意也變得有價值[107]，這成為了宋

105 白居易，《白居易集箋校》，六／三三一—三三二（《全唐詩》，四二九／四七三二）。
106 Owen, *The End of the Chinese "Middle Ages,"* p. 22.
107 平淡長久以來在非文學語境中被視為可貴的品質。關於一系列的哲學（《老子》和《莊子》）、性格學（劉紹的《人物誌》）以及音樂學（阮籍的〈樂論〉）的文本例子，參Chaves, *Mei Yao-ch'en*, pp. 117-119.

代重新評價陶淵明詩歌風格的重要參考標準。「淡」和「無味」這樣感官的比喻也出現在鍾嶸批評晉代玄言詩像《道德論》中的平淡格言：在這些詩歌中，「理過其辭」導致了「淡乎寡味」[108]。平淡在中唐詩人的文學批評中第一次獲得了積極的評價，例如白居易[109]很可能發現簡單和平淡的措詞與他所作的大多數詩歌特徵最相一致：詩歌作為反映社會現實的手段和改良道德以及影響政府政策的工具[110]。對我們這裡討論的目的更重要的是，白氏是第一位以一種清晰的方式（即使受過中介）把陶淵明與平淡品質相聯繫的詩人。這些是「平淡」美學在宋代發展的初期重要形式，陶淵明是其中的典範（更多關於此點的討論詳見下文）。

108 鍾嶸，〈詩品序〉，《詩品集注》，頁二四。

109 例如，韓愈（七六八—八二四）運用「平淡」讚美賈島（七七九—八四三）的詩歌；參韓愈，〈送無本師歸範陽〉，《全唐詩》，三四〇／三八一〇。關於韓愈使用該詞語情況的討論，參 Chaves, *Mei Yao-ch'en*, p. 120。François Jullien 指出在文學批評中最早給予「淡」積極價值的使用出現在皎然的《詩式》中。但是，「淡」這個字在討論的引文中似乎是文本訛誤造成的結果。目前版本的標題是「淡俗」，皎然從南朝樂府提供了一個例證，評鑑這種風格：「此道如夏姬當壚，似蕩而貞；采吳、楚之風，然俗而正。」一位現代編者指出，因為標題的「淡」字與該章節的內容無關，鑑於「蕩」的使用，如果我們把「淡」字看成是語音相近的「蕩」字的誤用，標題將會更有意義。事實上，在上文中蕩／俗和貞／正含蓄的並用正支持這一理論。參 Jullien, *In Praise of Blandness*, p. 88 以及皎然，《詩式校注》，頁五三—五四。

110 參白居易，〈與元九書〉，見郭紹虞，《中國歷代文論選》，二：九六—一〇二。

白居易把陶淵明與韋應物（約七三七—約七八九）相提並論，根據後代的文學批評，韋應物是唐代詩人中與陶淵明關聯最緊密的詩人。白居易的並舉值得進一步討論。將詩人並稱或並舉是傳統批評中構成分類和排名的重要途徑。杜甫早先將陶淵明和謝靈運並稱，後者在唐代是最著名和最受仰慕的六朝詩人之一；杜甫的這一並舉事實上將陶淵明提到與謝靈運相當的地位。白居易將陶淵明和韋應物並舉關注的是兩者共有的文學風格。儘管韋氏寫作田園詩和兩首模擬陶淵明文體的詩歌[111]，同時也重寫陶淵明的幾行詩，但是更主要的是白氏和後代的批評家所認可的平淡暢達的品質使兩者聯繫在一起。正如 Oscar Lee 所提出的：「追溯源流並不是『影響』之一，而是創作所共用的原則之一：韋應物可能『模仿』陶潛，但是韋氏主要被視為一位與先前的陶潛共同擁有平淡文學風格的唐代詩人，而不是陶潛個人風格的唐代學徒。」[112]除了風格的相似性外，白氏發現兩位早期詩人之間的地域關聯。在〈題潯陽樓〉（八一五—八一八）中，白氏根據文學的出眾以及地點偶然的關聯將韋氏與陶氏並置在一起。開篇的詩行如下：

111 中唐作家把田園詩分成不同的方向。韋應物著名的〈觀田家〉從關注民生的官員的角度使社會評論和個人冥思處於顯要位置，這遠離陶淵明的田園詩；後者關於「隱士—詩人」陶淵明（他的鄉村生活的快樂以及農活的辛勞）。或許這也更加遠離盛唐總體上關注宜人的鄉村生活的田園詩。

112 Lee, "The Critical Reception of the Poetry of Wei Ying-wu," p. 184.

常愛陶彭澤
文思何高玄
又怪韋江州
詩情亦清閒
今朝登此樓
有以知其然[113]

韋氏曾經在江州任職，也就是陶淵明曾經生活過的地區。既然白居易被貶職到江州任官，他與兩位前輩通過共同生活的地點聯繫在一起。在一個特別的地方寫作詩歌來緬懷與此地相關的古人是通常的做法，那些曾經居住過或者經過此場所的人士回憶起陶淵明創作了許多作品反映其生活和詩歌，便是這一做法的實踐。

對陶淵明詩歌興趣的逐步增加與文人對仕隱關注的加強一起提高了對其詩歌評價和隱逸之間關係的性質。像在第二章中討論過的那樣，吳兆路先生提出盛唐文人總體上對仕途上的成就擁有高

113 白居易，《白居易集箋校》，七／三六〇（《全唐詩》，四三〇／四七四〇）。

昂的進取精神，因此他們不能容忍陶淵明的生活選擇和完全欣賞他的詩歌[114]。吳氏敏銳地觀察到對陶淵明隱逸和詩歌解讀之間的關係，但是這些解讀或唐代對陶淵明的態度不像他提到的那樣直接。正如我們在第二章中看到的，唐代作家對陶淵明的辭官表現出了一種矛盾的心態，而不是壓倒一切的否定。同時，儘管陶淵明作為詩人在唐代的接受史與陶淵明隱逸理想的表現息息相關，但是正是在陶淵明隱逸的背景下，許多唐代詩人才仰慕其詩。對於盛唐詩人來說，陶淵明作品提供了宮體詩和價值的替代品。他的作品代表了退隱於理想世界（遠離官場的空間）從而成為可以實踐的主題和背景的源泉。此外，因為陶淵明作品的詩歌材料和風格的創新影響，他的作品因此被解讀和運用。更加值得注意的是，正是同樣的詩人有時他們認為陶淵明的隱逸選擇是錯誤的，例如王維和白居易，但是他們最廣泛和最認真地運用陶淵明詩歌因而提高了後者的地位。這標示著對陶淵明生活風格的矛盾心態並不妨礙對他詩歌的解讀。在盛唐，陶淵明作為詩人的地位提高了，這為唐代後來文人對其詩歌的仰慕奠定了基礎。例如，許渾（生於七九一年左右）寫到：「賦擬相如詩似陶。」[115]鄭谷（生於八五一年左右）也寫到：「愛日滿階看古書，祗應陶集是吾師。」[116]然而儘管唐代目睹

114　吳兆路，〈陶淵明的文學地位是如何逐步確立的〉，頁一〇六—一〇七。

115　《全唐詩》，五三六／六一二〇。

116　同上，六七五／七七三六。

了陶淵明接受的重要發展，一些唐代材料表明了陶淵明仍然沒有被廣泛接受為一流的作家。在影響深遠的散文和詩歌作家韓愈（七六八—八二四）寫作的一首對文學傳統簡述的詩中，他沒有提及陶淵明。[117]正如錢鍾書所指出的：「然少陵皎然以陶謝並稱，香山以陶韋等類，大拙以陶李齊舉，雖道淵明，而未識其出類拔萃。」[118]

宋代對陶淵明的重新定義和經典化

與唐代相比，宋代在文學性評價陶淵明詩歌方面提供了更多的材料。詩話的出現和跋語寫作的流行對此起了重要作用。在這些以及其他的體裁中，我們找到對陶淵明風格特點和詩學品質更多、更精確的描寫。通覽這些巨量、廣泛的資料，我在陶淵明詩歌接受史中選擇四位最有影響力的批評家：梅堯臣（一〇〇二—一〇六〇）、蘇軾（一〇三七—一一〇一）、黃庭堅（一〇四五—一一〇五）和朱熹（一一三〇—一二〇〇）。除了特別引介這四位批評家的觀點，

117 參韓愈，〈薦士〉，見《全唐詩》，三三七／三七八〇—三七八一。

118 錢鍾書，《談藝錄》，頁九〇。

兩種主要的潮流及其涉及到的個人觀點重新定義了陶淵明作為詩人的重要和持久的方式：對六朝批評和模擬陶淵明的評論。模擬同時也使陶淵明不可模擬性理論的發展處於顯要地位。

梅堯臣在傳統上被看作是定義了宋代詩歌的新特點，它的主要美學觀念是平淡。梅堯臣主張的平淡代表了他成熟的詩歌觀念，這是他晚年經常和持續使用的詞語。在所有的歷代詩人中，根據梅堯臣的說法，陶淵明最好的詮釋了這種理想，前者在一〇四五年給他的朋友寫了一首詩：

詩本道性情
不須大厥聲
方聞理平淡
昏曉在淵明
寢欲來於夢
食欲來於羹[119]

這首詩歌清楚地表明：陶淵明的詩歌典範性地表現了梅堯臣所謂的平淡美學特徵，但是平淡的含

119 梅堯臣，〈答中道小疾見寄〉，參《梅堯臣集編年校注》，一五／二九三。

意並不是不言自明的。像大多數傳統的批評家一樣，梅堯臣沒有以一種清晰、說明性的方式勾勒出其美學概念從而滿足現代讀者的需要。我們必須從其在梅堯臣作品中的多次運用推斷出平淡的定義。在這首詩歌中，平淡似乎指的是以一種節制的方式來表達詩人的本性和真實情感。這裡平淡包括了詩歌語調和造語。其他地方平淡指具體的造語，這是梅堯臣詩歌持久的關注點。在給同儕詩人晏殊（九九一—一〇五五）的一首詩中，梅堯臣寫道：

因吟適情性
稍欲到平淡
苦辭未圓熟
刺口劇菱芡[120]

平淡通過粗略、未經修飾的語言而接近。在另外一篇作品中，梅堯臣基於此點明確地將他的詩歌與陶淵明的詩歌放在一起：「方同陶淵明，苦語近田舍。」[121]

120 梅堯臣，〈依韻和晏相公〉，參《梅堯臣集編年校注》，一六／三六八。
121 梅堯臣，〈晚坐北軒望昭亭山〉，參《梅堯臣集編年校注》，二〇／五三一。一位現代學者指出「苦語」指

梅堯臣運用的平淡的語義範圍不僅止於詩歌的形式方面。現代學者們注意到梅堯臣在給林逋詩集寫的序言中將平淡與順物聯繫起來[122]，這與「淡」（簡單、平靜和乏味）和《莊子》第七章的「順物」遙相呼應，在後者「汝遊心於淡，合氣於漠，順物自然而無容私焉」刻畫了達人的存在形式[123]。在另外一種情況中，梅堯臣指出「造平淡」的難處，這取決於是否具有適合的思想狀態。

作詩無古今
唯造平淡難
譬身有兩目

（續）的是社會底層貧窮詩人梅堯臣的經歷和情感，因此將苦語看作「憤憤不平的語言」或「悲嘆哀悼的語言」。這樣的闡釋可能被苦語的同義詞苦辭的含意所支撐；在上文已部分引用的梅堯臣為晏殊所作的詩歌中：「微生守賤貧，文字出肝膽。」然而在梅堯臣和陶淵明詩歌的對比中，苦語這一複合詞是被農夫的語言所修飾，明確表明「苦」（「未經加工」或者「尖刻」）指的是語言。參程傑，《北宋詩文革新研究》，頁四一九。

122 參 Chaves, *Mei Yao-ch'en*, p. 117; 程傑，《北宋詩文革新研究》，頁四一九。

123 《莊子集解》，二·七／四九。

了然瞻視端[124]

梅堯臣認為平淡等同於對事情清晰、正確的觀念和見解。他對該詞語的不同使用揭示了「平淡」有諸種可應用的類別：情感（平靜）、品味（平淡）以及色彩（蒼白）。這些應用結合在一起表明平淡指的是在詩歌中的總體呈現（造語、語調）反映存在的首要的形式，更加具體的是，一種思考和觀察。

現代評論家使用多種方式試圖把梅堯臣的平淡主張放置在不同的語境中加以解讀。Jonathan Chaves、程傑和陳應鸞將平淡看作對模糊、充滿暗喻和極度講求藝術技巧的西崑體的反應，西崑體以晚唐李商隱為典範，在北宋的最初幾代詩人中間是非常流行的。[125] 李劍鋒先生從心理層面對梅堯臣的平淡風格加以解讀，認為這是對其在四十三歲時失去妻兒和兩個好朋友的反應。[126] 吉川幸次郎以為宋代早期的文人對平淡的興趣並不在於對西崑體的反應而更多的將此看作是更廣闊的文人

124 梅堯臣，〈讀邵不疑學士詩卷杜挺之忽來因出示之且伏高致輒書一時之語以奉呈〉，參《梅堯臣集編年校注》，二六／八四五。

125 參 Chaves, *Mei Yao-ch'en*, 126; 程傑，《北宋詩文革新研究》，頁四一七—四一八；陳應鸞，《詩味論》，頁六八。

126 李劍鋒，《元前陶淵明接受史》，頁二五二。

關注點和詩歌價值轉變的標誌：脫離唐代以強烈情感為特徵的詩歌，這些詩歌關注「生活經歷的最高點」，因而視野相對窄小[127]。相比之下，宋代文人「有意識地去培養平靜（吉川幸次郎對平淡的理解）的心態。他們相信在那樣的氛圍中，人類經歷的多種層面可以被理解並且以最多樣化、最精確和最細膩的方式傳達。」[128]吉川幸次郎的論點與梅堯臣將清晰、獨特地觀察事物與取得平淡兩相對比的觀點相似。梅堯臣對宋代詩歌的闡述反映了當下審美的關注點和價值。

陶淵明詩歌包含了宋代平淡的美學韻味，這引出了許多值得關注的問題。首先，把陶淵明看作平淡使人聯想起蕭統對其詩歌截然不同的解讀：「跌宕昭彰……抑揚爽朗。」前後兩種不同解讀的分歧是巨大的，這不僅反映了個別觀點的不同，也反映了在美學感受上更大的轉變。同樣值得注意的是，一位影響深遠的批評家的新解讀如何成功地使讀者幾乎忘記舊有的觀念。對於現代讀者來說，費力的想像訓練對於體悟陶淵明詩歌「跌宕昭彰」和「抑揚爽朗」是必要的。其次，像上面提到的那樣，平淡作為一個批評術語不是首先來自梅堯臣。這個詞語最早出現在鍾嶸的《詩品》中；在那裡，該詞不是針對陶淵明，而是對玄言詩的輕蔑稱呼，鍾嶸將此詆毀為以詩歌的形式表現哲學

127 Yoshikawa Kōjirō, *An Introduction to Sung Poetry*, p. 32.
128 Yoshikawa Kōjirō, *Sōshi gaisetsu*, p. 50.

術語[129]。在鍾嶸的語彙中，平淡意味著乏味，而「味」占據著中國美學的中心位置。鍾嶸的詩歌滋味論提出源於《詩經》的賦、比、興三種表達方式的平衡。鍾嶸建議詩人「干之以風力，潤之以丹采，使詠之者無極，聞之者動心，是詩之至也。」[130]鍾嶸的滋味論不僅要求在文本中強有力的內容的均衡表現，同時要求多姿多彩以及給人美感的形式。梅堯臣的滋味論包含了更多精妙之處。歐陽修在對梅堯臣的詩歌和吃橄欖的著名類比中進一步闡釋了梅堯臣的平淡美學特點。

近詩尤古硬
咀嚼苦難嘬
初如食橄欖
真味久愈在[131]

---

129 鍾嶸對郭璞的評論以及其〈詩品．序〉，分別參鍾嶸，《詩品集注》，頁二四七，二四。

130 鍾嶸，〈詩品．序〉，參《詩品集注》，頁三九。一個明代版本用「詠」取代「味」，許多現代版本，包括曹旭，選擇「詠」字。似乎用「味」字更好，因為前面一段描繪了五言詩是最具「滋味」的形式以及在接下來一行，「味」與「聞」形成了合理的並列。參鍾嶸，《詩品集注》，頁四一。

131 歐陽修，〈水谷夜行寄子美聖俞〉，參《歐陽修全集》，二／二八—二九。

歐陽修肯定了梅堯臣粗略、未經加工的詩歌的真正味道，儘管此味道逐漸顯現出來。迄於宋代，我們發現在指示物和含意不同的系統中對平淡的重新審視。

因此，陶淵明詩歌平淡的論斷通過美學標準和價值的兩次轉變成為可能。首先，在美學標準的變化方面：鍾嶸的詩歌滋味理論提出好的詩歌充滿滋味，而對於梅堯臣和歐陽修來說，好的詩歌擁有意味深長的滋味，只有在細細品味之後才會感到。簡單和直接的田園語言可能與鍾嶸時代的農夫語言相混，而這種現象在滋味中蘊含淡淡的味道在宋代完全被視為積極的。此外，在與醇厚滋味的對比之中，平淡被看作是表示潛在和矜持，允諾持久的影響力，正如法國漢學家François Jullien精妙地闡釋到：「醇厚滋味的強度和富有魅力注定使它們自身喪失殆盡。」[132]蘇軾會稱讚平淡因其留有餘樂，他在山中訪問兩個和尚以後體會到「茲遊淡薄歡有餘」[133]。其次，平淡概念的轉變：對於鍾嶸來說，平淡意味著滋味方面的失敗。對於梅堯臣來說，平淡代表著詩歌的最高成就。梅堯臣對陶淵明詩歌平淡特點的刻畫不僅表明此種特點代表了平淡的新觀念，而且也說明它符合與此相關的一組嶄新的美學價值[134]。儘管梅堯臣用語的豐富範圍表明在形式方面之外的其他考量，但是他

---

132 Jullien, *In Praise of Blandness*, p. 51.

133 蘇軾，〈臘日遊孤山訪惠勤惠思二僧〉，參《蘇軾文集》，七／三一八。

134 對於梅堯臣把平淡的美學特點歸於陶淵明的詩歌的不同方式該觀念，參李劍鋒，《元前陶淵明接受史》，

認為陶淵明的詩歌平淡是依據其對陶淵明未經雕琢的詞彙和容易理解的詩歌表達方式的解讀。

梅堯臣認為平淡的概念是詩歌成就的必要條件，而他對陶淵明詩歌平淡的解讀被蘇軾進一步發展和豐富，後者是在陶淵明歷史接受中最有影響力的人物之一。在給他侄子提供寫作建議的一封信中，蘇軾提到：「凡文字，少小時須令氣象崢嶸，彩色絢爛，漸老漸熟乃造平淡；其實不是平淡，絢爛之極也。」[135]蘇軾的詩歌發展目的論與梅堯臣晚年平淡美學特點的發展相呼應：在年少時，人們尋求寫出大氣輝煌的作品；成熟時，人們努力追求平淡。但是，對於蘇軾來說，平淡的特點不僅僅是平平淡淡；而是輝煌燦爛的最高境界，這就像宋代流行的一個暗喻所提到的，未加入調料的羹湯是味道最濃的。[136]蘇軾離開梅堯臣的平淡理論進而凸顯了詩美的成分。他通過解讀陶淵明的

（續）頁二四七—二五八。李氏的方法似乎是扼要地闡述而不是歷史化平淡的特點：「梅堯臣把平淡詩美的創作源頭由王維、韋應物進一步向前推到陶潛，比他們（例如，司空圖）更清醒地看到陶詩的藝術價值所在（頁二五八）。」在同一章節中，李氏確實簡略談到「淡」在不同歷史時期的不同用法，但是這不等於將此概念歷史化。

135 蘇軾，〈與二郎侄〉，《蘇軾文集》，佚四／二五二三。

136 參文同（一〇一八—一〇七九）的詩〈讀淵明集〉，九．七b（《資料彙編》，頁二六），其中他把陶淵明的作品比作太羹（或大羹），雖然沒有調味卻「滋味醇醲」。

詩歌進一步展示他的平淡審美感：「質而實綺，癯而實腴。」[137]這樣，他延伸了形式和內容的區別，或者先入為主的印象和多次閱讀之後觀點的不同，在給柳宗元（七七三—八一九）詩歌寫的跋語中，蘇軾認為柳宗元與陶淵明的詩歌相近：

所貴乎枯澹者，謂其外枯而中膏，似澹而實美，淵明、子厚之流是也。若中邊皆枯澹，亦何足道。佛云：「如人食蜜，中邊皆甜。」人食五味，知其甘苦者皆是，能分別其中邊者，百無一二也。[138]

對於蘇軾來說，陶淵明的詩歌事實上並不平淡；它只是表面上呈現出平淡的樣子。只有精明的評論家才會體察出內部和外部的成分，體悟到在平淡表面下所蘊含的膏美。在評價詩歌和做出區分之間的類比要優於詞彙類別（苦或甜），這使人想起司空圖的詩歌理論，其中主要的觀念一言以蔽之：

137　蘇軾在給弟弟蘇轍的一封信中提到此點，後者在〈子瞻和陶淵明詩集引〉中對此加以引用，參蘇轍，《欒城集》（後集），二一．五a（《資料彙編》，頁三五）。

138　蘇軾，〈評韓柳詩〉，參《蘇軾文集》，六七／二一〇九—二一一〇。

「味外之旨」[139]。該詞指向的是純淨的美麗，超越司空圖鹹酸例子差別的普通類別。因為蘇軾在有關閱讀藝術的其他跋語中引用司空圖的詩歌理論[140]，所以他解讀陶淵明詩歌的方式非常可能在某種程度上受到司空圖閱讀（好詩）理論的影響：發展審美的鑑賞力能夠體察出味道的更好等級，看到外表之外、未被加工的類別以及體察到本體之外的膏美。對於蘇軾來說，正是隱藏在平淡外表下的這種微妙的膏美使得陶淵明的詩歌值得品味。

蘇軾勤奮用功地解讀陶淵明的詩歌與他對陶淵明作品具體解讀對後來評論家所產生的影響是同等重要的，後來的批評家解讀、經常重複或者挑戰蘇軾的文學觀點。蘇軾把陶淵明列於詩歌傳統的上位，認為曹植、劉楨、鮑照、謝靈運、李白和杜甫都不能與之相提並論[141]。蘇軾運用陶淵明的詩歌作為標準去衡量詩人發展的成就。他對柳宗元的詩歌評論道：「好奇務新，乃詩之病。柳子厚晚年詩，極似陶淵明，知詩病者也。」[142]柳宗元的詩歌一旦超越了艱辛、費力之外，就接近了陶淵明詩歌完美典範的境界。此外，蘇軾通過兩種方式建立起與陶淵明的相似點：首先，蘇軾聲稱

139 司空圖，〈與李生論詩書〉，《全唐文》，八〇七／八四八六a。
140 蘇軾，〈書黃子思詩集後〉，參《蘇軾文集》，六七／二一二四—二一二五。
141 蘇軾的論斷被蘇轍在〈子瞻和陶淵明詩集引〉中引用，參蘇轍，《欒城集》（後集），二一．五a。
142 蘇軾，〈題柳子厚詩二首〉，參《蘇軾文集》，六七／二一〇九。

自己為前世的陶淵明[143]；其次，蘇軾較為真實地稱自己為陶淵明意氣相投的朋友，能夠理解其志向[144]。他聲稱自己與陶淵明精神上的接近被其現存的一百零九首和陶詩所支撐[145]。「唱和詩歌」是北宋朋友之間通常的做法，但是就像他承認的那樣，蘇軾寫作項目就其數量和時間橫跨的範圍而言都是非同尋常的、沒有先例的[146]。蘇軾的和韻詩在下面將進一步加以討論。

有關閱讀陶淵明詩歌經歷的記載經常從某種見解轉變到訓令。黃庭堅與他的良師益友蘇軾對陶淵明的崇敬一樣，黃庭堅提到一個很好的例證。

143 蘇軾，〈江城子〉，參《東坡樂府》，二／六二。

144 例如，蘇軾的〈書淵明述史章後〉，參《蘇軾文集》，六六／二〇五六。

145 在給蘇轍的信中，蘇軾已經「和其（陶淵明）詩凡百數十篇」的評論表明他的和詩項目是全面的。蘇軾的信被蘇轍在〈子瞻和陶淵明詩集引〉加以引用，參蘇轍，《欒城集》（後集），二一．五 a。大約二十首現存的陶淵明詩歌，蘇軾的和詩已佚，或者蘇軾並沒有創作這些詩。關於蘇軾因一些詩歌不適合自己的情況或包含他想回避的話題進而故意忽略它們的討論，參 Davis, "Su Shih's 'Following the Rhymes of T'ao Yüan-ming' Poems," pp. 101-106.

146 蘇軾的評論被蘇轍在〈子瞻和陶淵明詩集引〉中加以引用，參蘇轍，《欒城集》（後集），二一．四 b。唐代詩人唐彥謙（卒於八九三年左右）寫下一組和陶淵明〈詠貧士七首〉且韻腳相同的詩歌；參《全唐詩》，六七一／七一六六。蘇軾可能沒有注意到這組先例。

血氣方剛時讀此詩如嚼枯木，及綿歷世事，知決定無所用智。每觀此詩如渴飲水，如欲寐得啜茗，如飢啖湯餅。今人亦有能同味者乎？但恐嚼不破耳。[147]

這條紀錄是以一系列的差別和暗喻為基礎的。與覺得這些詩歌很單調沉悶的年輕人和血氣方剛的讀者相比，更加成熟的讀者能夠更好地欣賞陶淵明詩歌的妙處。年齡和智力所形成的差別與蘇軾所承認的平淡的價值在晚年才會得到體認遙相呼應。此外，在黃庭堅看來，即使那些相信自己能夠欣賞陶淵明詩歌的文人也仍然不能全部理解其內涵。黃庭堅告訴我們閱讀陶淵明的作品能夠提供及時的滿足和欣喜；讀者不需要去思考這些作品而去發現其中的滿足，這就像水解決口渴問題是不需要思考的。那些堅持咀嚼（分開來進行分析）陶淵明詩歌的文人將不會取得成功。根據黃庭堅的觀點，更好接近陶淵明詩歌的方法是像液體一樣，而不是像固體一樣；因此讀者會容易吸收其中的精華。這種解讀陶淵明詩歌的對策表明憑本能地自覺去理解而不是經由分析而介入。

黃庭堅在其他地方聲稱採用獨特視角去體悟陶淵明的創造性過程，從而改正前代讀者對陶淵明詩歌的錯誤概念。在討論兩種不同方式介入詩歌創作的跋語中，黃庭堅使用庾信和陶淵明作為

147　黃庭堅，〈書陶淵明詩後寄王吉老〉，參《山谷題跋》，七．九a—b。

典型例子揭示了對於他來說的較好的原則。

寧律不諧而不使句弱，用字不工而不使語俗，此庾開府所長也，然有意為詩也。至於淵明，則所謂不煩繩削而自合者。雖然，巧於斧斤者多疑其拙，窘於檢括者輒病其放。孔子曰：「甯武子其知可及也，其愚不可及也。」[148]淵明之拙與放，豈可為不知者道哉！[149]

不像木匠在切之前用墨繩繪直線，陶淵明徒手描繪他的線條。對於俗人來說，它們看起來是拙劣的，但是事實上它們卻是真正筆直的。詩人創作中講求技巧而把陶淵明的自然天才看作是笨拙。儘管陶淵明「不煩繩削」，他的作品卻與「繩削」的結果保持一致。對於黃庭堅來說，隱藏於陶淵明詩歌創作背後的原則是缺少意圖，呈現為缺少巧妙辦法。黃庭堅在另一處跋語中認定陶淵明的詩歌勝於謝靈運和庾信的詩歌，因為陶淵明很少有人工造作的痕跡以及不像謝靈運和庾信那樣對詩歌精雕細琢[150]。對黃庭堅來說，他所觀察到陶淵明詩歌「不煩繩削而自合」代表了詩歌創作的高級

148 參《論語》，五．二一，引文之前的內容是：「子曰：『甯武子邦有道則知，邦無道則愚』。」

149 黃庭堅，《豫章黃先生文集》，二六．一一b—一二a（《資料彙編》，頁三九）。

150 黃庭堅，〈論詩〉，參《山谷題跋》，七．二b—三a。

形式。黃庭堅側重在缺少意圖、努力和巧妙辦法是與他之前的時期存在著相當大的轉折，特別是六朝時期的審美價值。此外，值得注意的是黃庭堅將同樣的溢美之詞幾乎重複（「不煩於繩削而自合也」）到對杜甫和韓愈晚期作品的評價中[151]。黃庭堅做出這種評價是其觀察陶淵明、杜甫和韓愈多種風格之外，而在他們創作性過程之中的基本相同點，這同時也揭示出他對這一觀念的專注。

黃庭堅通過將陶淵明與杜甫詩歌創作方法並置，發展了他對前者的解讀。不像以上通過與謝靈運和庾信對比的價值判斷不同，這些都沒有出現在〈贈高子勉四首〉之四中提出：

拾遺句中有眼
彭澤意在無絃[152]

「有眼」指的是通過熟練地運用詞語（經常是動詞）使整行變得栩栩如生，因此成為詩歌的關注點，即詩眼。在這聯中，黃庭堅通過詞語來承認杜甫的天賦，並引用陶淵明傳記中的無弦琴典故。

151　參《宋詩話全編》，第六八條。韓愈為樊紹述所寫的墓誌銘來源於「不煩於繩削而自合也」，後者因其成就得到韓愈的讚揚。參韓愈，〈南陽樊紹述墓誌銘〉，《全唐文》，五六三／五七〇五b。

152　黃庭堅，《山谷內集》，一六．四a。

黃庭堅對陶淵明詩歌令人困惑的評價引起了現代學者的多種闡釋。戴建業先生通過陶淵明「只寫胸中之妙而無意於語言之工，出語自然而不屑於雕琢」來闡釋此行[153]。Adele Rickett 提出一種更加引人入勝的解讀，黃庭堅不是側重「不煩繩削而自合」，而是傳達出「言外之意」的觀念。本行是「關於陶淵明的寫作能力，憑此他通過簡短的詞語來傳達意義，而這些詞語引導讀者超越詞彙自身」[154]。在他們各自的詩歌創作中，杜甫選擇完美的詞彙，而陶淵明將他的意向寄託於語言之外（或者用黃庭堅的暗喻，聲音）。無弦琴在六朝和唐代僅僅被看作是超凡脫俗、與眾不同的標誌，但是現在代表一種美學意義：引誘讀者進入文本的正是言外之意（弦外之音）。言外之意在宋代及其以後被廣泛接受為受獎賞的文學品質，而其指向文本永恆意義的可能性[155]。

153 戴建業，《澄明之境》，頁三二九。

154 Rickett, "Method and Intuition," p. 107.

155 「言外之意」這一文學觀念較早出現在劉勰《文心雕龍》的〈隱秀篇〉中：「文外之重旨」（《文心雕龍》，頁四三二）。作為一種詩歌理想，該觀念也以相似的表達方式出現在鍾嶸的《詩品》中：「言已盡而意有餘」（《詩品集注》，頁三九）。在《詩品》中該詞的應用範圍較窄，僅僅指的是來源於《詩經》的三種最初表達方式之一的「興」。在唐代，如皎然和司空圖等評論家發展了這一觀念，並通過以下的表達方式應用於詩歌領域，例如，「情在言外」（《詩式校注》，頁一一五）和「韻外之致」（〈與李生論詩書〉，《全唐文》，八〇七／八四八五b）。在宋代，「含不盡之意，見於言外」的觀念成為最有價值的文學品質之一。

儘管他反感北宋詩人，道德家、哲學家朱熹同意他們認為陶淵明詩歌的一個主要品質在於平淡的觀點：「淵明詩平淡，出於自然。」[156] 他特別強調他在陶淵明詩歌中發現的「蕭散沖淡之趣」，在同一段落中朱熹將此看作是優秀詩歌的典範特點[157]。然而朱熹沒有把「平淡」視為對全部陶淵明詩歌的適當解讀：「陶淵明詩人皆說是平淡，據某看，他自豪放，但豪放得來不覺耳。其露出本相者是〈詠荊軻〉一篇，平淡底人如何說得這樣言語出來！」[158] 朱熹選擇〈詠荊軻〉來證明他的觀點，這絕不是偶然的。在這首詩中，陶淵明讚揚了燕國英勇無畏、忠誠可信的刺客荊軻，他承擔了危險的任務去刺殺嬴政（即日後的秦始皇）。像我在第三章討論的那樣，基於「豪放」來解讀陶淵明的詩歌表明一種高亢的精神，這與朱熹把陶淵明看作道德英雄一致。此外，朱熹在上面引述的段落中從側重陶淵明的詩歌轉變到對他性格的關注也是非常明顯的。對於朱熹來說，「平淡」主要是一種美學標準。一個人詩歌平淡的特色是可以接受的，甚至是值得讚揚的，但是一個人性格上的平淡代表此人不過是一位沒有道德準則的唯美主義者。朱熹保留了北宋批評家的論斷，陶淵明的詩歌

（續）

參記載在歐陽修《六一詩話》中梅堯臣和歐陽修的對話，一：二六七。

156 朱熹，《朱子語類》，一四〇／三三二四（《資料彙編》，頁七四）。

157 朱熹的評論被羅大經所引用，參《鶴林語錄》，甲六／一一三（《資料彙編》，頁七五）。

158 朱熹，《朱子語類》，一四〇／三三二五（《資料彙編》，頁七四－七五）。

可以被刻畫為「平淡」，但是這似乎僅限於對陶淵明詩歌的解讀；朱熹希望確保這種判斷不會導致對其性格的錯誤解讀和判斷[159]。

宋代作家引介了對陶淵明詩歌的不同種解讀，從最終確定的品質到他創作詩歌的方法。在宋代，我們發現在陶淵明接受史上另外一個重要的發展階段：批評家試圖削弱以前對陶淵明的批評，特別是來自六朝批評家的評論，以及聲稱對其詩歌和人格真正本性和價值的獨特理解。例如，南宋批評家葉夢得猛烈抨擊鍾嶸因陶淵明詩歌寓有政治批評之意而將其追溯至應璩，葉夢得將鍾嶸的行為稱之為「陋」。葉氏向他的讀者保證陶淵明確實超越政治，因此含蓄地提出陶淵明的作品不應當被解讀為對政治爭議和不滿的表達[160]。鍾嶸在多個問題上成為眾矢之的。胡仔（約生活於

159　對此段話的不同解讀出現在《朱子語類》中，參李劍鋒，《元前陶淵明接受史》，頁三五二—三五三。李劍鋒解釋將陶淵明詩歌特點刻畫為「豪放」的方式，這是通過將該詞與朱熹在他處給賈誼（西元前二〇〇—西元前一六八）和李白的評語「健」相比較而得出的。李氏繼續解釋道，朱熹對陶淵明性格的道德熱情轉移到對其詩歌風格的評價中，朱熹提供了對陶淵明詩歌的嶄新解讀「勁健豪放之美」這與蘇軾對陶淵明「平淡之美」的闡釋不同（同上，頁三五三）。我想提出的是，朱熹的論點不只是像李劍鋒指出的那樣是一個相反的論點或是新的發展，而是對蘇軾觀點意味深長和直截了當的修訂。朱熹通過強有力地解讀原文對陶淵明詩歌和他的性格持有獨特觀點，他以探討陶淵明詩歌開始，以研究其性格作結。朱熹可能接受陶淵明的詩歌風格是平淡的觀點，但是他一定沒有把這種品質延伸到對他的性格的評價中。

160　葉夢得，《石林詩話》，一：四三三—四三四（《資料彙編》，頁五二）。

一一四七—六七年左右）認為鍾嶸將陶淵明刻畫為「隱逸之宗」是有問題的，前者聲稱這一概括是不恰當的[161]。另一位宋代批評家蔡啟將他的注意力轉移到陶淵明在唐代的接受上：「淵明詩，唐人絕無知其奧者，」這顯示出陶淵明詩歌的真正價值只有到宋代才被像他這樣的作家所發現[162]。

對陶淵明最熱情的辯護者或許是蘇軾，像我們在前面章節看到的，後者解決了關於陶淵明隱逸和人格的諸多矛盾問題，例如，乞食事件以及陶淵明是否達道。我們應該在更系統地否定對陶淵明的負面評價中來理解蘇軾對蕭統評論陶淵明作品的批評。在討論《文選》選文不合情理之處的跋語中，蘇軾認為明顯低水準的作品和作者身分可疑的作品得以入選，然而即使「觀淵明集，可喜者甚多」，陶淵明的作品只有少數幾篇入選。蘇軾不僅對陶淵明在選集中沒有被展示出來不滿，而且也對蕭統對〈閒情賦〉的批評表示不滿，該賦直接露骨的、充滿情慾地描寫一位女人也使蕭統覺得不道德。蘇軾提到此賦：「正所謂〈國風〉好色而不淫……而統乃譏之，此乃小兒強作解事者！」[163]像在上面討論過的那樣，蕭統對該賦的不滿受其對陶淵明文集的崇高道德價值的

161 胡仔，《苕溪漁隱叢話．後集》，三／一七（《資料叢編》，頁五一）。

162 蔡啟，《蔡寬夫詩話》，收入郭紹虞，《宋詩話輯佚》，二：三八〇（《資料彙編》，頁四五）。在同一段落中，蔡啟認為一些唐代作家將陶淵明視為典範，例如韋應物和白居易，他們寫作模擬陶淵明的詩歌。但是，蔡啟補充到後者的擬詩與原作的距離很遠。

163 蘇軾，〈題文選〉，參《蘇軾文集》，六七／二〇九二—二〇九三。

影響。蘇軾通過用蕭統自己的詞語與其交流溝通，強化了他的觀點。蘇軾保留其情慾的內容，精巧地重新組織蕭統對陶淵明作品的批評：「樂而不淫」，因此它被列入經典化的〈國風〉一類。

宋代的作家們像他們的唐代前輩一樣在很大程度上借鑑或者模擬陶淵明的詩歌。蘇軾將這一實踐推向更遠，超越了他的前輩。他的一百零九首和韻詩因在總體上模擬陶淵明的詩歌而被其他作家排在一起。但是蘇軾的擬詩中存在著重要的質量和數量的差別。和韻詩和擬詩（很容易從標題的效、擬或學等標誌來識別）的區別需要一些總體的評價，這些評價也將闡釋蘇軾擬詩的突出特點。和詩與原詩使用同樣的韻腳。細微的差異大致有以下幾種：使用同樣的韻類、同樣的韻詞或者同樣順序中的同樣韻詞。蘇軾的大部分和韻詩都是第三種。相反，擬詩不將一首具體的詩歌當作它的參照文本，而是涉及到一系列作品甚或是作者別集的特點。與原作相比，和韻詩和擬詩兩種體裁在主題、內容與風格方面與原作的相似性因詩而異，差別很大。因此很難概論兩種體裁詩歌的種類，但是在兩者之間的社會性區別是更加顯著的。在北宋時期，寫作和詩通常與朋友所作的詩歌押韻，這就成為一種社會風氣，強烈表達了朋友之間的感情。擬詩在其最深的層次與逝去的詩人交流。蘇軾決定寫詩唱和逝去詩人的作品而不是模擬，這表明詩人希望激起與這種體裁相符的朋友與朋友之間的關係。他決心去寫一組詩歌唱和陶淵明集中的全部詩歌，將這種關係從朋友層面提高到與陶淵明合二為一的境地。在給他的弟弟蘇轍的信中，蘇軾注意到他的行動的史無前例，解釋他個人喜歡陶淵明詩歌及其人的動機[164]。對於蘇軾來說，陶淵明不只是一位優秀的詩歌典範或者在傳統中值得讚揚的人物：蘇軾看到一個人與他的人格相近，蘇軾像陶淵明一樣面對許多相似的問題。尤其突出的是陶淵明在隱居時所遇到的貧困與蘇軾遭貶謫時寫作的大多數詩歌的遭遇相似[165]。總之，他把自己視為陶淵明。

鑑於蘇軾和韻詩的數量和複雜性，對此徹底的總結超出了本書的範圍。幾位現代學者將這些和韻詩分成幾類：從詩歌中表達想法的相似性，到詩歌的主題與原作不同，再到只與原作押韻相同[166]。正是在與原作同主題和觀念的詩作中，蘇軾和陶淵明對話的最精微和值得注意的方面才得以體現。一首帶有解釋性的詩歌是蘇軾和韻陶淵明的〈九日閒居〉，陶淵明的原詩如下：

164 參蘇軾的信，蘇轍在〈子瞻和陶淵明詩集引〉中對此加以引用，參蘇轍，《欒城集》（後集），二一．四b—五a。也可參本書頁二六七第一四六條注釋。

165 大部分和韻詩作於蘇軾被貶謫在惠州（一〇九四—一〇九七）和儋州（現海南島，一〇九七—一一〇〇）。

166 鮑霦（《陶詩蘇和較論》，頁二二—二三）將和韻詩分為六種：「與陶旨意一致者；因陶而抒感者；敘事異而表現精神一致者；敘事同（近）而旨意相異者；事意殊而不離陶者；與陶不相涉及者……純係借韻為詩。」宋丘龍（《蘇東坡和陶淵明詩之比較研究》，頁二三二—二三三）將和韻詩分為四種類型：「仿陶」、「本色」、「相間」以及「借韻」。

世短意常多
斯人樂久生
日月依辰至
舉俗愛其名
露凄暄風息
氣澈天象明
往燕無遺影
來雁有餘聲
酒能祛百慮
菊為制頹齡
如何蓬廬士
空視時運傾
塵爵恥虛罍
寒華徒自榮
斂襟獨閒謠
緬焉起深情
棲遲固多娛

淹留豈無成[167]

蘇軾的和詩如下：

九日獨何日
欣然愜平生
四時靡不佳
樂此古所名
龍山憶孟子[168]
栗里懷淵明

167 《陶淵明集校箋》，頁七〇。

168 孟子（孟嘉，生活於四世紀中期）是陶淵明的外祖父，陶淵明曾為他做傳。陶淵明回述在重陽節之際征西大將軍桓溫、與其參軍孟嘉、桓溫的其他屬下和賓客外出的軼事。一陣強風將孟嘉的帽子吹落在地。桓溫暗示他的屬下和賓客保持安靜，這樣他可以看到孟嘉的反應。孟嘉沉浸於宴飲之中沒有留意這一現象。過了片刻，孟嘉如廁，但還是沒有發現帽子已不在頭上。後來，桓溫命人將帽子撿起並歸還給孟嘉。參《陶淵明集校箋》，頁四一二。

鮮鮮霜菊豔
溜溜糟床聲
閒居知令節
樂事滿餘齡
登高望雲海
醉覺玉山傾
長歌振履商169
起舞帶索榮170
坎坷識天意
淹留見人情

169 鄭崇擔任漢哀帝（西元前六—西元前一）的尚書僕射，上書阻攔皇帝封傅太后從弟商。參〈漢書・鄭崇傳〉，七七／三二五五。

170 索榮指的是榮啟期，他因為貧窮只能用繩子當腰帶。在〈列子・天端〉（《列子注》，一／六）中，孔子在外出遊泰山時遇見榮啟期「鹿裘帶索，鼓琴而歌」。當孔子問及其快樂的源泉時，榮啟期回答道他是人、男人及行年九十，這表明在生命中最重要和最基本的事情與財富和地位無關。榮啟期在陶淵明詩歌中出現幾次。

但願飽秔稌
年年樂秋成[171]

兩首詩的主題都是重陽節（農曆九月九日），在登山、飲酒和賞菊花傳統活動之後思考人生。陶淵明詩歌的主要內容包括與物質世界（貧窮和死亡）的和諧統一以及對他選擇的生活的確認。這些觀點通過缺少抒情遣懷的酒而帶來的明顯失望（陶淵明貧窮程度的暗示）而更鮮明地表達出來。像陶淵明一樣，蘇軾的詩歌是其接受生活不幸的明證以及生活於滿足中的決心。然而，蘇軾在陶淵明原詩滿足的基礎上往前邁了一步。蘇軾詩歌的側重點在於快樂，我們注意到「樂」及其同義詞經常出現在蘇軾的這首作品中。陶淵明原作的清醒、抑鬱的語調被蘇軾詩歌的興高采烈所彌補，蘇軾在其作品中快樂地享受歲月變遷和生活本身。貧窮（陶淵明非常貧窮以致無錢買酒）程度的不同不足以說明蘇軾在同主題和觀念上表達的差異。進一步來說，蘇軾對陶淵明詩歌的回應是一種「避免在貶謫時悲苦和自我憐憫的承諾」，這樣會更好地理解蘇軾的觀點，Ronald Egan 觀察到這種態度在蘇軾的和韻詩以及貶謫時期所寫的其他作品中都有出現[172]。

171 蘇軾，《蘇軾詩集》，四一／二二五九—二二六〇。

172 Egan, *Word, Image, and Deed in the Life of Su Shi*, p. 236.

隨著陶淵明作品越來越流行以及擬作和文學借鑑的增長，宋代作家開始通過將後代作品與陶淵明原作相比較來評價前者的作品。從這些討論中發展出陶淵明不可模擬的觀念，這一觀念的重要性在於將陶淵明的地位提高到絕對的詩歌典範。議論性的開篇「陶淵明所以不可及者」出現在許多作家的批評性作品中，特別是南宋作家。眾多關於陶淵明不能被模擬以及無法企及的理論（其中有些重複）紛紛出現。批評家惠洪（一〇七一—一一二八）指出陶淵明詩歌「不煩繩削而自合」的原因：陶淵明「似大匠運斤，不見斧鑿之痕。不知者困疲精力，至死不之悟。」[173] 其他人側重在陶淵明詩歌中缺少主觀目的性。葉夢得在此點上表達得最清楚：陶淵明「直是傾倒所有，借書於手，初不自知為語言文字也，此其所以不可及。」[174] 根據此觀點，陶淵明的詩歌直接來自內在的情感，而不是通過主觀構思揣摩去寫作深思熟慮的作品。

對陶淵明不可模擬的最通常的說法是根據對其「自然」觀念的理解，這種品質在他的作品中經常被視為其他品質的來源。例如，楊時（一〇五三—一一三五）提到「陶淵明詩所不可及者，沖澹深粹，出於自然。若曾用力學，然後知淵明詩非着力之所能成。」[175] 朱熹與楊時的觀

173 惠洪，《冷齋夜話》，一／一三（《資料彙編》，頁四六）。
174 葉夢得，《玉澗雜書》，四b（《資料彙編》，頁五二—五三）。
175 楊時，《龜山先生語錄》，一．四a—b（《資料彙編》，頁四三）。

點相似，他將平淡的品質追溯為一種自然特色：「淵明詩平淡，出於自然，後人學他平淡，便相去遠矣。」[176]朱熹進一步將對陶淵明自然的觀點應用於評價蘇軾的和韻詩中，將模擬陶淵明的難度甚至無效性凸顯出來。

> 淵明所以為高，正在其超然自得，不費安排處。東坡乃欲篇篇句句依韻而和之，雖其高才，合揍得著，似不費力，然已失其自然之趣矣。[177]

對朱熹來說，無論詩人的才能高下，模擬的行動意味著一種主觀的努力，這與陶淵明詩歌的自然表達和創作準則相違背。此外，朱熹討論陶淵明詩歌中的自然，這是一種直接的表達以及技巧、主觀能動性或者努力的缺席。自然作為一種綜合品質影響了陶淵明作品的其他的品質。迄於南宋後半段，陶淵明的「自然」已經被廣泛地接受為他的不可置疑的傑出標誌。在《滄浪詩話》的一段文章中，嚴羽（生活於一一八〇—一二三五年）比較了陶淵明和謝靈運的詩歌，指出「謝所以不及陶

176 朱熹，《朱子語類》，一四〇／三三二四（《資料彙編》，頁七四）。
177 朱熹，〈答謝成之〉，參《朱熹集》，五八／二九四七（《資料彙編》，頁七六）。

者，康樂之詩精工，淵明之詩質而自然耳。」[178]此外，把「質而自然」優於「精工」看成是不言自明的觀念相當引人注目，這表明對基於同樣情況卻判定陶詩劣於謝詩的一組六朝審美價值的完全倒置。

宋代批評家對陶淵明作品所體現出的自然的理解是值得進一步探討的，因為在宋代，自然的對立面是謝靈運的「精工」之作，而後者正是六朝時期認為的自然的代表。《南史》顏延之傳記描述了六朝時期對謝靈運自然的認識。在與鮑照的對話中，顏延之問及自己的詩歌與謝靈運相比如何。鮑照答道：「謝五言如初發芙蓉，自然可愛。君詩若鋪錦列繡，亦雕繢滿眼。」[179]鮑照對自然的理解取決於過度、明顯的講求技巧的對立面，他用芙蓉作比，這表明一種清新和美麗。因為謝靈運與顏延之相似，兩者在文學藻飾和技巧方面卓絕蓋世，謝靈運在南朝被廣泛地視為晉宋最傑出的詩人之一。我們沒有理由假設鮑照有另外的理解。因此，似乎在鮑照的猜測中，自然和文學藻飾不存在必然的矛盾，只要後者沒有轉變成過度，以致墮落為俗麗。

蕭綱在梁代重要的文學理論文章〈與湘東王書〉中表達了相似的觀點。在對當下的思潮做出的評論中，蕭綱嘲笑那些執迷不悟的文人努力去模仿謝靈運：「謝客吐言天拔，出於自然，時有

178 嚴羽，《滄浪詩話校釋》，頁一五一。

179 《南史》，三四／八八一。

不拘，是其糟粕……是為學謝則不屈其精華，但得其冗長……謝故巧不可階。」[180]蕭綱將謝靈運的詩歌刻畫為自然和精工。在南朝，「巧」指的是「精工」，不僅指技巧，更加具體的指準確抓住事物形態的藝術，也就是說，對自然事物和場景描繪的形似。「巧」經常被南朝作家用作形似的代名詞或是對某種產生形似技巧的修飾。例如，鍾嶸指出張協（卒於三〇七年）的風格為「巧構形似」，這一風格影響了謝靈運的寫作，進而被稱之為「巧似」[181]。正如我們將要看到的，技巧和人工造作並沒有排除在蕭綱和鍾嶸的「自然」觀念之外，後者把「自然」和「巧」賦予謝靈運詩歌的特色。進一步來說，自然和技巧一起使謝靈運的詩歌難以模仿。謝靈運自然的不可模仿性不是不言自明的，因為「巧」表明技巧，而這從理論上來講是可以學到的。但是，在實踐中，一種如此高度完善的技巧是很難被重複的。蕭綱提示他的讀者不要把謝靈運當作典範，這既因為他的技巧不能被學到又因為他的寫作是充滿靈性的，這告訴我們不應該認為自然和人工造作是互相排斥的兩極。

180 蕭綱，〈與湘東王書〉，參《全梁文》收入《全上古三代秦漢三國六朝文》，一一／三〇一一a。

181 分別參鍾嶸，《詩品集注》，頁一四九，一六一。關於「巧」和「形似」相關聯的其他例子，參沈約〈謝靈運傳論〉，其中他提到「相如巧為形似之言」（《宋書》，六七／一七七八）；顏之推（五三一—五九一）的《顏氏家訓》之〈文章〉，其中顏之推指出「何遜詩，實為清巧，多形似之言」（顏之推，《顏氏家訓集解》，九／二九八）。

鍾嶸也將這種自然品質與謝靈運的詩歌相聯繫。鍾嶸的自然觀念受其批評當下文學語境中典故氾濫的影響：「句無虛語，語無虛字，拘攣補納，蠹文已甚。但自然英旨，罕值其人。」[182]自然因此被定義為使用典故的對立面。另外，在鍾嶸的〈詩品・序〉中，他用積極的詞語表明什麼對他來說是自然的。他引用了四句經典的詩句作為例子，而這些例子都不用典故，其中之一是謝靈運的「明月照積雪」[183]。鍾嶸引此之後以反問的口吻提到：「『明月照積雪』，詎出經史？觀古今勝語，多非補假，皆由直尋。」[184]鍾嶸也在對謝靈運的評論中暗示了這種對自然的理解，他觀察到謝靈運最高超的是「寓目輒書」的本領[185]。謝靈運直接將眼前之景描繪下來並不需要典故的中介。

在六朝，文學對偶原則被視為展示了自然的特點。這種觀念受關聯思維主導的宇宙論的影響。在《文心雕龍》中，劉勰提出：「造化賦形，支體必雙，神理為用，事不孤立。夫心生文辭，運裁百慮，高下相須，自然成對。」[186]寫作因此不可避免地被視為自然雙重結構的再現。

182 鍾嶸，〈詩品・序〉，參《詩品集注》，頁一八〇—一八一。

183 該詩句來自謝靈運的〈歲暮〉，現在已經亡佚。

184 鍾嶸，〈詩品・序〉，參《詩品集注》，頁一七四。

185 鍾嶸，《詩品集注》，頁一六〇。

186 參劉勰，《文心雕龍注釋》，第三十五章〈麗辭〉，頁三八四。對於此篇的討論，參 Andrew Plaks, "Bones of Parallel Rhetoric in *Wenxin diaolong*," pp. 163-173.

像所有六朝時期備受推崇的作家一樣，謝靈運符合這種標準，善於寫對偶。因此六朝的自然觀念包括文學對偶，明晰和直接的表達而不帶有過度的雕琢和典故的參雜。宋代的批評家同意自然與明顯的雕琢是不協調的，而與直接的表達相關。然而他們不會把謝靈運的詩歌看作自然，因為他們與六朝文人的自然觀念在重要的方面相差很大。在宋代，自然不再與對偶相聯，而具有缺少人工造作、主觀努力和主觀能動性的特點。對於宋代的批評家來說，陶淵明的詩歌代表了這些品質，因此被認為自然。

六朝和宋代對自然觀念理解的差異可以放在「文」的含意的歷史轉變中來進一步考察。對於六朝的批評家來說，「文」自然而然地變得越來越繁複和雕琢。這種觀點在蕭統的《文選・序》中清晰地表達出來：

若夫椎輪為大輅之始
大輅寧有椎輪之質
增冰為積水所成
積水曾微增冰之凜
何哉？
蓋
踵其事而增華

變其本而加厲
物既有之
文亦宜然[187]

華麗程度的逐漸增加被看作是文學發展的自然方向。將文學的發展和自然事物的發展並置，這事實上使藻飾「自然化」。這種對自然過程的理解是思想和文化語境的一部分，其中謝靈運的詩歌被讚賞為既自然又華麗。中唐到宋代的復古作家一致認為「文」順著一條逐漸華麗的道路前行，但是認為這種發展已經達到了過度和頹廢的程度。唯一的解救方式是將「文」恢復到其比較簡單（古代或古語）的起源。復古運動更加廣闊的文化和政治背景在於依賴過去優於現在的假設。在眾多宋代復古情感的表現中，與我們討論最相關的是文學上對自然、簡單和內容充實的偏愛。這些品質使其符合宋代對自然的理解顯得並不偶然。因此，宋代復古潮流為觀察自然觀念的不斷變化提供了有價值的觀點。

迄於宋，陶淵明不再被看作是道德楷模或偶爾作詩的具有美德的人物，而後兩者正是六朝時期對陶淵明的普遍觀點。宋代作家與之相反不時地通過更加嚴謹的文學術語介入陶淵明詩歌。他們

187 蕭統，《文選》，頁一。

對陶淵明詩歌的接受不再像唐代的大多數例子那樣必須根植於其退隱中。宋代作家以權威者姿態聲稱他們對陶淵明詩歌擁有獨特和正確的理解。他們告訴讀者如何理解和解讀陶淵明的詩歌（區分其詩歌的內在與外在的層次；靠直覺去理解和體悟他的詩歌）。他們描述了陶淵明創作詩歌的方式（「不煩繩削而自合」，缺少努力或者主觀能動性）。他們具體指出陶淵明詩歌的主要品質（平淡和自然）。將這兩種品質賦予陶淵明的詩歌取決於對舊有觀念的重新改訂，這受到新的審美標準和價值的影響，它們也符合當下對陶淵明詩歌理解的美學標準。最後，他們分析陶淵明詩歌（一種特定的自然以及缺少人工造作，努力或者主觀能動性）難以模擬的成因，斷定沒有與之匹敵的詩歌。

宋代可以說構成了陶淵明接受史中最重要的時期，因為陶淵明作為詩人的名聲在此時期達到了新的高度。在六朝時期，他的詩歌被很少人閱讀，被更少的人欣賞。在唐代，陶淵明成為了一代詩人的詩歌典範以及被眾多詩人所推崇。但是正是在宋代，陶淵明取得了無與倫比的傑出地位，他被視為整個中國文學傳統中最優秀的詩人之一。這在很大程度上取決於宋代主要作家巨大、持久的影響，比如梅堯臣、蘇軾、黃庭堅和朱熹。此外，他們的解讀形塑了後代讀者（包括現代讀者）如何解讀和理解陶淵明。不僅對他的詩歌的具體解讀在今日仍然是經典性的理解，而且對他在文學經典中的崇高地位的一致認可也是從宋代開始的。像我們在第二、三章中看到的那樣，蘇軾和黃庭堅一起合力為陶淵明辯護，回擊批評和「修正」前代的解讀和誤解，這不只包括陶淵明的作品也包括他的行為。通過宋代對陶淵明的重新評價，迄於宋末，他成為無可爭議的文化偶像。批評家會側重他的人格的諸多不同方面（超凡脫俗的隱士、真率集中體現的賢德人格或者儒家道德楷模），但是所有文人都認同其詩歌的卓絕蓋世。

第五章　文學接受 第二部分：明清時期

在明清時期，不僅陶淵明在文學經典中的地位毫無異議，而且較早時期特別是宋代對陶淵明詩歌的刻畫總是被重複或重申。從這種角度來說，明清時期代表了陶淵明接受史的後經典時代。儘管直率所支撐的平淡和自然品質仍然是解讀陶淵明詩歌的標準，這些觀念不時構成或者與明清時期表達文學關注的一套新批評術語例如「本色」和「性靈」相結合[1]。我們發現明清時期沒有出現像宋代那樣截然全新地解讀陶淵明詩歌的語彙，但是總體上出現三種詮釋陶淵明的方式。第一種是文學史解讀，這種方式不同於把陶淵明的名字放置在按年代排序的經典作家的清單上，或者討論主要作家的特點和每一個時期的主要潮流，而是考察陶淵明的詩歌如何被寫入文學史，這包括某種詩體（例如，五言古詩或四言古詩）演變的宏觀研究。第二種方式是文本分析，這有別於鑑賞一首詩歌的幾行或者引用其中的部分去支持某種觀點。這種解讀類型包括對文本措詞、意義、結構部分以及它們之間關係的仔細考察。第三種方式是考證，眾多清代學者運用此方法證明陶淵明作品中基本的傳世「事實」，比如，創作時間以及對人物和地點的確認。我們將會看到，這些新的闡釋方式反映了更廣闊的學術思潮，例如文人對復古主義和科舉考試過程的重視，以及考據研究的繁榮。

1 「本色」與自然、不做作的寫作方式歸於陶淵明的一個例證，參唐順之（一五〇七—一五六〇）〈答茅鹿門知縣〉，《荊川先生文集》，七．九ａ—一〇ａ。關於陶淵明所代表的「淡」的觀念，與真正的文學「性靈」相關，參袁宏道（一五六八—一六一〇）〈敘咼氏家繩集〉，《袁宏道集箋校》，三五／一一〇三。

文學史中（外）的陶淵明

明代批評家廣泛從文學史角度評價陶淵明，這與復古運動似乎同時發展起來。復古運動與對過去作家批判性評價，模仿古人的理論性方式，以及出於模擬的實際需要。[2] 這種對文學史的特別關注似乎與對過往作家公允評價的關切，以及選取其中的典範加以模擬同時發展。明代的復古者對於適當的詩歌創作技巧倍感焦慮，他們考察每種詩歌文體的發展過程、審美特點以及藝術特質，評斷各種詩歌風格的優劣。他們最終將這些方面放在一起形成了一種統一的文學史視野。陶淵明在這種文學史中的地位可能是帶有爭議的，因為復古者欣賞點主要局限在漢魏以及盛唐時期的一組古代典範，這是受嚴羽認為漢魏晉以及盛唐代表「第一義」觀點的影響。[3] 正如戴建業先生所指出的，漢魏和盛唐之外的時期（例如六朝）遭到輕視，這可能是導致少數復古派文人對陶淵明負面評

2 對於明代復古運動的詳細研究，參廖可斌，《明代文學復古運動研究》。也可參 Lynn, "The Talent Learning Polarity in Chinese Poetics" 和 "Alternate Routes to Self-Realization in Ming Theories of Poetry."

3 嚴羽，《滄浪詩話校釋》，頁一一。正如廖可斌指出的，這種可以接受的模擬典範的範圍僅僅代表一種最狹隘的觀點。一種更加包容的模式將盛唐以前的所有時期當作典範。廖可斌的更加溫和的復古觀點通過綜合表達方式簡潔地表達出來：「詩必盛唐以上」（《明代文學復古運動研究》，頁一一八）。

價的原因之一。[4] 然而，這些復古文人所採用的評價陶淵明詩歌和地位的歷史方法在陶淵明接受史的研究中是更值得注意的。

從文學史的角度研究陶淵明作品的較早論述可以在復古運動前七子的代表何景明（一四八三—一五二一）的評語中找到，其與前七子長者李夢陽（一四七三—一五三〇）關於模擬古代文人適當方法的辯論被記載在〈與李空同論詩書〉中。[5] 何景明思考詩歌和散文的歷史發展談到：

> 僕嘗謂詩文有不可易之法者，辭斷而意屬，聯類而比物也。上考古聖立言，中徵秦、漢緒論，下采魏、晉聲詩，莫之有易也。夫文靡於隋，韓力振之，然古文之法亡於韓；詩弱於陶，謝力振之，然古詩之法，亦亡於謝。[6]

---

4 戴建業，《澄明之境》，頁三三八。後七子之一的王世貞（一五二六—一五九〇）在《藝苑卮言校注》（一／二四）中探討了此明顯的狹隘觀點：「世人《選》體，往往談西京、建安，便薄陶、謝，此似不曉者。毋論彼時諸公，即齊、梁纖調，李、杜變風，亦自可采。」王世貞在這裡以及其他地方建議他的復古同儕一旦適當的根基得以鞏固，他們應該開闊他們模擬的選擇餘地。

5 關於何景明和李夢陽辯論的相關事宜，參廖可斌，《明代文學復古運動研究》，頁一二四—一三二；郭紹虞，《中國詩的神韻、格調及性靈說》，頁四〇—四二。

6 何景明，〈與李空同論詩書〉，參郭紹虞，《中國歷代文論選》，三：三八（《資料彙編》，頁一三六）。

這段篇章所隱含的問題是復古派關於模擬的中心觀念「法」的延續和中斷。何景明將詩歌和散文中「法」的斷裂歸於陶淵明的詩歌與隋代（五八一—六一八）的散文。謝靈運和韓愈通過他們的各自努力挽回詩歌和散文的衰落，為這兩種體裁的發展指明了新的方向，因此由古代文人流傳下來的「法」由他們所終結。何景明對謝靈運和韓愈的評價後來被誤解為對兩位偉大作家的攻擊。然而，根據廖可斌先生最近對明代復古運動的徹底研究，他闡明了何景明承認和欣賞謝靈運和韓愈的創新思想，後兩者遵從古代文人創立的規則而寫作，這與貫穿於何景明話語中的通過模仿來創新的觀念相符。[7] 何景明對陶淵明在歷史過程中所扮演角色的評語同樣引起了後代批評家對偉大詩人的強烈辯護，他們錯誤地將「弱」引作「溺」，否決了何景明的評斷「則誠如何說」。[8] 然而何景明評斷背後所運用的歷史對比方法應該被承認，正如寥可斌先生所提到的：「他（陶淵明）的

7 廖可斌，《明代文學復古運動研究》，頁一二〇。

8 參毛先舒（一六二〇—一六八八）《詩辯坻》的〈辯何篇〉，收錄在郭紹虞，《中國歷代文論選》，三：四二—四三；錢謙益（一五八二—一六六四）在《列朝詩集小傳》中對何景明的部分評價被郭紹虞引用，參《中國歷代文論選》，三：四五。同時可參廖可斌對這些作家的評論，《明代文學復古運動研究》，頁一一八—一二〇。復古運動的另外一名批評家胡鳳丹（一八二三—一八九〇）聲稱：「文必如昌黎……詩亦比如靖節」，他用被何景明「批評」的兩位作家代替了《明史》中記載的李夢陽關於詩文典範的著名警句：「文必秦漢，詩必盛唐。」（《資料彙編》，頁二六〇；《明史》，二八六／七三四八。）

詩歌以自然為宗，與漢魏古詩古雅凝重的風格相比，法度、氣韻確實要『弱』一些。」[9]何景明事實上將陶淵明的詩歌放在他所謂的「法」的歷史倒退的背景中，而沒有評判陶淵明作品的美學價值。他的「法」的觀念解決創作問題（例如，結構的安排以及觀念的並列），但是並沒有側重古代美學理想和特點以及抒情和想像性[10]。何景明對陶淵明詩歌的解讀更加側重它的歷史意義而不是美學特點，他將陶淵明視為古代詩歌史中的關鍵人物，只不過他標誌著古詩的弱化。

何景明在另一篇文章中對另一位經典詩人的評論進一步解釋了他的文學史觀念。在〈明月篇〉的引言中，何景明將杜甫的詩歌放置在文學傳統中，評論道：「子美辭固沉著，而調失流轉，不如唐初四子音節可歌。」[11]「調」是復古派文學「格調」論的核心部分。「調」應指文學創作的某些層面，例如情感、潤飾以及聲音，「格」指的是技巧、「法」和內容[12]。這篇序言表明杜甫詩歌的格調可能是有缺陷的，因為他的詩歌「博涉世故」，因此展示了與《詩經》雅、頌的接近，這兩者在鋪陳事件上很充分，因此杜詩離開抒發「性情」的「風人之義」。這條評論可能針對杜甫運

9 廖可斌，《明代文學復古運動研究》，頁一一九。

10 廖可斌，《明代文學復古運動研究》，頁一二九。

11 何景明，〈明月篇〉序言，參《大復集》，一四・一四b—一五a。

12 對「格調」觀念的精采討論，參廖可斌，《明代文學復古運動研究》，頁一〇八—一一七。

用詩歌來敘述事件和闡發道德議論，兩者總體上遭到復古學者的反對。[13]明代復古文人強烈抨擊受宋代道德家影響的詩學，這種詩學在犧牲「情」的前提下側重「性」以及高揚「理」勝於「情」。因此，他們提倡重新審視詩歌的起源：「情」。另外一位明代評論家明確地將杜甫和宋代的詩人相聯繫。焦竑（一五四一－一六二〇）回憶起鄭善夫（一四八五－一五二三）對杜甫詩歌的評論：「宋人學之，往往以文為詩，雅道大壞，由杜老啟之也。」[14]

或許楊慎（一四八八－一五五九）是復古作家中對杜甫的文學史遺產抨擊最猛烈的一位，他試圖既闡明杜甫在絕句（尤其是七言詩）方面失敗的原因，又挑戰他「詩史」的稱謂。根據楊慎的觀點，絕句的大家應是王昌齡、李白、劉禹錫（七七二－八四二）和杜牧（八〇三－八五二）：

> 少陵雖號大家，不能兼善，一則拘於對偶，二則汩於典故。拘則未成之律詩而非絕體，汩則儒生之書袋而乏性情。……近世有愛而忘其醜者，專取而效之，惑矣。[15]

13 廖可斌在《明代文學復古運動研究》中提及此點，頁九七。

14 這條評論來自焦竑的《焦氏筆乘》，參陳田，《明詩紀事》，丁籤，四／一一八一。也可參廖可斌《明代文學復古運動研究》對此篇章的研究，頁九八。

15 楊慎，《楊慎詩話校箋》，頁四二五。

這種評論表明杜甫不能自如地創作絕句，因為這種詩體太短而不適合敘事或議論，同時這種詩體似乎被一種持續不減的個人情感所支撐，這不適合杜甫的高度技巧化以及帶有道德議論性的興趣和長處。[16] 因此，楊慎懲戒他的同儕不加選擇地採用杜詩為所有詩體的典範而沒有考慮每種詩體的不同美學特質，以及沒有運用一套客觀的標準。

此外，楊慎批評宋人在評論家杜甫時將詩歌和歷史融合在一起的做法。他指責宋人把「詩史」的標籤加在杜甫身上。對於楊慎來說，對經書的分類有著嚴格的界限：《詩經》道性情；《尚書》和《春秋》用以記史，「左記言，右記事」。[17] 楊慎推論到：「若詩者，其體其旨，與《易書春秋》判然矣。」[18] 儘管楊慎明確地反對宋代作家將詩歌和歷史混淆而不是反對杜甫，但是他反對使用「詩史」這種稱謂讓人想起何景明等人將矛頭直指杜甫的詩歌：事件的敘述遠大於性情的表達，議論性的話語遠大於悅耳動聽的語言。廖可斌先生提醒讀者不要把這些評論看作是對杜甫的批評：「要說是批評杜甫，倒不如說主要是批評宋以後人特別是理學家們對杜甫的誤解、歪曲和利

16 我得益於廖可斌在《明代文學復古運動研究》中對此篇的討論，頁九八—九九。
17 楊慎，《楊慎詩話校箋》，頁九九。
18 同上。

用。」[19]確實，明代復古派的批評沒有構成對詩人的否定，杜甫仍然被看作是最受他們推崇的典範之一。這裡同樣值得注意的是，杜甫的詩歌沒有被孤立地解讀，而是放置在杜甫之前和之後的語境中。進一步來說，杜甫的詩歌被一種文學史的觀點所評價，這種評價既從總體上考量他所提供的文學遺產，又具體地提及他在某種特定詩體發展中的位置（或者沒有達到特定位置）。這些評論來自被視為由杜甫開啟的宋代以議論和敘事為特點的詩歌傾向。

對文學史更加徹底和系統的考察是由復古運動後期的文人來完成的。[20]胡應麟（一五五一——一六〇二）作為末五子之一將陶淵明放置在一種繁複的正統體系以及對詩體和風格的歷史評價中。

陳王古詩獨擅。然諸體各有師承。惟陶之五言。開千古平淡之宗。杜之樂府。掃六代沿洄之習。真謂自啟堂奧。別創門戶。然終不以彼易此者。陶之意調雖新。源流匪遠。杜之篇目雖變。風格靡超。故知三正迭興。未若一中相授也。[21]

19 廖可斌，《明代文學復古運動研究》，頁一〇二。
20 對於後期復古派對文學史的考察的詳細討論，參廖可斌，《明代文學復古運動研究》，頁二六一——二八五。
21 胡應麟，《詩藪》，內編，二／三三（《資料彙編》，頁一六二）。

胡應麟《詩藪》的主要關切點之一是追溯每種詩體的發生和發展過程；這占據了該書的內編大部分章節。像鍾嶸在《詩品》中描述的一樣，胡應麟詳細地描述了個別作家的詩歌來源。但是他的體系因考察多個世紀所有的詩體而更加複雜。胡應麟的一個主要觀點是「體以代變」，但是「格以代降」。[22]詩體的數量可能增加（四言詩、離騷體、五言詩、七言詩、律詩和絕句），但是正統的詩體風格在不同年代仍然保持一致。在另一篇評論古代詩歌演進的文章中，胡應麟展示其文學發展的歷史視野：「古詩浩繁。作者至眾。雖風格體裁。人以代異。支流原委。譜系具存。」[23]胡應麟描述了各種不同分支種類。在胡應麟的文學史觀中，發展表現為被某種規則所左右的某種演進過程。所有分支的變化和持續，匯聚和分散仍然是明顯的。[24]陶淵明的五言詩和杜甫的樂府詩是源頭，因此他們沒有先驅。依據胡應麟的觀點，他們的創新遠離了源於漢代五言和樂府詩的正統傳統。他用一個類比解釋了他們的錯誤：夏、商、周三代變更，雖然其中每個朝代從前朝學到很多，但是保持了各自的特點以及發展了各自的原則，「三正迭興。未若一中相授也。」[25]這裡胡應麟沒

22 胡應麟，《詩藪》，內編，一／一。
23 同上，二／二二。
24 廖可斌在《明代文學復古運動研究》中提到此點，頁二八〇。
25 這是指《尚書》之〈大禹謨〉中的「十六字心傳」（《尚書正義》，II，四／二四a／一三六）。

有把陶淵明的五言詩當作與世隔絕的作品集或者側重陶淵明詩歌「平淡」的美學價值；進一步來說，他將此納入歷史的格局中。

胡應麟的文學史記述將詩體的起源和發展劃分為兩大陣營：「正」和「偏」，儘管文人一致認同陶淵明的經典性，胡應麟還是將他劃歸為「偏」的譜系。正像上面的引文所言，胡應麟的正統觀念援引譜系和影響來證明其論點。在另外一處段落中，他強調了這兩種考量以及引入對詩格正確的側重：「曹劉阮陸之為古詩也。其源遠。其流長。其調高。其格正。陶孟韋柳之為古詩也。其源淺。其流狹。其調弱。其格偏。」[26]曹植的五言古詩和與其同譜系的其他作家的古詩可以追溯到五言詩的鼻祖漢代詩歌。陶淵明和與其同譜系作家的來源正是陶淵明本人，因此他們獲得「淺」的稱謂。胡應麟在他處談及陶淵明譜系的美學特點和局限，進一步詮釋了他將陶淵明放置在偏體譜系中的決定。

古詩軌轍殊多。大要不過二格。以和平、渾厚、悲愴、婉麗為宗者。即前所列諸家。有以高閒、曠逸、清遠、玄妙為宗者。六朝則陶。唐則王、孟、常、儲、韋、柳。但其格本一偏。體靡兼備。宜短章。不宜鋸什。宜古選。不宜歌行。宜五言律。不宜七

26　參胡應麟，《詩藪》，內編，二／二六（《資料彙編》，頁一六二）。

言律。[27]

代表正統風格的詩人稟承一組美學理想——強烈但是優雅，悲憫然而和諧——這些理想可以追溯到最早的詩歌中。在另外一處段落中，胡應麟將《詩經》描繪為「溫厚和平」，《離騷》「愴惻」，以及漢詩「渾璞」。[28] 胡應麟描繪陶淵明和與他同譜系的其他文人的詩歌風格所使用的詞語與代表正統風格的實質性內容迥然不同。此外，這種詩歌風格與正統風格的普遍特點相悖，因而僅適用於少數的詩體。

在他對陶淵明的評價中，胡應麟試圖通過訴諸於自己對詩歌史的知識和系統分析來修正此前認為陶淵明比其他詩人更優秀的觀點。

世多訾宋人律詩。然律詩猶知有杜。至古詩第沾沾靖節。蘇、李、曹、劉。邈不介意。若十九首三百篇。殆於高閣束之。如蘇長公謂河梁出自六朝。又謂陶詩愈於子建。餘

27 同上，二／二二。

28 胡應麟，《詩藪》，內編，一／一。

可類推。[29]

胡應麟間接評論陶淵明的詩歌展示了復古派輕視宋代作家和他們的詩歌，後者從復古派的觀點來看深深陷入了哲學和理性語言的泥潭，遠離「真正」詩歌的關切點，例如韻律和比、興的使用[30]。或許是因為陶淵明在宋代得到熱情的讚揚，他偶然也會成為這種偏見的犧牲品。然而胡應麟的論點遠比因為他厭惡宋代學者的觀點因而不喜歡與其相關的陶淵明更加複雜。尤其值得注意的是他懷疑蘇軾所聲稱的陶淵明的詩歌在曹植之上的方式；胡應麟的挑戰不是依據通過與曹植詩歌對比從而對陶淵明詩歌美學直接地重新審視，而是通過考察兩位詩人各自在文學史中的地位來實現。對於胡應麟來說，蘇軾在歸屬和評判方面產生「錯誤」是因為他忽視六朝以前所有的詩歌。胡應麟指出，「攜手上河梁」是出於西漢李陵寫給蘇武的三首送別詩之一而不是六朝時期所作的詩歌[31]。此外，胡應麟通過確認曹植的詩歌勝過陶淵明的觀點從而挑戰蘇軾的論斷。對於胡

29 同上，二／三七（《資料彙編》，頁一六三）。

30 關於李夢陽詩歌理論〈缶音序〉的討論，參 Lynn, "The Talent Learning Polarity in Chinese Poetics," pp. 159-161.

31 本行是〈與蘇武三首〉之三的開篇，作者歸於李陵（蕭統，《文選》，二九／一三五三）。這些詩歌的傳統繫年不被現代學者所接受，後者認為此詩的寫作時間應不早於東漢末年。

應麟來說，蘇軾缺少正確的視角，這需要對文學史和譜系全面的知識以及徹底的思考。胡應麟自己的詩歌史研究使其能夠在正和偏兩個傳統之間創建一個區分系統，同時能夠得出曹植是所有優秀美學品質重要源泉的結論，這些也影響到了他對蘇軾觀點的修正。根據胡應麟的觀點，曹植無所不包的才能涵蓋極廣，例如阮籍的遙遠，陶淵明的清晰，陸機的繁複以及謝靈運的純淨。[32] 在這種格局中，陶淵明的詩歌被認為是單一面向的，因此在詩歌所涵蓋的廣度上劣於曹植。

胡應麟的系統可能代表通過歷史途徑介入詩歌最複雜的方式之一，但是他的結論不是依據歷史進行研究而帶來的唯一結果。例如，另一位晚明批評家許學夷根據「正變」來探究詩體的源泉和發展，他也同意胡應麟把陶淵明的詩歌稱為「偏」，但是並沒有因其缺乏譜系而貶低陶淵明的詩歌，這在下面所引述的《詩源辯體》中得到彰顯：

> 康樂詩，上承漢、魏、太康，其脈似正，而文體破碎，殆非可法。靖節詩，真率自然，自為一源，雖若小偏，而文體完純，實有可取。[33]

32 參胡應麟，《詩藪》，外編，四／一七七。

33 許學夷，《詩源辯體》，頁九九（《資料彙編》，頁一五三）。

儘管謝靈運的詩歌擁有適當的譜系，但是根據許學夷的揣測，謝靈運的文體支離破碎，缺乏內在統一的特點，因而不是正好可以被模擬的典範。另一方面，儘管他的詩歌位列偏體系統，陶淵明的文體卻享有一種內在的統一性，研習詩歌的學生可以參考。許學夷的結論超越了正／偏的區別；他為陶淵明典範性的文學論斷找到了理由。

當然不是所有明代學者都把陶淵明的詩歌看成是偏體。在《七修類稿》之〈各詩之始〉的文章中，郎瑛（一四八七—約一五六六）將陶淵明的四言詩放置在《詩經》的傳統中。儘管郎瑛認為四言詩的來源可以追溯到〈舜典〉的詩歌中，[34]他在四言詩的原初典範《詩經》之後開始他的討論。

> 漢有韋孟一篇，雖入諸選，其辭多誹怨而無優柔不迫之意。若晉淵明〈停雲〉、茂先〈勵志〉等作，當為最古者也。[35]

---

34 在〈舜典〉中，舜提到：「詩言志，歌詠言。」（《尚書正義》，II，三／一九c／一三一。）這在歷史上被認為是對詩歌最原初的、最權威的定義。因此郎瑛提到四言詩的起源，最早的韻律可以追溯到〈舜典〉。

35 郎瑛，《七修類稿》，二九／四三八（《資料彙編》，頁一三九）。

〈停雲〉明顯是一首想念友人的詩歌，此詩在傳統上被解讀為一種帶有某種政治寓意的哀怨，從間接批評一位朋友在劉宋新朝入仕到批評當代官員和國家事務[36]。郎瑛評論所暗含的觀點是陶淵明的詩歌不同於韋孟的四言詩，它不包含過度的譴責和怨恨，這種過度與《詩經》所代表的「哀而不傷」的道德—美學準則不相符。郎瑛同樣將陶淵明的五言古詩追溯到傳統的伊始：

> 五言古詩，源於漢之蘇、李，流於魏之曹、劉，乃其冠也。汪洋乎兩晉，靖節最為高古。元嘉以後，雖有三謝諸人，漸為鏤刻。[37]

在元嘉時期，詩歌呈現出明顯的文學斧鑿，遠離漢代的典範，而陶淵明的詩歌卻是漢代詩歌風格的延續。對於郎瑛來說，陶淵明風格的平淡和自然是其古代譜系的明證。

在描述五言古詩從漢魏發展到六朝的記述中，陶淵明詩歌的獨特性與其所占據的文學主流位置

---

36 元代批評家劉履（一三一七—一三七九）認為這首詩是在朝代變更之後所作，試圖譴責一位在新朝入仕的朋友（元代的評論被收錄在《詩文彙評》，頁一）。批評家沃儀仲留意了本詩中重複兩次的一行「八表同昏」，將這首詩歌解讀為抨擊黑暗時代，指責官員應為此負責。沃儀仲的評價被黃文煥的《陶詩析義》引用，一．三 a—b。

37 郎瑛，《七修類稿》，二九／四三八（《資料彙編》，頁一三九）。

並不產生矛盾。根據明代早期批評家吳訥（一三七二—一四五七）的觀點：

五言古詩，載於昭明《文選》者，唯漢魏為盛。若蘇李之天成，曹劉之自得，固為一時之冠。究其所自，則皆宗乎〈國風〉與楚人之辭者也。至晉陸士衡兄弟、潘安仁、張茂先、左太沖、郭景純輩，前後繼出，然皆不出曹、劉之軌轍；獨陶靖節高風逸韻，直超建安而上之。元嘉以後，三謝顏鮑又為之冠。其餘則傷鏤刻，遂乏渾厚之氣。永明而下，抑又甚焉。[38]

陶淵明詩歌標誌著五言古詩早期發展史上的至高點，超越了建安作家與元嘉和永明時期的漸降相對。與距離他不遠的晉朝前輩不同，陶淵明從主流的建安作家群體中脫穎而出，創建了他自己的風格。他的成就在很大程度上得益於支持他單一風格的個性，正如「高風逸韻」所傳達的，這可以被理解為其個性特質或文學特點。吳訥對陶淵明在文學史中地位的評論側重其詩歌的獨特性。

在明代，文學史的方式介入陶淵明作品的研究發展起來，構成了陶淵明研究中的重要標誌。確定無疑的是，這不意味著早期的讀者，特別是宋朝的讀者，沒有注意到文學傳統。更確切地

38 吳訥，《文章辨體敘說》，頁三一。戴建業對此的討論，參《澄明之境》，頁三四〇。

說，明代文學史方式的廣度和深度、它的體系以及它所清楚表達的一組標準都是史無前例的。儘管宋代作家通過考察傳統和將過往作家劃歸到相當穩固的文學經典系統中，但是中晚明的批評家通過探究這些經典作家，不僅試圖考察其中每位作家的角色，而且探討作家對文學史包括某種文體和風格發展的貢獻。

探討陶淵明詩歌的歷史方式一直持續到清朝。然而只有幾位清朝批評家提出陶淵明的詩歌是「偏體」或者同意胡應麟將陶淵明降到較小的文學譜系中。清代批評家更多地肯定郎瑛和吳訥的較早論斷，前者把陶淵明的詩歌放置在主流的譜系中，後者將陶淵明的五言古詩視為獨特的至高點。在清代早期關於五言古詩發展的觀點中，大部分文人重複了吳訥的觀點，浦起龍（一六七九—約一七六二）重新重視陶淵明的獨特性。[39]與其說陶淵明是文學史上的獨特人物，不如說他是歷史之外的人物，這一論斷是對通過歷史方式介入陶淵明研究更加重要的修訂。在他的《古詩選集》的序言中，清代批評家王士禛（一六三四—一七一一）追溯五言古詩的起源和發展。他以〈古詩十九首〉開始，稱讚這組詩歌的奇妙之處為「無縫天衣」。王士禛繼續提到，在曹魏，曹植是鼻祖，應璩和劉楨居於次席，阮籍展示了他自己的風格。在晉代，張華、傅玄（二一七—二七八）、陸機、陸雲以及張載（生活於三世紀晚期）、張協、張亢（生活於四世紀早期）「概乏風骨」。左

39 《資料彙編》，頁二〇一。

思、劉琨（二七一—三一八）和郭璞代表了晉朝的巔峰。然後在東晉，根據王士禛的觀點：「過江而後，篤生淵明，卓絕後先，不可以時代拘墟矣。」[40]王士禛記述的框架是文學史，但是他評價陶淵明的方式卻是非歷史性的。正如阮籍的例子那樣，單提獨創性這一點並不足以解釋他的闡釋。王士禛對陶淵明非歷史性探討的觀點似乎並不依據陶淵明與他同時代詩人絕對不同的特點，正如明代批評家江盈科（一五五三—一六〇五）所說：「陶淵明超然塵外，獨闢一家，蓋人非六朝之人，故詩亦非六朝之詩。」[41]進一步來說，王士禛似乎探討得更多：陶淵明是超越時空的永恆詩人，他的作品不能在某一特定的文學史格局中加以討論。像他明代的前輩一樣，王士禛採用歷史化的框架去組織過去的詩歌，但是聲稱陶淵明是特殊的例外。

對歷史化陶淵明更強烈的反對意見來自依據陶淵明作品內證的賀貽孫（一六〇六—約一六八四）。他開始通過引用當下對五言古詩「平遠」傳統以及陶淵明所扮演的角色來展開他的論述，指出普遍的傾向進而鑑於譜系探討陶淵明的詩歌。

論者為五言詩平遠一派，自蘇、李、〈十九首〉後，當推陶彭澤為傳燈之祖，而以儲光

40　王士禛，〈五言詩凡例〉，參《古詩選》，一a—b（《資料彙編》，頁一八九—一九〇）。

41　江盈科，《江盈科集》，二：八〇八（《資料彙編》，頁一六五）。

義、王維、劉昚虛（約生活於七三〇年左右）、孟浩然、韋應物、柳宗元諸家為法嗣。42

儘管承認陶淵明的詩歌和〈十九首〉具有抽象品質而難以模擬的一致性，賀貽孫質疑將漢詩作為陶淵明詩歌典範的適宜性。

但吾觀彭澤詩自有妙悟，非得法於蘇李、〈十九首〉也；其詩似〈十九首〉者，政以氣韻相近耳。

此外，賀貽孫將陶淵明的詩歌及介入詩歌的方式與他唐代的模擬者區分開來：

儲、王諸人，學蘇李、〈十九首〉、亦學彭澤，彼皆有意為詩、有意學古詩者，名士之根尚在，詩人之意未忘。

42 所有引用的賀貽孫話語都來自《詩法》，參郭紹虞編，《清詩話續編》，一：一五九（《資料彙編》，頁一九二—一九三）。

根據賀貽孫的觀點，陶淵明寫作時缺乏主觀意圖或者在渴求聲譽方面不同於他的唐代繼承者。

> 若彭澤悠然有會，率爾成篇，取適己懷而已，何嘗以古詩某篇最佳，而斤斤焉學之，以吾詩某篇必可傳，而勤勤焉為之。

賀貽孫指出陶淵明既沒有研習古代的大師，也沒有考慮他的身後之名。在這兩點上，他引用陶淵明自己的作品為證。在〈五柳先生傳〉中，陶淵明寫到：「嘗著文章自娛。」[43]在對兒子教誨的〈與子儼等疏〉中，陶淵明提到：「開卷有得，便欣然忘食。」[44]對於賀貽孫來說，「自娛」和「開卷有得」意味著在陶淵明寫作的實踐中，他缺少對其身前或身後聲明的顧慮。這個論斷與賀貽孫的討論暗合，兩者將陶淵明置於與其自我寫作方式相反的行列中。依照賀貽孫的觀點，任何將陶淵明放置在某種譜系中談論他的文人並沒有理解其人其詩。

從文學史的角度來評估陶淵明的詩歌導致明、清時期的不同結論。儘管有些批評家指出陶淵明的詩歌代表在文學史進程中詩歌的羸弱，另外一些批評家則將其詩歌看作是獨特的至高點。有

43 《陶淵明集校箋》，頁四二一。
44 同上，頁四四一。

些文學史家將陶淵明的五言古詩視為非正統，其他文人雖接受其「非正統」的歸屬，然而將此看作是一種詩歌典範。有些文人仍然將陶淵明的詩歌視為正統的代表。這些是對於詩歌史的裁定和論斷，而非對於陶淵明詩歌的美學價值的再評斷。關於陶淵明正統地位的辯論是其接受史中值得注意的現象，但是其經典地位沒有受到更多的影響，因為陶淵明仍然是主要文學批評家的關注對象，從明清時期延續至今他被廣泛地認可為中國最偉大的詩人之一。關於他的正統地位和譜系的討論必須通過文人研習詩歌更廣闊的興趣並從文學史的視角來詮釋。然而一些清代批評家質疑通過陶淵明詩歌譜系的歷史格局評價其詩歌的適宜性。這些批評家沒有必要挑戰從明朝開始的歷史化詩歌項目，他們指出文學歷史的背景和語境在評價陶淵明議題上的局限，他的詩歌既沒有研習的典範也沒有相稱的模擬。

進一步細讀陶淵明

與文學史方式同時發展起來的研究陶淵明詩歌的方式側重其文本的微觀特點。明清兩代對個體詩歌文本分析的增加可能主要是由於陶淵明集箋注本和更多選錄其詩歌的箋注選集的增加，以及更加系統的詩話發展，其中有部分章節討論個別詩人和時期。在這些文本分析中存在大量的文本細讀，借此評點家考量個別詞語和詩句，考察它們如何表示某種意思，探究某首詩歌或者某組詩歌的總體結構以及這一結構如何運作。一個重要的例證是兩位晚明批評家的作品，他們是竟陵派的創始人鍾惺（一五七四—一六二五）和譚元春（一五八六—一六三七）。兩者仔細考察了陶淵明詩歌的語言技巧，其中三十五首被收錄在他們箋注的古詩選集《古詩歸》中。他們的「評點」批評方法不僅特別關注意義的審美價值，而且關注文本表達某種意義的方式。「評點」批評可以追溯到宋代，在明代的後半期變得非常流行。這種批評方式可以應用到所有類型的作品中，從詩歌和散文的版本到哲學著作再到經學典籍，後者直到明代主要被看作是神聖的文本和超越審美視野關注的道德真理的合集。[45] 包括《詩經》在內的詩歌的評點版本經常包括各種標誌（例如，點和圈），局部和寫在行間的突出詩歌技巧的評論，包括像「妙」或「奇」這樣簡短的欣賞性評語。正如現代學者鍾優民先生指出的，這種文本分析的類型標誌著陶淵明批評發展的新階段，因為「較之以往論陶多側重思想旨趣、忽視語言技巧」。[46]

鍾惺和譚元春的例子能夠導入這種批評類型。在他們解讀陶淵明二十首〈飲酒〉組詩時，鍾惺和譚元春聚焦第二十首的最後四行。此首歌詠孔子，悲嘆其作為經學典籍的學說在秦朝瀕於滅絕，

45 關於評點批評的歷史背景和發展的簡短概述，參 Rolston, *How to Read the Chinese Novel*, pp. 3-34.

46 鍾優民，《陶學史話》，頁一一三。

對其在漢代的重新崛起而欣喜，最終質疑為什麼陶淵明的時代「六籍無一親」[47]？鍾惺在倒數第二聯觀察到主題的突然變向，從歌頌孔子的學識到悲嘆其學說被忽略：

若復不快飲
空負頭上巾[48]

鍾惺評論道：「此處忽說到飲酒，接得無謂，妙在此。」[49]與其評論一樣隱晦的是，他在文本中給讀者留下了明顯的空缺。他在文本中所注意到的細微差別似乎指的是：最後四行較輕鬆的語調和主題與此前嚴肅甚至敏感的主題產生了強烈的對立，這是對時代甚至是朝代本身道德墮落的批評，因為晉代沒有像漢代那樣促進儒家學說的發展。譚元春對此詩的最後一聯表達了同樣的評論：

47 《陶淵明集校箋》，頁二四九。
48 《陶淵明集校箋》，頁二四九。
49 鍾惺和譚元春，《古詩歸》，九・一八b（《詩文彙評》，頁一九七）。

但恨多謬誤
君當恕醉人[50]

譚元春評論道：「『君』字無所指，妙。」[51]正如鍾惺觀察到標題上出現的主題的突然轉變，譚元春注意到未指明人物的意義。在組詩的序言中，陶淵明指出他為了自己的娛樂而寫作；在此前的十九首詩歌中讀者是被省略的。只有此組最後一首的最後一行指向讀者，據此譚元春指出，雖然此行並未確指某位讀者，但是卻包含任何在位者。詩中沒有明說期望的讀者，或許因為此組詩對讀者持批評態度。因此陶淵明在最後一行對這樣的讀者道歉。道歉這一事實本身將注意力吸引到可能具有挑釁性的內容本身。鍾惺總結陶淵明對於製造此尊敬性評論的態度，針對這首詩的最後兩行寫道：「二語說不得傲，亦說不得謙，妙有言外之微。」[52]詩人有意指出他細心留下的不明確地方。

鍾惺和譚元春仔細確認文本的指向，引導讀者去思考言外之意。《詩歸》在當時很流行，在其最初出版（可能一六一七年）的幾十年內至少有七次重新印刷

50 《陶淵明集校箋》，頁二四九。

51 鍾惺和譚元春，《古詩歸》，九・一八b（《詩文彙評》，頁一九七）。

52 同上。

該書，這似乎同等程度地受益於創新的印刷技術，鍾惺和譚元春的聲譽以及評點風格[53]。最主要的是烏程（現在浙江吳興）的閔氏彩版，它的套版工藝方法的提高使得大量生產彩色木版成為可能[54]。顏色的使用極大增強了像《詩歸》這樣評點文本的視覺呈現。事實上，這可能是鍾惺和譚元春原創的設計，他們運用紅色和藍色兩種不同顏色的墨汁來編輯此選集的初稿[55]。正如陳國球先生最近指出的，《詩歸》的單色調僅僅用「鍾云」和「譚云」來區別兩種不同的評論觀點，但是閔氏套版用黑色作為原來文本的色彩，朱藍兩色來代表兩種評點，以及較寬的橫行和間距，這都更加有力地吸引讀者的注意力[56]。良好的設計形式可能引起對《詩歸》的普及和大量需求[57]。這部選集是陶淵明詩歌聲明遠播的一個重要途徑，由此他的詩歌遠遠超出了晚明文人圈子，成為更多讀者可以接觸到的作品。

一位明代陶淵明別集的編者黃文煥（一六二五年進士）為文本細讀的需要辯護，反對傳統上將

---

53 我的討論受益於陳國球對《唐詩歸》版本、印刷以及文學意義的優秀研究，《試論〈唐詩歸〉的編集》。

54 出版了鍾惺《詩經》評點版本的武城凌氏是在更有效的套印技術發展史上的另一個主要參與者；參陳國球，《試論〈唐詩歸〉的編集》，頁二六—二七。

55 參譚元春，《譚元春集》，二：六八一。

56 陳國球，《試論〈唐詩歸〉的編集》，頁三一。

57 陳國球（《試論〈唐詩歸〉的編集》，頁七六）對《唐詩歸》提出此論點。

陶淵明詩歌僅視為平淡的典範。在《陶詩析義》的序言中，黃文煥提到：

古今尊陶，統歸平淡；以平淡概陶，陶不得見也。析之以鍊字鍊章，字字奇奥，分合隱現，險峭多端，斯陶之手眼出矣。[58]

黃文煥強調考察陶淵明詩歌的語言和結構層面的需要，並允諾這樣做將碩果累累。在其對〈怨詩楚調示龐主簿鄧治中〉的評論中，文本中結構的改變影響了黃文煥的解讀。全詩如下：

天道幽且遠
鬼神茫昧然
結髮念善事
僶俛六九年
弱冠逢世阻
始室喪其偏

58 黃文煥，《陶詩析義》之序言，六a—b（《資料彙編》，頁一五二）。

炎火屢焚如
螟蜮恣中田
風雨縱橫至
收斂不盈廛
夏日長抱飢
寒夜無被眠
造夕思雞鳴
及晨願烏遷
在己何怨天
離憂悽目前
吁嗟身後名
于我若浮煙
慷慨獨悲歌
鍾期信為賢[59]

59 《陶淵明集校箋》，頁九八—九九。

黃文煥的分析強調了陶淵明側重點有意義的轉折：

「喪室」到「烏遷」，疊寫苦況，無所不怨，忽截一語曰「在己何怨天」，又無一可怨。「何怨」後，復說「憂悽目前」，又無一不怨矣。「憂悽」後，提出「身後」，明所不憂不在名，而歸悲歌於無鍾期。千怨結宿，單此一事。身分高貴，章法奇幻。[60]

黃文煥側重在表達怨恨和限制，甚至調解之間的結構來回轉變，這導致陶淵明的終極哀嘆。在詩歌第一部分中表達的所有共同哀怨和焦慮都納入了缺少知音的高貴哀嘆中，這樣朋友的典型是最後一聯的鍾子期。詩歌的特別結構使得最後無比沉重的哀嘆更為突出，對於黃文煥來說，這相應地揭示了陶淵明高貴的性格。對陶淵明性格的結論來源於對文本結構的仔細考察。

黃文煥在更廣闊的程度上展示出同樣的結構分析。他提到：「陶詩凡數首相連者，章法必深於布置。〈飲酒〉二十首尤為淋漓變幻，義多對豎，意則環應。」[61]

60 黃文煥，《陶詩析義》，二．一三b—一四a（《詩文彙評》，頁七四）。

61 黃文煥，《陶詩析義》，三．二二．b（《詩文彙評》，頁一五四）。一些飲酒詩在《文選》和《藝文類聚》中被冠以〈雜詩〉的標題。儘管這提醒我們不要想當然以為這些詩歌是組詩的固定組成部分或者它們的順序確定無疑的是由陶淵明排列的。我們很容易懷疑它們被後代的編撰者排列成現在的順序，但是目前對此沒有

黃文煥體察到的一個細節是此組詩中的十一首對飲酒有著清晰的指涉[62]。然而在沒有對飲酒有所指涉的詩歌中「益深於欲飲矣」。黃文煥解釋依據這些詩歌每首的語境或者敘述流動，飲酒何以成為合理的結果。例如，第二首詩歌關於「積善」而沒有得到獎賞，這是高度感傷的，應該導致「愁飲」[63]。此外，黃文煥側重組詩「至其字句環應，互洗互翻，牽連只屬一絲，錯綜分為萬緒」[64]。黃文煥確認這些內在的聯繫放在經常重複出現的觀念或指涉的形式中。他列舉了一系列觀念並配有足量的例子。詩句「不賴固窮節，百世當誰傳」（第二首）和「竟抱固窮節」（第十六

（續）結論性的證據，因此沒有很強的原因把這些詩歌看成不是一組詩歌。《藝文類聚》可能追隨《文選》的安排，我們可以料想蕭統將詩歌的標題從〈飲酒〉改到〈雜詩〉，輕描淡寫陶淵明和酒的親密關係，蕭統在其他地方展示了對陶淵明愛酒的不快。另外，這裡的議題是黃文煥和其他讀者已經接受並把這些詩歌視為一組詩。我感謝田曉菲對一些飲酒詩在其他材料中被題為〈雜詩〉的提醒。

62 第一、三、七八、九、十三、十四、十六、十八、十九和二十首。正如現代評點家正確指出的（參 Hightower 的討論：*PTC*, p. 149），如果理解「孟公」是東漢劉龔的字，那麼第十六首沒有提及飲酒。像眾多傳統評點者一樣，黃文煥將孟公視為愛好飲酒的陳遵。因此，對於黃文煥來說，詩中對酒的指涉是統過陳遵這一人物形象達到的。（關於陳遵，參《漢書》，九二／三七一〇。）

63 黃文煥，《陶詩析義》，三．二三a—b（《詩文彙評》，頁一五五）。

64 黃文煥，《陶詩析義》，三．二四a（《詩文彙評》，頁一五五）。

首）被看作是「矢節」的標誌。[65] 詩句「欲辨已忘言」（第五首）和「善惡苟不應，何事立空言」（第二首）展示了陶淵明的「考言」。[66] 黃文煥對組詩內模式的考察甚至超出了對有象徵性植物和動物的指涉，例如菊花、松樹和飛鳥。[67]

根據黃文煥的觀點，這組詩歌中最重要的模式是陶淵明在儒家傳統中定義自我。黃文煥提到：「至大關目、大本領所在，則歸宿於孔子與六經。」[68] 他注意到陶淵明提及邵平（第一首）、伯夷和叔齊（第二首）、夏黃公和綺里季（第六首）、顏回（第十一首）、榮其期（第二首和第十一首）、張摯（第十二首）、楊倫（第十二首）、陳遵（第十六首）[69]、揚雄（第十八首）以及「總至孔子而極」（第二十首）。除了孔聖人之外，上面提到的歷史人物都通過與儒家傳統所讚揚的品德相連而名聞天下。例如，一些人抗議他們認為是非法或者非正義的政府（邵平、伯夷、叔齊、夏黃公和綺

65 分別來自《陶淵明集校箋》，頁二一五，二四〇。黃文煥，《陶詩析義》，三．二四a（《詩文彙評》，頁一五五）。

66 分別來自《陶淵明集校箋》，頁二二〇，二一四。黃文煥，《陶詩析義》，三．二四b（《詩文彙評》，頁一五五）。

67 參黃文煥，《陶詩析義》，三．二四b—二五a（《詩文彙評》，頁一五五）。

68 黃文煥，《陶詩析義》，三．二五a（《詩文彙評》，頁一五五）。

69 黃文煥錯誤地將孟公認為陳遵（參上第六二條注釋）。

里季）。另外一些人辭官來保全自己的理想（張摯和楊倫）。其他人稟承正直和安貧樂道的美德（顏回和榮其期）。黃文煥進一步觀察到陶淵明用三代時期（夏、商和周）的典故。他繼續闡述到：「意中意表，行止趣舍，是非毀譽，總至六經而定。」[70]更加具體的，這些事件指涉多个方面，比如決心，包括逆境中的堅定不移（第二首和第十六首），拒絕為非法政府效勞（第六首）或者跟隨不義之人（第十七首）。[71]

黃文煥也考察了組詩內相互呼應的詩句，揭示出陶淵明的真正意願。在《陶詩析義》的序言中，黃文煥描述此真正的意願，這與一種傳統上對陶淵明隱逸詩的解讀是不同的。

> 鍾嶸品陶，徒曰隱逸之宗；以隱逸蔽陶，陶又不得見也。析之以憂時念亂，思扶晉衰，思

70 黃文煥，《陶詩析義》，三・二五a（《詩文彙評》，頁一五六）。

71 值得注意的是儘管提出後兩者問題可能暗示創作時間晚於四二○年，這組詩仍然可能在劉裕篡權並在四二○年建立劉宋之前創作。正如一些傳統批評家指出的，我們並不需要對陶淵明退隱（四○五年）之後所發生事件的超常預見歸於陶淵明。有證據顯示劉裕在稍早的四○四年已經成為事實的掌權者。《南史》中對現已亡佚的《宋書》編撰者徐爰傳記的一段話講述了歷史學家在四五九年關於劉宋開始時間的辯論。大量的證據支持四○五年的繫年，一些提到四○四年，這些顯示劉裕至少在宋代正式開始之前的十五年實際上已經承擔了統治者的功能。

抗晉禪，經濟熱腸，語藏本末，湧若海立，屹若劍飛，斯陶之心膽出矣。[72]

比如根據來自〈飲酒〉二十首的詩句，黃文煥描繪出陶淵明作為一名儒家道德英雄的圖像。

末章慨世曰：「舉世少復真」，前之自負曰：「此中有真意」；末章慨世曰「六籍無一親」，前之自負曰：「遊好在六經。」[73]

黃文煥為讀者所奠定的模式似乎是前一首詩中所表達的意願的展示以及最後一首詩中對當下時政的抱怨，這影響了陶淵明意願的實現。黃文煥表達出對道的重視以及對其倒退的哀嘆：「道喪向千載」（第三首）和「任道或能通」（第十七首）。[74] 所有這些詩句放在一起考慮：「多少莊論，

72 黃文煥，《陶詩析義》的序言，六b—七a（《資料彙編》，頁一五二）。

73 分別來自《陶淵明集校箋》，頁二四八，二二〇，二四九，二四〇。黃文煥，《陶詩析義》，三．二五a（《詩文彙評》，頁一五六）。

74 分別來自《陶淵明集校箋》，頁二一六，二四三。黃文煥，《陶詩析義》，三．二五a（《詩文彙評》，頁一五六）。

呼應分布，遂使飲酒題目，忽成講學壇坫，乃參差錯落。」[75]黃文煥以側重它的技巧性安排和結構結束他對這組詩的總體評價：

詮次之工，莫工於此。而題序乃曰辭無詮次，蓋藏詮次於若無詮次之中，使人茫然難尋，合漢、魏與三唐，未見如此大章法。[76]

因此，黃文煥對這組詩歌的分析試圖找到能夠引起共鳴的想法並且把它們放在一起，這主要圍繞陶淵明作為儒家人物的反映和情感。在《陶詩析義》的序言中，黃文煥肯定陶淵明的道德價值：

若夫理學標宗，聖賢自任，重華、孔子，耿耿不忘，六籍無親，悠悠生歎，漢、魏諸詩，誰及此解？斯則靖節之品位，竟當俎豆於孔廡之間，彌朽而彌高者也。[77]

75 黃文煥，《陶詩析義》，三・二五a—b（《詩文彙評》，頁一五六）。
76 黃文煥，《陶詩析義》，三・二五b（《詩文彙評》，頁一五六）。
77 黃文煥，《陶詩析義》的序言，七a—b（《資料彙編》，頁一五二）。

黃文煥這裡重複了宋代道德家等人對陶淵明的同樣論調，但是他採用文本細讀的方式分析諸如〈飲酒〉二十首組詩從而支撐他的論斷。他對組詩的分析沒有依賴生平「事蹟」去支撐其結論，他的結論也沒有用來重複這些事實。他的方式給我們的印象是陶淵明的儒家導向不是解釋其文本的出發點，而是對這些材料仔細分析後的結論。

在文學文本分析中出現的這種趨勢最初以經學為中心，在十五世紀的最後幾十年，通過八股文成為科舉考試的指定文體而逐漸發展。八股文檢驗應舉者對四書五經知識的理解和對嚴謹八股文體的運用。[78] 應舉者運用多股排比、對仗的文字從經典的引言中提煉出一個論點。對經學典籍風格和表達的重視延伸至文學鑑賞以及對這些文本的仔細分析，這種重視達到了考試目的之一——候選人從某種程度上來說代聖人立言。在對小說評點增長的記述中，David Rolston 指出科舉考試理論和實踐在當時的意義：「當應舉者在參加科舉考試的時候，特別是八股取士（一四八七年開始）

78 儘管「股」的確定稱謂可能不同，但是大多數學者將「八股」解釋為四股雙結構，由此來構建散文的整體。它們用並列結構（例如，排比、對仗和互補議題）寫作，由此產生八個平行的部分（「股」）。對八股文的進一步討論，參 Andrew Plaks 對其形式的分析，Nienhauser, *The Indiana Companion to Traditional Chinese Literature*, pp. 641-643; Elman, *A Cultural History of Civil Examinations*, pp. 371-420.

之後，這些人應該『代聖立言』，[79] 這種發展無疑增強了對經學典籍內容精準表達的偏重。」[80]

在近期出版的明代《詩經》研究的專著中，劉毓慶先生追溯了從以學習經學典籍為基礎的方式到以文學研究為基礎的方式的巨大轉變。他分析了科舉考試過程、評點與相關經學典籍批評體式的互相促進，提供了對文本細讀研究方式逐漸擴大的更深入理解。在明代，當科舉考試應試者被要求熟練掌握一門經學時，《詩經》經常是受歡迎的典籍，因為它比《禮記》和《春秋》短，且比其他經典容易記誦。[81] 眾多對《詩經》的評點適合八股文的要求得以出版，它們指導應舉者如何

---

79 關於此觀念的討論，參梁章鉅，《制義叢話》，卷一，尤其是 4a, 6a, 8b , 10b。此引用的經典來源是《公羊傳》對《春秋》最後一條紀錄的詮釋（哀公十四年）。《公羊傳》提到：孔子「制春秋之義以俟候聖」（《春秋公羊傳注疏》，II，二八／一六〇b／二三五四）。正如 Benjamin Elman（*A Cultural History of Civil Examinations*, p. 396 第八十二條注釋）提到：「這句話也是制義的來源，表示通過『寫作八股文』來模擬像孔子一樣的聖賢。」

80 Rolston, *How to Read the Chinese Novel*, p. 15. 有關梁章鉅對於學習古人說話方式重要性的解釋，參《制義叢話》，一．九a。

81 參劉毓慶，《從經學到文學——明代詩經學史論》，頁三六〇；Elman, *A Cultural History of Civil Examinations*, pp. 282-283。在一七八七年，通過決議，科舉考試應試者必須熟練掌握五經之一。這項政策的變動經過五年時間（一七八八—一七九三）完成，因為期望學生立刻調整以適應記憶內容的突然、大量地增加是不切實際的（Elman, *A Cultural History of Civil Examinations*, p. 285）。

依據從經典中選取的段落來寫作八股文。劉毓慶先生認定《詩經》的評點派和講意派這兩種批評類型與科舉考試最相符。他認為的講意批評包括講解文本主要內容，這通過拆分結構，然後追蹤貫通這部文本的主要觀點（包括關鍵詞）來完成。[82] 評點批評欣賞文本的文學品質，強調文本意義指向的妙處。兩者通過總述某一特定文本的主要觀點，詳細闡述它們被傳達的方式，這有助於科舉考試八股文的創作。此外，這些文學批評，尤其屬於講意派系的批評，經常以八股文的風格（運用排比、對仗和互補議題）出現，這可以被考試的應試者簡單地重複。因此，劉毓慶先生提到考試過程和諸如評點、講意這樣文本批評之間的交叉：「一方面為八股而解《詩》，另一方面又解《詩》如八股法。」[83] 八股文在結構上的側重似乎加強了分解文本的結構組成部分的興趣。

經學研究如上述的發展通過科舉考試的實踐得以鞏固，這為詩歌研究可以真正發展起來提供了平台。確定沒有巧合的是通過語言和結構技巧來考察陶淵明作品的文本在同時期出現很多，且都在研習經學典籍方式和方法的變化之後。

文學—文本介入經學典籍方式的觀念關鍵點在很大程度上能夠使這些文本不僅成為道德知識

82 參劉毓慶，《從經學到文學》，頁三六〇—三七七。

83 同上，頁二五七。

的源泉，而且成為後來所有寫作的源泉。這種觀點被宋代的幾位文人提出，在明代廣泛流行[84]。例如，孫鑛（一五四二—一六一三）給《詩經》做注釋，寫到：「文章之法盡於經。」[85] 許多像孫鑛一樣的學者為了獲得終及的文學技巧探究經學典籍。對文學技巧的大力關注明顯地與古文運動的實踐遙相呼應。對經學典籍的態度揭示了總體上文本細讀趨勢的普遍性。

陶淵明研究中文本細讀實踐在清代仍然很強勢。清代眾多的陶淵明詩歌的評點者對單首詩歌或組詩的結構加以研究，他們確認這些詩歌中相互關聯的部分、有意義的形式，或者合理的序列。例如，邱嘉穗（約一六六二—約一七一四）發現陶淵明著名的組詩〈歸園田居五首〉中事件合理的發展。他將第一首詩歌闡述為對組詩的整體概述，另外四首敘述了與主題相關的各種事件。事實上，第一首詩歌為接下來詩歌中出現的事件鋪陳了場景：在第一首詩中，陶淵明解釋他歸隱田園的決定，描述了他的田園的物質條件，以及歡慶他遠離「塵雜」。根據邱嘉穗的觀點，第一首詩描繪他歸隱到一種自然狀態（詩人的內在性格和田園生活）中的兩聯被視為詩歌整體性的「脈」：「羈鳥戀舊林，池魚思故淵」以及「久在樊籠裡，復得返自然」[86]。

---

84 參 Rolston 的討論，見 *How to Read the Chinese Novel*, p. 15.

85 孫鑛，〈與余君房論文書〉，九．五b。

86 《陶淵明集校箋》，頁七三；邱嘉穗，《東山草堂陶詩箋》，二．三b（《詩文彙評》，頁五二）。

除了第一首幾行間的相互關聯的結構，邱嘉穗描述了陶淵明對組詩中事件整體在敘述中的「次第」：第一首詩詳述其生活情況的細節，第二首詩描述與屋外農夫的聊天[87]。第二首詩講到桑麻，第三首談到種豆[88]。第四首關於農忙外的閒暇時光。在這首詩中，陶淵明帶領他的孩子去一個杳無人煙的地方散步，其中人們或者死了或者離開了。他冥思人類生命的短暫以及「歎其終歸於盡」[89]。這首詩歌「悲死者」，而第五首詩歌「念生者」。正如邱嘉穗所闡釋的：「此首念生者，以死者不復還，而生者可共樂也。故耕種而還，濯足纔罷[90]，即以斗酒雙雞，招客為長夜飲也。」[91]因此邱嘉穗勾勒了陶淵明田園生活的內在統一性：從他家庭生活的細節到與鄰居農夫在公共場合的談笑，從用來出產布料的農作物到用來生產食物的莊稼，從農活到閒暇時間，從對死亡

87 邱嘉穗，《東山草堂陶詩箋》，二·四a（《詩文彙評》，頁五五）。

88 同上，二·四a（《詩文彙評》，頁五七）。

89 同上，二·四b（《詩文彙評》，頁五八）。

90 來自第五首的「山澗清且淺，可以濯我足」很可能暗指楚辭中〈漁夫〉的典故，其中漁夫跟隨外界環境變化而變化的暗喻：「滄浪之水清兮，可以濯吾纓；滄浪之水濁兮，可以濯吾足。」在陶淵明的詩中，行動是相反的；他濯足於清澈的山澗溪流，因為他不再擁有象徵官員身分的帽纓。因此，這種姿態是對其脫離仕宦而獲得自由的再次確認。

91 邱嘉穗，《東山草堂陶詩箋》，二·四b—五a（《詩文彙評》，頁五九）。

的反映到與鄰居共享田園生活的快樂。邱嘉穗的分析與此前大多數對這些田園詩的解讀不同，此前的解讀通常關注陶淵明的情感和思緒（「歸隱」的哲學意義），他對田園場景維妙維肖的描述，或者這些詩歌與漢樂府或古詩十九首之間的連續性。[92]

最近戴建業先生提出：「為了凸顯陶淵明在詩史上的正宗地位」，清代編者和注釋者，「都將陶淵明的思想情感歸於正統儒家，陶淵明幾乎被徹頭徹尾地儒化。」[93]如果戴建業先生將此看作是對明代挑戰陶淵明詩歌正統地位的回應，這一問題他在其他地方談到，那麼他僅僅在此暗示這種可能性。[94]儘管許多清代批評家試圖確定和「修正」他們從前人處接收的知識，對宋代之後關於陶淵明生活和作品解說的概覽告訴我們，元、明、清的讀者同樣把陶淵明視為儒家的典範。儘管明代讀者對文本的文學層面特別敏感（也就是，對諸如語言技藝和結構安排等技巧的關注），最具典型性地是對經學典籍的解讀，他們對文本的解讀經常被置於儒家道德框架中。正如我們看到的，鍾惺、譚元春和黃文煥的批評是較好的例證。眾多清代批評家事實上強調了陶淵明形象的儒家性，這

92 參《詩文彙評》，頁四七—五九。

93 戴建業，《澄明之境》，頁三六一。

94 戴建業（《澄明之境》，頁三六一）確實提到他相信在清代陶淵明的儒家化是士人學術思想逐漸受限制的結果，其中遠離儒家正統思想的異議變得罕見。

與宋、元、明時代的讀者所做相同。他們中的許多文人像他們的明代前輩一樣通過文本細讀來支撐他們的論點。在接下來的一個例子中，方東樹在《昭昧詹言》通過詳細的注解來闡明陶淵明的忠誠，他剝繭抽絲將暗含的意義闡釋出來。他解釋其介入一組所選擇的主要作家的方式，這其中包括陶淵明。在他作品的開篇章節，詩話將大多數章節劃分為關於個別作家的部分：「漢、魏、阮公、陶公、杜、韓等皆全是自道己意，而筆力強，文法妙，言皆有本。尋其意緒，皆一綫明白，有歸宿，令人了然。」[95]

方東樹通過文本線索整合詩人的思想對明顯是送別詩的〈贈羊長史〉進行文本細讀。他得出陶淵明通過隱逸來保存其節操的結論，這與羊松齡在新朝即將建立時的同謀相對立。我們談到的詩歌及其序言如下：

左軍羊長史，銜使秦川，作此與之

愚生三季後
慨然念黃虞
得知千載外

95 方東樹，《昭昧詹言》，一／一一—一二。方東樹這裡指的是漢魏詩人阮籍、陶淵明、杜甫和韓愈。

正賴古人書
賢聖留餘跡
事事在中都
豈忘遊心目
關河不可踰
九域甫已一
逝將理舟輿
聞君當先邁
負痾不獲俱
路若經商山
為我少躊躇
多謝綺與甪
精爽今何如
紫芝誰復採
深谷久應蕪
駟馬無貰患
貧賤有交娛

清謠結心曲
人乖運見疎
擁懷累代下
言盡意不舒[96]

大多數古代和現代的評點者將朱齡石認定為左將軍，這首詩的創作時間繫於四一七年，此時劉裕北伐後秦再次占領長安[97]。羊松齡被左將軍派遣到北方，去表達他的祝賀之意。

方東樹首先點評該詩的歷史背景。儘管送別詩一般不闡發政治見解和評論，但是方東樹談及了陶淵明對此詩的曲用：

此劉裕將篡位之機，正公所憂懼，然於時事則不可明言，又於此題體統，此人之前，尤不可明露。若侈頌功德固不可，徒作送行詩又無謂。然則此題直難著筆。公卻於空中託意非

96　《陶淵明集校箋》，頁一四二—一四三。
97　參龔斌在《陶淵明集校箋》中的注釋，頁一四四。同參逯欽立（《陶淵明集》，頁六五）和 A.R. Davis's（*TYM*, 1: 74）都將左將軍認定為檀韶。

常。[98]

方東樹接下來確認陶淵明「貼題」的方式，一首與北上關中官員的送別詩，其中隱含地表達了自己的思想，正如方東樹解讀到：（一）陶淵明思念根源於中原的古代聖王黃帝和虞、舜；（二）為了拜訪與聖賢相關的古蹟和遺址，陶淵明曾想過與羊松齡一同旅行，但是陶淵明因病必須在南方。羊松齡可能路過商山，因對時局持異議而遭受秦朝壓迫的商山四皓曾經居住於此，陶淵明對這四位古人最感興趣。方東樹指出這裡陶淵明「後又幻出商山四皓，與己作照。言四皓清謠，久結我之心曲，但運乖，不得一見其人。」詩人在最後一行承認自己無法表達自己的全部想法也是非常明顯的。方東樹將此看作是與詩歌第一行「愚生三季後」遙相呼應的，產生雙向有意義的結論。

陶淵明不能明確地表達很多內容；這一點是他自己指出來的。因此方東樹解釋到陶淵明必須「伊鬱隱迷」。方東樹對關鍵的「迷」提到的解決方式是陶淵明對羊松齡的真正信息：「若云君當往事佐命，吾當為四皓以避亂耳。」方東樹評論道：「卻却借如此指出，毫不見正意痕跡，其妙如

98 方東樹，《昭昧詹言》，四／一〇九。接下來引用的所有方東樹對〈贈羊長史〉的注釋來自同一頁。

此。」另外，陶淵明的問題「紫芝誰復採？」來源於商山四皓的「清謠」[99]，這句話的意思正如方東樹提到的「正言我將見之也」。通過考察典故的使用，陶淵明處理主題的方式以及他的語言的意義（或者言不盡意之處），再加上對詩歌歷史背景的考量，方東樹總結到陶淵明預見了劉裕即將篡位，以隱晦的方式表達出他的顧慮和意願以期在隱逸中保存他的節操，躲避亂世。方東樹的論點關注詩歌隱含的政治寓意以及陶淵明對羊松齡和自己立場的微妙表達，這些關注點被放置在以歷史意識為基礎的文本分析中。

陶淵明研究中的考證研究

除了闡述隱藏在陶淵明文本中的隱含意義，或者意味深長地詳細描述它們的結構安排以及強調關鍵詞，清代的批評家處理另外一種文本問題。許多批評家試圖通過對比歷史資料來證明較早對名字和事件發生時間的認定，從而獲得實證性的知識[100]。在陶淵明研究中日益增加地尋求事實的

99 詩歌的第十七至二十行來自四皓（*PTC*, p. 88）「清謠」的語言。
100 也可參鍾優民關於清代對陶淵明傳記考據研究的概覽，《陶學詩話》，頁一二八—一三一。

努力正反映了考證精神和方法論的繁榮，這些到了十八世紀已經變成了「儒家話語的主導形式」。正如 Benjamin Elman 寫到的，考據的鞏固與清代學者的著作同時而至，他們「不滿於充斥在宋明時期對儒家經典無法實證的解讀」[101]。考證學術遠離理學話語的抽象道德思索，被看作是「『實學』，據此歷史事實和文字學事實被分別考察或放在一起加以比較，學者不必過多解說」[102]，無疑的是，試圖確定關於陶淵明生活和作品「事實」的努力並非源自清代學者。例如，像我們在第二章討論過的那樣，宋代的編輯思悅注意到沈約關於陶淵明繫年方法所謂的果斷轉折的錯誤，這一繫年方法在思悅之前被理解為陶淵明忠誠的明證。諸如宋濂（一三一〇—一三八一）和郎瑛這樣的明代學者也瀏覽了陶淵明的全集，將沈約和其追隨者的錯誤公之於眾[103]。然而，對「事實」確認的關注在清代是更加普遍的現象。此外，清代學者通過高度的批判精神和已建立的一套方法論體系來處理這些文本。接下來討論兩個具有重要意義的個案，它們既闡明對文本仔細和嚴謹地考察，又揭示出

---

101 Elman, *From Philosophy to Philology*, pp. 39, xix; Elman 的 *From Philosophy to Philology*（pp. 40-49）側重清朝（特別是十八世紀）考證學術的發展，但是它也觸及文獻學歷史上更早的具有開創意義的研究，將「考證話語的根源」追溯到唐宋時期。在他最近的 *Cultural History of Civil Examinations*（pp. 451-459）中，Elman 將明代科舉考試策試的「正式學習類別」視為清代考據研究的「觀念根源」。

102 Elman, *From Philosophy to Philology*, 57.

103 參《資料彙編》，頁一三二—一三三，一三八—一三九。

陶淵明研究中某些盲點的繼續。

對〈乙巳歲三月為建威參軍使都經錢溪一首〉中將軍的認定使文人花費了大量筆墨，引起了很多爭論。清代學者吳瞻泰（一六五七—一七三五）似乎是第一位挑戰吳仁傑（一一七八年進士）權威《年譜》中對陶淵明的評論：

三月，建威將軍劉懷素討振，斬之。天子乃還京師。是年懷素以建威將軍為江州刺史，先生實參建威軍事，從討逆黨於江陵。有〈使都經錢溪〉詩，蓋自江陵以使事如建業。[104]

吳瞻泰改正了吳仁傑的評論，不僅展示出吳仁傑錯誤的地方，而且列出他所用的資料。

考《宋書．懷素傳》：其年為輔國將軍，無建威之說。惟《晉書．劉牢之傳》云：「劉敬宣與諸葛長民破桓歆於芍陂，遷建威將軍、江州刺史，鎮潯陽。」《宋書．劉敬宣傳》所載亦同。實元帝元興三年甲辰，則公為敬宣建威將軍，未可知也。《年譜》失考。[105]

104 吳仁傑，《陶靖節先生年譜》，頁一六（《資料彙編》，頁八八）。
105 吳瞻泰，《陶詩彙注》，三．四b。

吳瞻泰的考證對吳仁傑將劉懷素認定為將軍深表懷疑。吳瞻泰根據兩種不同的記載，通過指出劉敬宣在四〇四年擔任建威將軍從而強化了他的觀點。劉敬宣是否是陶淵明〈乙巳歲三月為建威參軍使都經錢溪〉中的將軍仍然是個疑問。這裡更加重要的是儘管吳瞻泰削弱了吳仁傑記錄的可信性，表明了將軍人選的另一種可能性，他在沒有明證的情況下最終不願意將劉敬宣看作是飽受質疑的將軍的人選。相反，他認為這一問題是懸而未決的。

對於現代一些讀者來說，將軍的身分對理解此首詩歌沒有影響[106]。但是對於古代讀者來說，它起著重要意義。歷史的細節很少被視為對解讀詩歌不重要的因素，更加重要的是，這些細節便於讀者理解詩人。吳仁傑的確認將陶淵明描繪成忠實的官員，他參加正義對反叛勢力的討伐。如果劉懷素不是詩歌中提到的將軍，這首詩不可能作為陶淵明在桓玄反叛之時忠誠英雄氣概的文本證據。確定無疑的是，詩歌本身表現出陶淵明不情願執行使命，「伊余何為者，勉勵從茲役」，主要表達了詩人希望重歸田園的願望，並沒有提供其忠誠的證據[107]。吳瞻泰甚至在沒有對將軍身分肯定確認的前提下，他的研究將根據吳仁傑記錄的詩歌標題所暗示的內容和詩歌本身內容的區別清除掉

106 參 Hightower 的評論詳見 *PTC*, p. 114。

107 《陶淵明集校箋》，頁一八九；*PTC*, pp. 114, 115。

了。

吳瞻泰的紀錄沒有接受核實，後來的讀者拒絕了他的闡述。作為《靖節先生集》的編者和《靖節先生年譜考異》的作者陶澍考察了吳瞻泰和吳仁傑的紀錄。在考察過吳仁傑將劉懷素認定為詩中提到的將軍後，陶澍查閱了吳仁傑所依據的資料《晉書》中關於己巳年的記載[108]。他還考察了吳瞻泰對吳仁傑紀錄的修正，然後指出兩者不準確的地方：吳瞻泰認為沒有材料提及劉懷素擔任建威將軍是錯誤的[109]，而與吳仁傑的論斷相反，劉懷素沒有同時成為江州刺史。陶澍確認在四〇四年三月以前，劉敬宣擔任建威將軍，同時也擔任江州刺史。陶澍然後推論到對於江州柴桑人的陶淵明來說，在其地區的刺史屬下任職是合乎情理的。根據陶澍的觀點，另外一個證據是陶淵明曾為劉敬宣的父親劉牢之（死於四〇二年）的幕僚（正如我們將要看到的，這個「事實」被後人否決了）。在結束此個案研究之前，陶澍留意到他前輩紀錄裡的進一步差別：吳仁傑關於陶淵明加入劉懷素軍隊討伐江陵的論斷，與標題產生了矛盾，後者描述了陶淵明被派遣到都城；吳瞻泰將四〇五年發生

108 陶澍，《靖節先生年譜考異》，卷上五二。對於四〇五年的記述，參《晉書．安帝本紀》，一〇／二五八。

109 吳氏的評斷並沒有錯誤，因為他只限於閱讀劉懷素的傳記，但是《晉書》中確實有幾處出現劉懷素擁有建威將軍稱號的紀錄。參《晉書．安帝本紀》和《晉書．桓玄傳》，分別來自一〇／二五八和九九／二六〇〇。

的事情錯記為四〇四年[110]。陶澍有時樂此不疲地找出過去記載中的「錯誤」。平心而論，必須指出的是吳仁傑可能將「使命」和遠征看作是兩個不同的事件。吳瞻泰對吳仁傑《年譜》的誤用應該是印刷上的錯誤或者抄寫者無心的失誤，這一誤用出現在《年譜》中對這首詩歌（繫於四〇五年）的評論附於四〇四年上[111]。這裡重要的一點是儘管陶澍接受了吳瞻泰認為劉敬宣是將軍的提議，但是他在仔細檢索以前紀錄來源以及仔細地將這些紀錄中的實證事實和錯誤分開之後得出自己的結論。當今的大多數學者沿著陶澍和吳瞻泰的思路，接受劉敬宣是詩中提到的將軍。此外，陶澍假設陶淵明使命的性質是「奉賀復位，或並為劉敬宣上表求解職」，這被許多學者引用並看作是值得深思的地方[112]。陶澍的研究和解讀較多的是根據吳瞻泰的發現，這為此詩的寫作環境（確定的、可能的或者不可能的）提供了較為清晰的圖景。

在另外一首詩歌〈始作鎮軍參軍經曲阿一首〉中對將軍的確認，激起了更加激烈的爭論，

110 陶澍，《靖節先生年譜考異》，卷上五二。

111 吳瞻泰，《陶詩彙注》，一．一四a—b，一．一五a。此條紀錄中的事件和引用很明顯指的是四〇五年，例如，陶淵明擔任彭澤縣令以及他在任八十幾日之後的退隱。吳瞻泰的吳仁傑《年譜》的版本沒有四〇五年的紀錄，這暗示對四〇五年的評論有時錯誤地附於對四〇四年的記載中。

112 陶澍，〈靖節先生為鎮軍建威參軍辨〉，四三．三a。參古直，《陶靖節詩箋》，四b—五a；*PTC*, p. 114;《陶淵明集校箋》，頁一九一—一九二；袁行霈，《陶淵明集箋注》，頁二一五。

因為這裡將軍究竟所指何人更加重要。與前面所舉的例子一樣，考據爭論與詩歌內容的解讀是分離的，這首詩像所有陶淵明任官時所寫作的詩歌一樣都表達了其對官場生活的厭倦以及對田園生活的渴望。但是這首詩中的將軍具體所指對陶淵明道德人格的評價帶有潛在的嚴重影響。這種論點開始於吳仁傑駁斥李善對此首詩歌的評點，後者引用了臧榮緒《晉書》的篇章，將劉裕視為詩中所指的將軍。吳仁傑認為這種確認是錯誤的，因為他堅信這首詩歌寫於四〇〇年，而劉裕在四〇四年成為鎮軍將軍。進一步來說，吳仁傑推論到：「先生亦豈從裕辟者？善注引用，非是。」[113]吳仁傑明顯地不能想像擁有「大節」的陶淵明曾經侍奉過劉裕，後者在桓玄起義不久後便掌握至高無上的權利，最終在四二〇年篡位[114]。

在清代，方東樹提出了相似的觀點，但是他的論點建立在精確的文本證據的基礎之上。值得注意的是，作為宋學代表的方東樹力求為理學家的抽象道德哲學辯護，但是他被迫採用廣為接受的學術實踐（也就是，運用實證的方式去證明），後者在清代經常被認為是漢學。方東樹通過兩個主要觀點和一系列證據拒絕了李善的論斷。首先，方東樹將此詩繫於四〇〇年。他提到陶淵明某些詩歌

113 吳仁傑，《陶靖節先生年譜》，頁一三（《資料彙編》，頁八六）。
114 同上，頁一一（《資料彙編》，頁八四）。

的標題可作為證據，陶淵明在四〇〇年任官，在四〇五年退隱[115]。方東樹明確地解釋了詞語「始作」（開始擔任某種職位）意味著始仕（第一次步入仕途）。這首詩歌位於《靖節先生集》第三卷的開始，其中包含他的大多數有繫年的作品（四〇〇年，四〇一年，四〇三年和四〇五年等等），這可能也是方東樹的考量之一。其次，方東樹堅持劉裕不可能是標題中的鎮軍將軍。他通過考察有關劉裕經歷的歷史材料揭示出劉裕在四〇〇年還不是一位將軍。方東樹總結到儘管詩中所提到的將軍不能被確認，但是將軍不可能是哪位人確實可以被證實。他批判性地運用歷史材料，在實證的基礎上組織他的論點。然而他最終的材料來源似乎是陶淵明的作品以及他對這些作品的評價。當方東樹解讀的陶淵明作品和歷史材料出現不一致時，他依據陶淵明的作品。根據他的解讀，陶淵明集中的標題明確地表明他在四〇〇年到四〇五年之間任職於官場。這與歷史材料相悖，例如現存最早的陶淵明年譜，即王質（一一二七—一一八九）的《栗里譜》，該年譜將陶淵明開始的任職時間定於三九四年，而吳仁傑的《年譜》將此繫於三九三年[116]。當他重申自己對歷史材料的批判性態

115 方東樹，《昭昧詹言》，四／一〇二—一〇三。出現在下面兩頁之中的所有引用都來自方東樹對〈始作鎮軍參軍經曲阿一首〉的評論。

116 王質，〈栗里譜〉，卷上二（《資料彙編》，頁七九）；吳仁傑，《陶靖節先生年譜》，頁一二，一七（《資料彙編》，頁八五，八九）。吳仁傑的猜測依靠陶淵明〈歸園田居〉第一首中關鍵的一聯「誤落塵網中，一去三十年」（《陶淵明集校箋》，頁七三）。吳仁傑的建議將文本中的「三十」改成「十三」，這一改變時

度時，指導方東樹論斷的基本假設在其討論的結尾變得愈加明顯：「要之沈、蕭兩傳及《南史》所言事蹟皆不明，不必附合穿鑿，而公之面目自可見於萬世。」方東樹在其他地方將陶淵明的作品放在與六經、《論語》和《孟子》同一行列中；對於他來說，陶淵明的真正面貌顯然是儒家聖賢一類[117]。這種形象不應與篡權者劉裕聯繫在一起而被玷污。或許因為這個原因，方東樹選擇不把「始作」（第一次擔任）作為指示具體的鎮軍參軍，而忽視在陶淵明最有可能任職參軍的歲月中，劉裕是唯一擁有鎮軍將軍職位（在四〇四年）的事實[118]。

儘管方東樹沒有明確點出鎮軍將軍的名字，但是陶澍提出將軍的另一人選以及新的創作時間：陶淵明詩歌中提到的將軍是劉牢之，此詩作於三九九年。陶澍進一步用眾多的證據來支撐其論點。我接下來的討論先指出其論題的主要觀點，然後再評價這些觀點。首先，陶澍反對劉裕成為詩中提到的將軍的可能性，因為需要通過曲阿才能到達鎮軍將軍駐守的京口（今江蘇丹徒縣）。根據陶澍的觀點，劉裕直到四〇五年十月才回到丹徒的駐地。陶淵明怎麼可能在那時成為他的參軍，當時

（續）至今日仍然被廣泛接受。然而一些學者偏愛保持「三十年」，因為它涵蓋陶淵明準備以及任職官場，從十歲到四十歲的一段時間。

117 方東樹，《昭昧詹言》，四／九七（《資料彙編》，頁二二四）。
118 參袁行霈，《陶淵明研究》，頁八八。

劉裕經過曲阿在通往丹徒的路上，而陶淵明在彭澤繁忙地撰寫他的散文詩〈歸去來兮辭〉[119]？其次，陶澍提到存疑的將軍一定是在三九九年身為前將軍的劉牢之[120]。陶澍如何從前將軍得出鎮軍將軍的呢？他找到《晉書．職官志》幫助他建立此種聯繫[121]：「左右前後四軍為鎮衛軍，劉牢之為前將軍，正鎮衛軍，即省文曰『鎮軍』。」[122]

陶澍進一步引用陶淵明自己作品中的篇章作為繫於三九九年的支持證據。首先，從三九九年到四〇五年符合陶淵明在〈還舊居〉中提到的年數：「疇昔家上京，六載去還歸。」[123]其次，陶澍在另外一篇文章中提到確認兩位將軍、思家的情愁以及期待與家人和朋友團聚，這些都流露在另外一首寫於四〇〇年五月的詩歌中，當時他在從都城返家的路上，在長期分離之後陶淵明寫作此詩，其中的內容顯得更合乎情理。這也就是說，陶淵明可能在三九九年開始任官而不是像其他人所提到的

119 陶澍，《靖節先生年譜考異》，卷上三四—三六。
120 同上，三七—三八。
121 陶澍引用此作品為〈百官志〉，與這裡的〈職官志〉相像。
122 陶澍，《靖節先生年譜考異》，卷上三六。
123 同上，卷上三八；《陶淵明集校箋》，頁一九二；*PTC*, p. 116.

四〇〇年[124]。為了使他的論點萬無一失，陶澍引用了〈飲酒〉詩之十的開篇一聯「在昔曾遠遊，直至東海隅」作為充分的證據來支撐陶淵明曾任劉牢之參軍的論點，劉牢之在三九九年引領對東部討伐到達會稽，平定孫恩（卒於四〇二年）的叛亂[125]。

許多現代學者，最知名的是朱自清，已經反駁了陶澍的討論。陶澍通過文本分析而得出的準確論點需要至少同樣精確的證據去反駁。總之，陶澍在以下幾點上是錯誤的。首先，他沒有將《宋書・武帝本紀》與《晉書・劉牢之傳》加以比較，前者很可能是其關於劉牢之在三九九年擔任前將軍論斷的來源，後者是劉牢之傳記信息最明顯的來源。關於此問題的論斷，朱自清引用丁國鈞（卒於一九一九年）的《晉書校文》：劉牢之的傳記表明他於三九九年在會稽打敗孫恩之後成為前將軍。丁國鈞總結到《宋書》在這個案例上是錯誤的[126]。《晉書・安帝帝紀》也印證了劉牢之在四〇〇年成為前將軍和鎮北將軍，他在三九九年成為輔國將軍[127]。其次，正如朱自清指出的那樣，陶澍錯誤地引用了《晉書・職官志》，忽略了重要的一句「後省」，因此將「後省左軍，右軍，前

124 陶澍，《靖節先生為鎮軍建威參軍辨》，四三・一b。

125 陶澍，《靖節先生年譜考異》，卷上三八；《陶淵明集校箋》，頁二三二；*PTC*, p. 139.

126 朱自清，〈陶淵明年譜中之問題〉，見《朱自清古典文學論文集》，二：四七四。朱自清從吳士鑑和劉承幹處引用丁氏的評論，《晉書斠注》，一〇・四b。

127 《晉書》，一〇／二五二—二五三。

軍，後軍為鎮衛軍」變成陶澍想要的「左右前後四軍為鎮衛軍」。陶澍的歪曲誤用使標題具有可替換性，這對他的論點來說是至關重要的。再次，陶澍選擇忽略《晉書．孝武帝紀》的紀錄，其中明確表明「鎮軍」是「鎮軍大將軍」的簡稱[128]。袁行霈先生引用這篇關於郗愔（三一三—三八四）的段落，後者曾經在三八一年擔任鎮軍將軍。袁行霈先生令人信服地強調如果「鎮軍」是「鎮軍將軍」的簡稱，同樣的簡稱不會用作鎮衛軍[129]。陶澍毋庸置疑知道《晉書》中這條材料，因為他在自己的《年譜考異》中逐字使用了這條紀錄。在這些錯誤的基礎上，我們可以添加另外一個失誤，這讓陶澍無須考慮劉裕作為可能的候選者。陶澍將劉裕的回歸丹徒的時間錯誤地繫年於四〇五年的十月；正確的日期是當年的三月[130]。

袁行霈先生最近回應朱自清的解讀，提到陶澍試圖努力地去證明陶淵明從未擔任過劉裕的參

128 《晉書》，九／二三一。

129 袁行霈，《陶淵明集箋注》，頁一八五。

130 《宋書》，一／一三。如果這首詩歌正如朱自清和 A.R. Davis 所提議的確實寫於四〇五年三月之後，那麼傳統上對這首詩歌和〈乙巳歲三月為建威參軍使都經錢溪一首〉的排序一定重新考量。Davis 提出這首詩歌在〈乙巳歲三月為建威參軍使都經錢溪一首〉的之後而不是之前。陶淵明最先擔任鎮衛將軍的參軍，然後成為建威將軍的參軍這一長期存在的假設是緣於沈約排列這兩個位置的順序，這並不一定是根據時間先後來排列的。

軍，因為陶澍對陶淵明忠誠於晉朝篤信無疑，而且他覺得侍奉兩位當權者是種恥辱[131]。其他一些學者也與陶澍的觀點相同，但是他們的話語形式沒有陶澍那麼鋒利。葉夢得以一種有意複雜的話語勉強地提到劉裕是存疑將軍的可能性，但是表達了對陶淵明曾侍奉過他的疑慮。葉夢得堅持認為如果陶淵明確實侍奉過劉裕，那一定是其被逼無奈的選擇[132]。惲敬（一七五七—一八一七）接受劉裕是將軍的說法，但是提到陶淵明只不過是受到正義事業的感召（加入劉裕平定篡權者桓玄的叛亂）。他機敏地附加到陶淵明一旦「微窺」劉裕的不忠企圖，他變換了職位，不久便退隱了[133]。朱自清總結了關於這個議題的諸多紀錄：

> 大抵葉、吳、惲、陶諸家，皆有「恥事二姓」一語橫梗胸中，故或信或不信李善注，均曲為辭說，以申此義。實則勿論淵明見解如何，裕是時逆跡未著，亦何由「微窺」、「逆

131 袁行霈，《陶淵明集箋注》，頁一八六。

132 葉夢得的評論被吳仁傑所引用，參《陶靖節先生年譜》，頁一四。朱自清也引用了葉夢得的評論，參〈陶淵明年譜中之問題〉，收錄於《朱自清古典文學論文集》，二：四七二。

133 惲敬，《大雲山房文稿》，二集二／一九一（《資料彙編》，頁二一七—二一八）。朱自清也引用了惲敬的評論，參〈陶淵明年譜中之問題〉，收錄於《朱自清古典文學論文集》，二：四七二—四七三。

揣」？知其必篡，輒於十六年前恥事二姓哉！[134]

對這些討論的基本關注似乎力圖將陶淵明與劉裕區分開來。吳仁傑、葉夢得等宋代學者與方東樹和陶澍等清代學者的區別較少取決於他們的論點，更多的則是緣於他們的不同方法。從十八世紀大多數學術標準來看，一種解讀僅僅依靠所謂的共享信念可能是不充分的、過時的。因此方東樹特別是陶澍，試圖通過實證的證據來使他們的論述周密，然而他們選擇性研究或者研究發現的代表使得他們的結論以及與之相伴的動機高度存疑，這致使他們的結論被理由充分地認定為偏見，並受提前塑造的陶淵明觀念所左右。

「儒家化」陶淵明的詩歌和人格，這種實踐開始於宋代，在清代發展成為一種解讀陶淵明的自然和不自覺的方式。讀者可能指出陶淵明正義的政治異議，拒絕入仕服務於「不合法」的新朝，他在逆境中表現出的道德堅定性以及對經典的研習。更加重要、值得注意的是眾多明、清兩代評點家建構有關陶淵明儒家定位的論斷方式。以陶淵明忠誠和操守的實證性證據為基礎的大量討論出現在清代。在其他例子中，明清批評家較少明顯地依靠陶淵明的傳記，更多地則是直接側重文本本身，他們試圖勸說讀者相信他們在對陶淵明詩歌的闡釋時超越了以自己需求和信

134 朱自清，參〈陶淵明年譜中之問題〉，收錄於《朱自清古典文學論文集》，二：四七三。

念為基礎的帶有偏見的解讀。他們確實通過對個別構成部分（詞組、字行和詩歌）、它們的意義以及相互關係來仔細考察。這種在明清發展起來的重要詮釋方式超越了僅僅指出陶淵明詩歌中的儒家道德層面，展示出對其詩歌的結構和語言操作層面更加普遍的興趣。意義的重負轉移到了文本本身，讀者將文本看作是內容的展示。許多對陶淵明詩歌創作如此仔細的分析揭示了它們的技藝和複雜性；現代讀者可能猜想陶淵明詩歌所包含的精微複雜性是否與自發和自然的創作理念相符。然而古代讀者會問及不同的問題。明清時代探討陶淵明詩歌技藝的學者們認可陶淵明最終的作品是自然感情的抒發，但是對他的詩歌如何達到此結果則持有不同意見。一些學者認為陶淵明潤色作品以達到看似自然的境界[135]，其他人則堅持認為陶淵明的詩歌是直抒胸臆、自然而然的表達[136]。

在明清兩代學術思潮背景下發展起來了三種詮釋陶淵明詩歌的重要方式。將他的詩歌納入歷史進程的宏觀視野，在很大程度上來自於復古派學者對譜系和典範的重視。微觀層面關注於結構形式和文本中語言的細微差別，這受到考試實踐的轉變以及始於解讀經典的文人詮釋文本的方式。這些詮釋方式所引入的分析豐富了陶淵明的文學接受，這些分析通過新方式來定位其在詩歌傳統中的

135 參王世貞和王圻（一五六五年進士）的評論收錄在《資料彙編》，頁一四四，一六八。

136 參許學夷回覆王世貞和張謙宜（一七一二年進士）的評論收錄在《資料彙編》，頁一五四，一八六。

地位，以及通過他文本中意義的結構和語言運作來仔細考察其生成過程。文本正誤的問題在清代評點中成為重要的議題。儘管清代批評家的考證在一些個案中被駁斥，但是衡量這些批評家的貢獻應該較少地受制於他們確認或不確認的知識量，而應更多地參考他們驗證知識的嚴謹方式，這些方式現代學者仍然沿用。

結論

在中國歷史上，很少有文人像陶淵明這樣身後擁有種類繁多的形象。他的身後經歷見證了眾多非凡的轉型：從一位孤芳自賞的清高隱士到超凡脫俗或者道德崇高的隱士；從一位很少有人眷顧的平庸作家到一位被爭相模仿的偉大詩人；從一位具有賢良性格的文人到儒家聖人。將陶淵明建構成為中國最偉大的文化偶像之一是一項集體性、逐漸累積的工程，其中對於其人其作的紛繁蕪雜的解讀受到諸多因素的影響，例如，審美和道德關注點的不斷轉變，新的詮釋手段和關鍵語詞的發展，以及批評家自己的特殊興趣。我的目標是追溯陶淵明在其逝後一千五百年的歷史建構過程，這一目標通過圍繞三個主要類別（隱逸、人格和詩歌）的批判性話語來實現。因為這些類別居於士大夫文化的中心，所以眾多對陶淵明的解讀也為觀察文學和文化價值觀念的轉變提供了獨特的切入點。

對長久定義陶淵明的某些品質的重新定義或者遲來歸屬是以某些歷史轉變為基礎的。朱熹認為陶淵明忠誠的論斷以及他接下來將陶淵明提升至儒家道德英雄的高度，這些與對社會倫理和文化根基的重新安排這一更廣闊的學術思潮遙相呼應。即使這一重組的萌芽可以追溯到中唐復古運動的發展，但是它在唐代並未就緒。忠誠不再像六朝一樣因朝代頻繁更迭而無法實現，也不再因反映士大夫價值的分寸感而有細微的差別。它作為定義理想儒家社會合理關係的絕對典範在宋代重組。同樣，蘇軾採用在早期傳記中對陶淵明人格的解讀，以符合當下學術思潮的方式重新定義它。以前陶淵明的「率真」主要是指他在飲酒時的外表行為；然而根據蘇軾的觀點，它表現出一種基於陶淵明生命內部指導其主要行動的基本準則。從外到內的側重轉變反映了宋代對內在品質修養的側重。最終，在陶淵明身後六百年的宋代，文人富有洞察力地將其詩歌解讀為「自然」，這種解讀時至今日仍然重要，但是它確定無疑地依靠這種觀念的內涵轉變。陶淵明沒有達到六朝文學中關於自然的標準，其要求對自然的技巧性表達，但是他成為宋代簡約自然觀念的代表，這種自然不僅缺少技巧，而且缺少人工造作，甚至主觀的意願。這些對陶淵明及其作品的主要（重新）解讀在很大程度上受到更廣闊的學術或美學發展的影響。

杜甫的接受史作為另外一個典範提供了富於啟發的相似類比。正如 Eva Shan Chou 指出的，杜甫的詩歌品質沒能激發他的同代人或者其逝後幾代讀者中大多數的欣賞。杜甫在他逝世後的最初幾個世紀也沒有被視為典範的儒家士大夫——永遠忠誠、真摯以及富有同情心——這些品質成為宋代讀者所看重的，他們總體上同意應該把對杜甫詩歌優點的理解置於對其道德成就理解的背景之中[1]。像陶淵明一樣，杜甫一旦被奉為文化英雄，「僅僅依靠詩歌證據的解讀不可能有意義地重新調整」他的聲名[2]。後代讀者可能找到杜甫或者如第五章所提到的陶淵明作品中的瑕疵，但是這

---

1 Eva Shan Chou（*Reconsidering Tu Fu*, pp. 29-30）注意到所有寫給杜甫的詩歌「以友好的語詞談及杜甫，作為愉快的伴侶，親愛的朋友，而不是作為受人尊敬的詩人，從未將其看作具有崇高儒家性格的文人」。同樣，諸如元稹和韓愈等中唐作家對其讚譽的主要種類是關於其美學特點而非道德品質（*Reconsidering Tu Fu*, pp. 33-34）。

2 Eva Shan Chou, *Reconsidering Tu Fu*, p, 26.

些批評沒能改變兩位詩人在傳統中的地位。更為重要的是，明代復古派的觀點不是挑戰他們的地位，而是批判那些錯誤刻畫兩位詩人的文人，或者那些試圖依據客觀標準寫作文學史的文人。杜甫和陶淵明作為文人階層英雄的角色需要個人認同，這是以二人體現文人精髓為基礎的，包括：杜甫盡職盡責服務的理想與陶淵明隱逸之下的原則（和快樂）。他們穩固地位的確立緣於他們不僅僅是詩人的代表：許多讀者堅信陶淵明和杜甫不應該被美學標準所衡量；相反，他們必須被尊為賢聖之人。不把詩人當作詩人的論點也出現在對李白的解讀中，他經常作為補充或者襯托與杜甫並列，但是這種觀點引導出不同的結論。正如 **Paula Varsano** 在最近的研究中指出，李白被視為「詩仙」，因此不是普通尋常的詩人之一。然而李白從未獲得像陶淵明或者杜甫那樣的榮譽，對其詩歌的評論變得與其總體地位無關。儘管李白作為一位偉大詩人的地位一直以來被廣泛承認，然而批評家在明代晚期和清朝早期之前都還在持續討論其詩歌的優秀品質。[3] 李白地位強烈變化的

3 Varsano 提到直到明代晚期和清朝早期「李白的無法企及（例如，無法達到，無法仿效）以及令人神往（虛，仙）的品質充滿足夠的積極色彩，以此強化他的獨立，這與杜甫的描繪、闡明性角色並列」。Varsano, *Tracking the Banished Immortal*, p. 20。Varsano 將李白的經典化歸為明清轉折時期（十六到十七世紀），「那時展示和擁有對李白作品的（以及附加的批判性傳統）『適當』知識比確認李白個人擁有的知識量更加重要」（*Tracking the Banished Immortal*）。我對於這個問題的看法如下：李白的作品被視為經典應不晚於宋代，甚或在唐代李白就可能成為了經典作家。儘管李白在宋代繼續吸引同等程度的讚賞和批評，但是

一個因素可能是李白從未像陶淵明或杜甫那樣代表文人階層，因此從未變成文人眾多興趣的關注點。大多數文人不能全部認同李白，也正是基於此原因他們仰慕李白的超凡脫俗、瀟灑飄逸。

杜甫歷史接受的各種發展階段強調了本書中討論的傳統解讀實踐的某些特徵。對詩人的不同詮釋反映了學術實踐（例如，逐漸容易獲得他的全集，學術範圍的擴展）以及讀者側重點和價值的轉變。在這些評價中，人格和詩歌的評價密不可分；對於陶淵明和杜甫的個案研究來說，他們自傳

（續）

我們必須將大多數反對李白的觀點置於與杜甫相比較的語境下才能理解，這種比較大多數情況下或明或暗。在宋代文學批評中即使李白總體上低於杜甫，這並不是說他不屬於經典文人的一部分。在宋代，他仍然是最廣為人知的唐代詩人之一。對我來說，王安石在其版本的《四家詩集》中將李白放在杜甫、韓愈和歐陽修之後，以及這種排序所引起的爭論並不表明李白在經典中沒有一席之地。相反的是，王安石的版本是對李白經典地位的確認：儘管受制於編者的保守態度和偏好，李白仍然被選中而且其作品被廣泛閱讀。在王安石版本中的詩人順序是否反映了他對四位作家的排序在過去引起了很多疑問。王鞏（約生活於十一世紀晚期）在其《聞見近錄》中引用黃庭堅和王安石的對話，其中王安石解釋到目前的排序與等級的高低沒有關係；進一步來說，這種排序源於王安石獲得這些材料的先後時間。現代批評家羅宗強（《李杜論略》，頁一一—一二）也不相信王安石有意貶低李白，但是他對王鞏論斷的可信性產生懷疑，認為它不存在可以論證的基礎。儘管王鞏可能知道黃庭堅與其他文人的對話，因為他是黃庭堅的朋友，後者為前者的散文集作序，但是王安石所引用的解釋應該被視為有可疑性的，因為此說在邏輯上不通。因為王安石確實知道讀者可能將不按時間排列的順序視為等級高下的比較，所以一旦一些材料完整了，他可能就記錄下來以防任何「誤解」。

性表達中可覺察到的真誠為識別「志」乃至詩歌背後的人物提供了典型（和有益）的線索。古代中國的閱讀既要針對文本，又要針對以前對此文本的解讀，這種方式經常斷言過去解讀的短處以及聲稱正確的解讀來完成。如陶淵明和杜甫這樣的文化偶像經常變成意識形態鬥爭的擂場，這些口誅筆伐經常使讀者更多地了解鬥爭的雙方，而不是這些受爭議人物的生活和詩歌。

在研究歷史接受中作者主體性的問題被作者在其作品中強烈的自傳性呈現所凸顯。陶淵明小心翼翼地布局謀篇，以此來暗示讀者應該如何理解他。通過眾多的自我敘述模式，這包括在〈自祭文〉中，陶淵明以死者的大膽虛擬口吻告訴我們他「真正」的自我以及他想如何被後人記住：一位嚴於律己的人，他脫離官場以求保其節操以及在普通生活中享受歡樂的社交廣泛的隱士—農夫。與後代讀者心目中的典範作家、超凡脫俗的文人和／或儒家英雄相比，陶淵明在他作品中建構的一己形象是相當謙遜的。他對自我肖像無微不至的描繪並沒有精準地決定或限制後代讀者如何解讀其人其作。交流上產生的代溝不僅表明傳統解讀實踐的特點，例如從文本特定部分得出的結論，而且表明意義生成的複雜性質，後者也是本書試圖解釋的問題之一。正如法國歷史學家 Roger Chartier 寫到的：「作品沒有穩定的、普世的、確定的意義。它們被賦予多元和變動不居的意義，而這些意義在提議和接受的協商（negotiation）中加以建構。」同時「作品的創作者……總是企圖確定作品的意義，斷言一種『正確』的解讀，以此限制其他可能性解讀（或者閱覽）。然而同樣正確的是接受過程總是伴隨著創作、來回改變以及歪曲作品的意義。」[4] 陶淵明建構的「陶淵明」很可能是對其的第一次創造或曲解，但是我們已經觀察到了「陶淵明」在其歷史接受過程中的一系列變化。本書的一個主要關注點是解讀闡釋性的協商，以此說明超越個別作家作品的諸多問題，例如閱讀實踐和文化價值的轉變，這些會幫助我們理解陶淵明的眾多轉型。歷史化陶淵明及其作品的詮釋學和意識形態的論斷會促進對其接受史背後隱藏機制的更好理解。它也揭示出某種詞語或觀念不斷變化的內涵，甚至像「自然」這樣看起來似乎簡單明瞭的概念。當我們閱讀陶淵明的作品時，這些解讀的史實性知識可以幫助我們提高對文本和我們自身所提問題的理解。

中國第一位偉大的歷史學家司馬遷思索歷史學家作品在傳播包括自己在內的人們的生命價值。即使像伯夷、叔齊和顏回這樣具有操守的偉人仍然需要孔子的記述從而使他們的名字為世人所知。「巖穴之士，趣舍有時若此，類名堙滅而不稱，悲夫！閭巷之人，欲砥行立名者，非附青雲之士，惡能施于後世哉？」[5] 儘管陶淵明不希望依靠他人而選擇為自己說話，但是在歷史長河中他還是吸引了眾多有影響力的士大夫為其代言。古代中國中的陶淵明形象通過作者（和作品）、讀者和不斷變化的社會之間的各種協商而加以建構。

---

4 Chartier, *On the Edge of the Cliff*, p. 21.

5 《史記》，六一／二一二七。

參考書目

陶淵明文集版本

龔斌校箋，《陶淵明集校箋》（上海：上海古籍出版社，一九九九）。
古直箋注，《陶靖節詩箋》（台北：廣文書局，一九六四）。
黃文煥撰，《陶詩析義》，晚明刻本，《四庫全書存目叢書》。
李公煥箋注，《箋注陶淵明集》（台北：中央圖書館，一九九一）。
逯欽立校注，《陶淵明集》（北京：中華書局，一九七九）。
毛晉編，《陶靖節集》，一六二五。
邱嘉穗箋，《東山草堂陶詩箋》，康熙年間刻本，《四庫全書存目叢書》。
湯漢注，《陶靖節詩集》，《拜經樓叢書》。
陶澍注，《靖節先生集》（台北：華正書局，一九九三）。
王叔岷箋證，《陶淵明詩箋證稿》（台北：藝文印書館，一九七五）。
王瑤編注，《陶淵明集》（北京：人民文學出版社，一九八三）。
溫汝能纂訂，《陶詩彙評》（上海，一九二五）。重印（台北：新文豐出版公司，一九八〇）。
袁行霈撰，《陶淵明集箋注》（北京：中華書局，二〇〇三）。

中文參考文獻（古代部分）

鮑照，《鮑參軍集注》，錢仲聯編（上海：上海古籍出版社，一九八〇）。
——，《鮑參軍詩註》，黃節編（台北：藝文印書館，一九七七）。
白居易，《白居易集箋校》，朱金城編（上海：上海古籍出版社，一九八八）。
蔡正孫，《詩林廣記》（北京：中華書局，一九八二）。
曹丕，〈論文〉，《全三國文》，《全上古三代秦漢三國六朝文》（北京：中華書局，一九五八）。
陳田編，《明詩紀事》，六冊（上海：上海古籍出版社，一九九三）。
程樹德，《論語集釋》（北京：中華書局，一九九〇）。
《春秋公羊傳注疏》，《十三經注疏》，阮元校刻，二冊（北京：中華書局，一九八〇）。
《東觀漢記校注》，劉珍等撰，吳樹平校注（鄭州：中州古籍出版社，一九八七）。
杜甫，《杜詩詳注》，仇兆鰲編（北京：中華書局，一九七九）。
方東樹，《昭昧詹言》（北京：人民文學出版社，一九八四）。
葛洪，《抱朴子》，《諸子集成》（北京：中華書局，一九五四）。
葛立方，《韻語陽秋》（上海：上海古籍出版社，一九八四）。
顧龍振編，《詩學指南》，一七五九。重印（台北：廣文書局，一九七〇）。
歸有光，《震川先生集》，《四部備要》。

郭紹虞，《宋詩話輯佚》，二冊（北京：中華書局，一九八〇）。
——，《清詩話續編》，二冊（上海：上海古籍出版社，一九八三）。
——，《中國歷代文論選》，四冊（上海：上海古籍出版社，一九七九）。
《韓非子集釋》，陳奇猷編（香港：中華書局，一九七四）。
《漢書》，班固（北京：中華書局，一九六二）。
韓嬰，《韓詩外傳》，《四部叢刊初編》。
何文煥輯，《歷代詩話》，二冊（北京：中華書局，一九八一）。
賀貽孫，〈詩筏〉，《清詩話續編》，郭紹虞編選，二冊（上海：上海古籍出版社，一九八三）。
《後漢書》，范曄（北京：中華書局，一九六五）。
胡應麟，《詩藪》（北京：中華書局，一九五八）。
胡仔，《苕溪漁隱叢話》（北京：人民文學出版社，一九六二）。
黃庭堅，《黃庭堅詩集注》，劉尚榮校，任淵等注（北京：中華書局，二〇〇三）。
——，《山谷內集》，《山谷詩集注》，《四部備要》。
——，《山谷題跋》，《津逮秘書》，《叢書集成初編》。
——，《山谷外集》，《山谷詩集注》，《四部備要》。
——，《豫章黃先生文集》，《四部叢刊初編》。
皇甫謐，《高士傳》，《四部備要》。

惠洪，《冷齋夜話》（北京：中華書局，一九八八）。
江盈科，《江盈科集》，二冊（長沙：嶽麓書社，一九九七）。
皎然，《皎然集》，《四部叢刊初編》。
——，《詩式校注》，李壯鷹校注（濟南：齊魯書社，一九八六）。
《晉書》，房玄齡（北京：中華書局，一九七四）。
《舊唐書》，劉昫（北京：中華書局，一九七五）。
郎瑛，《七修類稿》（北京：中華書局，一九五九）。
《老子道德經》，河上公，《四部叢刊初編》。
《老子注》，《諸子集成》（北京：中華書局，一九五四）。
李白，《李白全集校注彙釋集評》，詹鍈主編（天津：百花文藝出版社，一九九六）。
李德裕，《李德裕文集校箋》，傅璇琮，周建國校箋（石家莊：河北教育出版社，二〇〇〇）。
李商隱，《李商隱詩歌集解》，劉學鍇，余恕誠（北京：中華書局，一九九八）。
梁章鉅，《制藝叢話》，《知足知不足齋》，一八五九。
《列子注》，《諸子集成》（北京：中華書局，一九五四）。
劉劭，〈人物志序〉，《人物志校箋》，李崇智校箋（成都：巴蜀書社，二〇〇一）。
劉肅，《大唐新語》（北京：中華書局，一九八四）。
劉向，《烈女傳》，《四部備要》。

劉勰，《文心雕龍注釋》，周振甫注（北京：人民文學出版社，一九八一）。
劉長卿，《劉長卿詩編年箋注》，儲仲君（北京：中華書局，一九九六）。
劉知幾，《史通通釋》，浦起龍釋（台北：世界書局，一九三六）。
《呂氏春秋》，《諸子集成》（北京：中華書局，一九五四）。
逯欽立輯校，《先秦漢魏晉南北朝詩》，三冊（北京：中華書局，一九八三）。
陸游，《陸游集》（北京：中華書局，一九七六）。
羅大經，《鶴林玉露》（北京：中華書局，一九八三）。
梅堯臣，《梅堯臣集編年校注》，朱東潤編年校注（上海：上海古籍出版社，一九八〇）。
孟浩然，《孟浩然詩集箋注》，佟培基箋注（上海：上海古籍出版社，二〇〇〇）。
《明史》，張廷玉（北京：中華書局，一九七四）。
《明詩話全編》，吳文治主編（南京：江蘇古籍出版社，一九九七）。
《南齊書》，蕭子顯（北京：中華書局，一九七二）。
《南史》，李延壽（北京：中華書局，一九七五）。
歐陽修，《六一詩話》，《歷代詩話》，何文煥輯，二冊（北京：中華書局，一九八一）。
——，《歐陽修全集》（北京：中華書局，二〇〇一）。
《全宋詩》，（北京：北京大學出版社，一九九二）。
《全唐詩》，（北京：中華書局，一九六〇）。

《全唐文》，（北京：中華書局，一九八三）。
《尚書正義》，《十三經注疏》（北京：中華書局，一九八〇）。
《山海經》，郭璞注，《叢書集成初編》。
沈德潛，《古詩源》（北京：中華書局，一九六三）。
《史記》，司馬遷（北京：中華書局，一九八二）。
《十三經注疏》，二冊，阮元校刻（北京：中華書局，一九八〇）。
《宋詩話全編》，吳文治主編（南京：江蘇古籍出版社，一九九八）。
《宋書》，沈約（北京：中華書局，一九七四）。
蘇轍，《欒城集》，《四部備要》。
蘇軾，《東坡樂府》（上海：上海古籍出版社，一九七九）。
——，《蘇軾詩集》（北京：中華書局，一九八二）。
——，《蘇軾文集》（北京：中華書局，一九八六）。
孫鑛，〈與余君房論文書〉，《姚江孫月峰先生全集》（靜遠軒編，一八一四）。
《太平廣記》，李昉編（北京：中華書局，二〇〇三）。
《太平御覽》（北京：中華書局，一九六〇）。
檀道鸞，《續晉陽秋》，《黃氏逸書考》（揚州：揚州古籍書店，一九八四）。
譚元春，《譚元春集》（上海：上海古籍出版社，一九九八）。

唐順之，《荊川先生文集》，《四部叢刊初編》。
湯球輯，《九家舊晉書輯本》（鄭州：鄭州古籍出版社，一九九一）。
陶澍，〈靖節先生年譜攷異〉，《靖節先生集》。重印（台北：華正書局，一九九三）。
——，〈靖節先生為鎮軍建威參軍辨〉，《陶文毅公全集》，兩淮淮北士民公刊，（一八二八？）
《陶淵明年譜》，許逸民校輯（北京：中華書局，一九八六）。
《陶淵明詩文彙評》，北京大學中文系編（北京：中華書局，一九六一）。
《陶淵明研究資料彙編》，北京大學中文系，北京師範大學中文系編（北京：中華書局，一九六二）。
王安石，《王荊文公詩李壁注》，李壁注（上海：上海古籍出版社，一九九三）。
王昌齡，〈詩格〉，《詩學指南》，顧龍振編，一七五九。重印（台北：廣文書局，一九七〇）。
王鞏，《聞見近錄》，《叢書集成初編》（北京：中華書局，一九九一）。
王績，《王無功文集》（上海：上海古籍出版社，一九八七）。
王世貞，《藝苑卮言校注》，羅仲鼎校注（濟南：齊魯書社，一九九二）。
王士禛，《古詩選》，《四部備要》。
王通，《文中子中說》，《四部備要》。
王維，《王維集校注》，陳鐵民校注（北京：中華書局，一九九七）。
王質，〈栗里譜〉，《紹陶錄》，《叢書集成初編》（北京：中華書局，一九九一）。
文同，《丹淵集》，《四部叢刊初編》。

吳訥，《文章辨體序說》（北京：人民文學出版社，一九六二）。
吳仁傑，〈陶靖節先生年譜〉，《陶淵明年譜》，許逸民校輯（北京：中華書局，一九八六）。
吳士鑑，劉承幹，《晉書斠注》（北京？，一九二八）。
吳瞻泰，《陶詩彙注》，《雲南叢書》，《叢書集成續編》（上海：上海書店，一九九四）。
蕭統，〈陶淵明集序〉，《全梁文》，《全上古三代秦漢三國六朝文》，20/3066b-3067a（北京：中華書局，一九五八）。
——，〈陶淵明傳〉，《全梁文》，《全上古三代秦漢三國六朝文》，20/3068b-3069a（北京：中華書局，一九五八）。
蕭統編，《六臣註文選》，李善和五臣注，《四部叢刊》。
——，《文選》，李善注（上海：上海古籍出版社，一九八六）。
辛棄疾，《稼軒詞編年箋注》，鄧廣銘箋注（上海：上海古籍出版社，一九九三）。
——，《辛稼軒詩文鈔存》，鄧廣銘輯校（上海：古典文學出版社，一九五七）。
《新唐書》，歐陽修，宋祁（北京：中華書局，一九七五）。
徐陵編，《玉台新詠箋注》（北京：中華書局，一九八五）。
許學夷，《詩源辯體》（北京：人民文學出版社，一九八七）。
許顗，《彥周詩話》，《歷代詩話》，何文煥輯，二冊（北京：中華書局，一九八一）。
嚴可均編，《全上古三代秦漢三國六朝文》（北京：中華書局，一九五八）。

顏延之，〈陶徵士誄〉，《全宋文》，《全上古三代秦漢三國六朝文》（北京：中華書局，一九五八）。
顏之推，《顏氏家訓集解》，王立器集解（北京：中華書局，一九九三）。
嚴羽，《滄浪詩話校釋》，郭紹虞校釋（北京：人民文學出版社，一九九八）。
楊伯峻，《論語譯注》（香港：中華書局，一九九九）。
楊慎，《楊慎詩話校箋》，楊文生著（成都：四川人民出版社，一九九〇）。
楊時，《龜山先生語錄》，《四部叢刊續編》。
葉夢得，《石林詩話》，《歷代詩話》，何文煥輯，二冊（北京：中華書局，一九八一）。
——，《玉澗雜書》，《郎園先生全書》。
虞世南編，《北堂書鈔》，陳禹謨校刊，《四庫全書》。
——，《北堂書鈔》，孔廣陶校注（一八八八）。
袁宏道，《袁宏道集箋校》，錢伯城箋校（上海：上海古籍出版社，一九八一）。
《淵明逸致特展圖錄》（台北：國立故宮博物院，一九八八）。
惲敬，《大雲山房文稿》，《國學基本叢書》（台北：臺灣商務印書館，一九六八）。
真德秀，《西山先生真文忠公文集》，《四部叢刊初編》。
鍾嶸，《詩品集注》，曹旭集注（上海：上海古籍出版社，一九九四）。
鍾惺，譚元春，《古詩歸》（一六一七）。
周振甫譯注，《周易譯注》（香港：中華書局，二〇〇六）。

朱熹，《晦庵先生朱文公文集》，《四部備要》。
——，《朱熹集》，郭齊，尹波點校（成都：四川教育出版社，一九九六）。
——，《朱子語類》（北京：中華書局，一九九四）。
《莊子集解》，《諸子集成》（北京：中華書局，一九五四）。
《諸子集成》（北京：中華書局，一九五四）。

參考文獻（現代部分）

Ashmore, Robert. “The Transport of Reading: Text and Understanding in the World of Tao Qian.” Cambridge: Harvard University Asia Center, forthcoming.

鮑霽，《陶詩蘇和較論》（高雄：復文圖書出版社，一九七九）。

Bauer, Wolfgang. “The Hidden Hero: Creation and Disintegration of the Ideal of Eremitism.” In *Individualism and Holism: Studies in Confucian and Taoist Values*, ed. Donald Munro, 157-197. Ann Arbor: Center for Chinese Studies, University of Michigan, 1985.

Berkowitz, Alan. *Patterns of Disengagement: The Practice and Portrayal of Reclusion in Early Medieval China*. Stanford: Stanford University Press, 2000.

Bielenstein, Hans. "The Six Dynasties: Vol. 1." *Museum of Far Eastern Antiquities Bulletin* (Stockholm) 68 (1996): 5-324.

Birrell, Anne, trans. *New Songs from a Jade Terrace: An Anthology of Early Chinese Love Poetry*. New York: Penguin Books, 1982.

Bodman, Richard. "Poetics and Prosody in Early Mediaeval China: A Study and Translation of K*ūkai's Bunky ōHifuron*." Ph.D. diss., Cornell University, 1978.

曹道衡，沈玉成，《中古文學史料叢考》（北京：中華書局，二〇〇三）。

曹旭，〈《詩品》評陶詩發微〉，《復旦學報》社會科學版（一九八八），no. 5: 60-64, 70。

Chang, Kang-i Sun（孫康宜）. *Six Dynasties Poetry*. Princeton: Princeton University Press, 1986.

———. "The Unmasking of Tao Qian and the Indeterminacy of Interpretation." In *Chinese Aesthetics: The Ordering of Literature, the Arts, and the Universe in the Six Dynasties*, ed. Zong-qi Cai, 169-190. Honolulu: University of Hawai'i Press, 2004.

Chartier, Roger. *On the Edge of the Cliff: History, Language, and Practices*. Trans. Lydia G. Cochrane. Baltimore: Johns Hopkins University Press, 1997.

Chaves, Jonathan. *Mei Yao-ch'en and the Development of Early Sung Poetry*. New York: Columbia University Press, 1976.

陳國球，〈試論《唐詩歸》的編集、版行及其詩學意義〉，《世變與維新——晚明與晚清的文學藝術》，胡曉真主編，一七——七七（台北：中央研究院中國文哲研究所籌備處，二〇〇一）。
陳杰，《北宋詩文革新研究》（呼和浩特：內蒙古教育出版社，二〇〇〇）。
陳蘭村主編，《中國傳記文學發展史》（北京：語文出版社，一九九九）。
陳文華，《杜甫傳記唐宋資料考辨》（台北：文史哲出版社，一九八七）。
陳應鸞，《詩味論》（成都：巴蜀書社，一九九六）。
Chou, Eva Shan. "Literary Reputations in Context." *T'ang Studies* 10-11（1992-93）: 41-66.
———. *Reconsidering Tu Fu: Literary Greatness and Cultural Context.* Cambridge: Cambridge University Press, 1995.
戴建業，《澄明之境——陶淵明新論》（武漢：華中師範大學出版社，一九九八）。
Davis, A.R. "The Narrow Lane: Some Observations on the Recluse in Traditional Chinese Society." *The Twentieth George Ernest Morrison Lecture in Ethnology*. Canberra: Australian National University, 1959.
———. "Su Shih's 'Following the Rhymes of T'ao Yüan-ming' Poems: A Literary or a Psychological Phenomenon?" *Journal of the Oriental Society of Australia* 10, no. 1/2（1975）: 93-108.
———. *T'ao Yüan-ming: His Works and Their Meaning*. 2 Vols. Cambridge: Cambridge University Press, 1983.
De Man, Paul. Introduction. In Hans Robert Jauss, *Toward an Aesthetic of Reception*. Minneapolis:

University of Minnesota Press, 1982.

丁福林，《鮑照年譜》（上海：上海古籍出版社，二〇〇四）。

Ding Xiang Warner. *A Wild Deer amid Soaring Phoenixes: The Opposition Poetics of Wang Ji*. Honolulu: University of Hawai'i Press, 2003.

Duke, Michael. *Lu You*. Boston: Twayne Publishers, 1977.

Egan, Ronald. *Word, Image, and Deed in the Life of Su Shi*. Cambridge: Council on East Asian Studies, Harvard University, and the Harvard-Yenching Institute, 1994.

Elman, Benjamin. *A Cultural History of Civil Examinations in Late Imperial China*. Berkeley: University of California Press, 2000.

———. *From Philosophy to Philology: Intellectual and Social Aspects of Change in Late Imperial China*. Cambridge: Council on East Asian Studies, Harvard University, 1984.

Field, Stephen. "Taking Up the Plow: Real and Ideal Versions of the Farmer in Chinese Literature." Ph.D. diss., University of Texas（Austin）, 1985.

Fisk, Craig. "On the Dialectics of the Strange and Sublime in the Historical Reception of Tu Fu." In *Proceedings of the IVth Congress of the International Comparative Literature Association*, 2: 75-82. Innsbruck: AMOE, 1980.

Francis, Mark. "Standards of Excess: Literary Histories, Canons, and the Reception of Late Tang

Poetry." Ph.D. diss., Stanford University, 1996.
傅樂成，《漢唐史論集》（台北：聯經出版公司，一九七七）。
傅璇琮，〈談王昌齡的《詩格》——一部有爭議的書〉，《唐詩論學叢稿》，一五一—一八〇（北京：京華出版社，一九九九）。
高大鵬，《陶詩新論》（台北：時報文化出版，一九八一）。
葛曉音，《山水田園詩派研究》（瀋陽：遼寧大學出版社，一九九三）。
龔斌，《陶淵明傳論》（上海：華東師範大學出版社，二〇〇一）。
郭紹虞，《中國詩的神韻、格調及性靈說》（台北：華正書局，一九七五）。
Hawkes, David. *Ch'u Tz'u: The Songs of the South*. London: Oxford University Press, 1959. Reprinted—Boston: Beacon Press, 1962.
Hightower, James R. "Allusion in the Poetry of T'ao Ch'ien." In *Studies in Chinese Poetry*, by idem and Florence Chia-ying Yeh, 37-55. Cambridge: Harvard University Asia Center, 1998.
———. *The Poetry of T'ao Ch'ien*. Oxford: Oxford University Press, 1970.
———. "T'ao Ch'ien's 'Drinking Wine' Poems." *In Studies in Chinese Poetry*, by idem and Florence Chia-ying Yeh, 3-36. Cambridge: Harvard University Asia Center, 1998.
胡大雷，《宮體詩研究》（北京：商務印書館，二〇〇四）。
——，《文選詩研究》（桂林：廣西師範大學出版社，二〇〇〇）。

胡德懷，《齊梁文壇與四蕭研究》（南京：南京大學出版社，一九九七）。

黃錫珪，《李太白年譜》（北京：作家出版社，一九五八）。

Hucker, Charles O. *A Dictionary of Official Titles in Imperial China*. Stanford: Stanford University Press, 1985.

Hymes, Robert. *Statesmen and Gentlemen: The Elite of Fu-chou, Chiang-hsi, in Northern and Southern Sung*. Cambridge: Cambridge University Press, 1986.

Jauss, Hans Robert. *Toward an Aesthetic of Reception*. Trans. Timothy Bahti. Minneapolis: University of Minnesota Press, 1982.

賈晉華，〈「平常心是道」與「中隱」〉，《漢學研究》16, no. 2（1998）: 317-349。

蔣寅，《大曆詩人研究》（北京：中華書局，一九九五）。

Kawai Kōzō. *Chūgoku no jiden bungaku*. Tokyo: Sobunsha, 1996.

Knechtges, David. Introduction. In, idem, trans., *Wen xuan or Selections of Refined Literature*, 1: 1-70. Princeton: Princeton University Press, 1982.

Kroll, Paul. *Meng Hao-jan*. Boston: Twayne Publishers, 1981.

Kwong, Charles Yim-tze. *Tao Qian and the Chinese Poetic Tradition: The Quest for Cultural Identity*. Ann Arbor: Center for Chinese Studies, University of Michigan, 1994.

Larson, Wendy. *Literary Authority and the Modern Chinese Writer: Ambivalence and Autobiography*.

Durham: Duke University Press, 1991.

Lau, D.C, trans. *The Analects*. New York: Penguin Books, 1979.

———. *Mencius*. New York: Penguin Books, 1970.

Lee, Oscar. “The Critical Reception of the Poetry of Wei Ying-wu（737-792）: The Creation of a Poetic Reputation.” Ph.D. diss., Columbia University, 1986.

Lewis, Mark Edward. Writing and Authority in Early China. Albany: State University of New York Press, 1999.

Li Chi. “The Changing Concept of the Recluse in Chinese Literature.” *HJAS* 24（1962–1963）: 234-247.

李華，《陶淵明新論》（北京：北京師範學院出版社，一九九二）。

李劍鋒，〈論蕭統對陶淵明的接受〉，《中國古代近代文學研究》（一九九八），no. 2: 95-99。

———，《元前陶淵明接受史》（濟南：齊魯書社，二〇〇二）。

李錦全，《陶潛評傳》（南京：南京大學出版社，一九九八）。

李培棟，《魏晉南北朝史緣》（上海：學林出版社，一九九六）。

李文初，〈讀《詩品．宋徵士陶潛》札記〉，《文藝理論研究》（一九八〇），no. 2: 123-128。

李祥年，《漢魏六朝傳記文學史稿》（上海：復旦大學出版社，一九九五）。

李修生主編，《古本戲曲劇目提要》（北京：文化藝術出版社，一九九七）。

李澤厚，劉綱紀，《中國美學史：魏晉南北朝編》，二冊（合肥：安徽文藝出版社，一九九九）。
梁啟超，《陶淵明》，一九二三。重印（台北：臺灣商務印書館，一九九六）。
廖可斌，《明代文學復古運動研究》（上海：上海古籍出版社，一九九四）。
Lin, Pauline. "A Separate Space, A New Self: Representations of Rural Spaces in Six Dynasties Literature and Art." Ph.D. diss., Harvard University, 1999.
林文月，〈叩門拙言辭——試析陶淵明之形象〉，《中國文學論叢》，一八三—二三二（台北：大安出版社，一九八九）。
Liu, James J.Y. *Chinese Theories of Literature*. Chicago: University of Chicago Press, 1975.
劉文忠，〈蕭統與陶淵明〉，《文選學新論》，四六〇—四七〇（鄭州：中州古籍出版社，一九九七）。
劉毓慶，《從經學到文學——明代詩經學史論》（北京：商務印書館，二〇〇一）。
魯迅，《魯迅全集》，一六卷（北京：人民文學出版社，一九八一）。
羅宗強，《李杜論略》（呼和浩特：內蒙古人民出版社，一九八二）。
Lynn, Richard John. "Alternate Routes to Self-Realization in Ming Theories of Poetry." In *Theories of the Arts in China*, ed. Susan Bush and Christian Murck, 317-340. Princeton: Princeton University Press, 1983.
———. "The Talent Learning Polarity in Chinese Poetics: Yan Yu and the Later Tradition." *CLEAR* 5

(1983): 157-184.
梅運生，《鍾嶸和詩品》（上海：上海古籍出版社，一九八三）。重印（台北：萬卷樓圖書，一九九一）。
Miao, Ronald. "Palace-Style Poetry: The Courtly Treatment of Glamour and Love." In *Studies in Chinese Poetry and Poetics*, ed. Ronald Miao, 1: 1-42. San Francisco: Chinese Materials Center, 1978.
Mote, Frederick. "Confucian Eremitism in the Yüan Period." In *The Confucian Persuasion*, ed. Arthur Wright, 202-240. Stanford: Stanford University Press, 1960.
Nelson, Susan. "What I Do Today Is Right: Picturing Tao Yuanming's Return." *Journal of Sung-Yuan Studies* 28 (1998): 61-90.
Nienhauser, William H., Jr., ed. *The Indiana Companion to Traditional Chinese Literature*. Bloomington: Indiana University Press, 1986.
Owen, Stephen. *The End of the Chinese "Middle Ages": Essays in Mid-Tang Literary Culture*. Stanford: Stanford University Press, 1996.
———. *The Great Age of Chinese Poetry: The High T'ang*. New Haven: Yale University Press, 1981.
———. "Poetry and Its Historical Ground." *CLEAR* 12 (Dec. 1990): 107-118.
———. *The Poetry of the Early T'ang*. New Haven: Yale University Press, 1977.

———. *Readings in Chinese Literary Thought*. Cambridge: Council on East Asian Studies, Harvard University, 1992.

———. "The Self's Perfect Mirror: Poetry as Autobiography." In *The Vitality of the Lyric Voice*, ed. Shuen-fu Lin and Stephen Owen, 71-102. Princeton: Princeton University Press, 1986.

Owen, Stephen, ed. and trans. *An Anthology of Chinese Literature: Beginnings to 1911*. New York: Norton, 1996.

Plaks, Andrew. "Pa-ku wen." In *The Indian Companion to Traditional Chinese Literature*, ed. William Nienhauser, Jr., 641-643. Bloomington: Indiana University Press, 1986.

———. "The Bones of Parallel Rhetoric in Wenxin diaolong." In *A Chinese Literary Mind: Culture, Creativity, and Rhetoric in* Wenxin diaolong, ed. Cai Zong-qi, 163-173. Stanford: Stanford University Press, 2001.

齊益壽，〈論史傳中的陶淵明事蹟及形象〉，《鄭因百先生八十壽慶論文集》，一〇九－一五九（台北：臺灣商務印書館，一九八五）。

鮑照，《鮑參軍集注》，錢仲聯增補集說校（上海：上海古籍出版社，一九八〇）。

錢鍾書，《管錐編》，五冊（北京：中華書局，一九八六）。

———，《談藝錄》（香港：中華書局，一九八六）。

Rickett, Adele. "Method and Intuition: The Poetic Theories of Huang T'ing-chien." *In Chinese*

Approaches to Literature from Confucius to Liang Ch'i-chao, ed. Adele Rickett, 97-119. Princeton: Princeton Unversity Press, 1978.

Rolston, David, ed. *How to Read the Chinese Novel*. Princeton: Princeton University Press, 1990.

Saussy, Haun. *The Problem of a Chinese Aesthetic*. Stanford: Stanford University Press, 1993.

石觀海，《宮體詩派研究》（武漢：武漢大學出版社，二〇〇三）。

宋丘龍，《蘇東坡和陶淵明詩之比較研究》（台北：臺灣商務印書館，一九八二）。

蘇瑞隆，《鮑照詩文研究》（北京：中華書局，二〇〇六）。

蘇雪林，《唐詩概論》（台北：臺灣商務印書館，一九八八）。

唐長孺，《魏晉南北朝史論叢續編》（北京：三聯書店，一九五九）。

——，《魏晉南北朝隋唐史三論》（武漢：武漢大學出版社，一九九三）。

湯用彤，《漢魏兩晉南北朝佛教史》（北京：北京大學出版社，一九九七）。

陶敏，《全唐詩人名考證》（西安：陝西人民教育出版社，一九九六）。

《陶淵明年譜》，許逸民校輯（北京：中華書局，一九八六）。

Tian, Xiaofei. *Beacon Fire and Shooting Star: The Literary Culture of the Liang (502-557)*. Cambridge: Harvard University Asia Center, 2007.

———. *Tao Yuanming and Manuscript Culture: The Record of a Dusty Table*. Seattle: University of Washington Press, 2005.

田余慶，《東晉門閥政治》（北京：北京大學出版社，一九八九）。

Tomaševskij, Boris. "Literature and Biography." In *Readings in Russian Poetics*, ed. Ladislav Matejka and Krystyna Pomorska, 47-55. Ann Arbor: University of Michigan, 1978.

Twitchett, D.C. "Chinese Biographical Writing." In *Historians of China and Japan*, ed. W.G. Beasley and E.G. Pulleyblank, 95-114. London: Oxford University Press, 1961.

Van Zoeren, Steven. *Poetry and Personality: Reading, Exegesis, and Hermeneutics in Traditional China*. Stanford: Stanford University Press, 1991.

Varsano, Paula. *Tracking the Banished Immortal: The Poetry of Li Bo and Its Critical Reception*. Honolulu: University of Hawai'i Press, 2003.

Vervoorn, Aat. *Men of the Cliffs and Caves: The Development of the Chinese Eremitic Tradition to the End of the Han Dynasty*. Hong Kong: Chinese University Press, 1990.

Wagner, Marsha. *Wang Wei*. Boston: Twayne Publishers, 1981.

Waley, Arthur, trans. *The Analects of Confucius*. New York: Macmillan, 1938. Reprinted—New York: Vintage Books, 1989.

王國維，《人間詞話》，黃霖等導讀（上海：上海古籍出版社，二〇〇三）。

王國維，〈《人間詞話》《人間詞》注評〉，陳鴻祥編著（南京：江蘇古籍出版，二〇〇二）。

王國瓔，《古今隱逸詩人之宗：陶淵明論析》（台北：允晨文化公司，一九九九）。

——，〈史傳中的陶淵明〉，《台大中文學報》，（二〇〇〇），no.12: 193-228。

——，〈陶淵明詩中「篇篇有我」——論陶詩的自傳意味〉，《王叔岷先學術成就與薪傳論文集》，二九九—三二三（台北：台灣大學中國文學系，二〇〇一）。

——，《中國山水詩研究》（台北：聯經出版公司，一九八六）。

Wang Ping. "Culture and Literature in an Early Medieval Chinese Court: The Writings and Literary Thought of Xiao Tong（501-531）." Ph.D. diss., University of Washington, 2006.

王文進，《士隱與中國文學—六朝篇》（台北：臺灣書店，一九九九）。

王瑤，《中古文學史論》（北京：北京大學出版社，一九九八）。

王運熙，楊明，《隋唐五代文學批評史》（上海：上海古籍出版社，一九九四）。

Watson, Burton, trans. *The Complete Works of Chuang Tzu*. New York: Columbia University Press, 1968.

——. "*Hou Han shu*: Biographies of Recluses." Renditions, no. 33/34（Spring and Autumn 1990）: 35-51.

Wixted, John Timothy. "The Nature of Evaluation in the *Shih-p'in*（Grading of Poets）by Chung Hung（A.D. 469-518）." In *Theories of the Arts in China*, ed. Susan Bush and Christian Murck, 225-264. Princeton: Princeton University Press, 1983.

吳企明，《唐音質疑錄》（上海：上海古籍出版社，一九八五）。

吳兆路，〈陶淵明的文學地位是如何逐步確立的〉，《中國古代近代文學研究》（一九九三），no. 9: 104-111。首次發表於《渭南師專學報》社科版（一九九三），no. 2: 17-24。

蕭望卿，《陶淵明批評》（台北：台灣開明書店，一九五七）。

薛天緯，《李白年譜》（濟南：齊魯書社，一九八二）。

Yeh Chia-ying and Jan Walls. "Theory, Standards, and Practice of Criticising Poetry in Chung Hung's *Shih-P'in*." In *Studies in Chinese Poetry and Poetics*, ed. Ronald Miao, 1: 43-80. San Francisco: Chinese Materials Center, Inc., 1978.

Yoshikawa Kōjirō 吉川幸次郎. *An Introduction to Sung Poetry*. Trans. Burton Watson. Cambridge: Harvard University Press, 1967.

———. *Sōshi gaisetsu*（《宋詩概說》）. Tokyo: Iwanami shoten, 1962.

Yu, Pauline. "Canon Formation in Late Imperial China." In *Culture and State in Chinese History: Conventions, Accommodations, and Critiques*, ed. Theodore Huters, R. Bin Wong, and Pauline Yu, 83-104. Stanford: Stanford University Press, 1997.

———. "Charting the Landscape of Chinese Poetry." *CLEAR* 20（1998）: 71-87.

———. *The Poetry of Wang Wei: New Translations and Commentary*. Bloomington: Indiana University Press, 1980.

———. *The Reading of Imagery in the Chinese Poetic Tradition*. Princeton: Princeton University Press,

1987.
郁賢皓，〈吳筠薦李白說辨疑〉，《李白研究》，周勛初編，一五二—一六三（武漢：湖北教育出版社，二〇〇二）。曾發表於《南京師院學報》一九八一，no. 1。
俞曉紅，〈王國維《紅樓夢評論》箋說〉（北京：中華書局，二〇〇四）。
袁行霈，〈古代繪畫中的陶淵明〉，《北京大學學報》43, no. 6 (2006): 5-22。
——，《陶淵明集箋注》（北京：中華書局，二〇〇三）。
——，《陶淵明研究》（北京：北京大學出版社，一九九七）。
岳純之，〈唐朝初年重修晉書始末考〉，《史學史研究》（二〇〇〇），no. 2: 38-42。
詹鍈，〈《文心雕龍的「隱秀」論》〉，《文心雕龍的風格學》，一二〇—一六〇（台北：正中書局，一九九四）。
張立偉，《歸去來兮：隱逸的文化透視》（北京：三聯書店，一九九五）。
張仲謀，《兼濟與獨善——古代士大夫處世心理剖析》（北京：東方出版社，一九九八）。
鍾優民，《陶學發展史》（長春：吉林教育出版社，二〇〇〇）。
——，《陶學史話》（台北：允晨文化公司，一九九一）。
周勛初，〈梁代文論三派述要〉，《中國文史論叢》5 (1964): 195-221。重印，《魏晉南北朝文學論叢》，二三〇—二五三（南京：江蘇古籍出版社，一九九九）。
朱自清，《朱自清古典文學論文集》，二冊（上海：上海古籍出版社，一九八一）。